Triunfo dos pêlos
e outros contos gls

Dados Internacionais de Catalogação na Publicação (CIP)
(Câmara Brasileira do Livro, SP, Brasil)

Triunfo dos pêlos e outros contos gls / prefácio de João Silvério Trevisan. – São Paulo : Summus, 2000.

Vários autores
ISBN 85-86755-23-0

1. Contos brasileiros 2. Homossexualismo 3. Lesbianismo I. Trevisan, João Silvério, 1944-

00-2859   CDD-869.9353538

Índices para catálogo sistemático:

1. Contos eróticos : Século 20 : Literatura brasileira
   869.9353538
2. Século 20 : Contos eróticos : Literatura brasileira
   869.9353538

Compre em lugar de fotocopiar.
Cada real que você dá por um livro recompensa seus autores
e os convida a produzir mais sobre o tema;
incentiva seus editores a traduzir, encomendar e publicar
outras obras sobre o assunto;
e paga aos livreiros por estocar e levar até você livros
para a sua informação e entretenimento.
Cada real que você dá pela fotocópia não-autorizada de um livro
financia um crime
e ajuda a matar a produção intelectual.

Triunfo dos pêlos
e outros contos gls

Apresentação de
André Fischer

Prefácio de
João Silvério Trevisan

Copyright © 2000 dos autores
Direitos adquiridos por Summus Editorial.

Projeto gráfico e capa: **Brasil Verde**
Editoração eletrônica: **Acqua Estúdio Gráfico**
Editora responsável: **Laura Bacellar**

Edições GLS
Rua Itapicuru, 613 cj.72
05006-000 São Paulo SP
Fone (11) 3862-3530
http://www.edgls.com.br
gls@edgls.com.br

Atendimento ao consumidor:
Summus Editorial
Fones (11) 3872-3322 e 3862-3530

Distribuição:
Fone (11) 3873-8638
Fax (11) 3873-7085
vendas@summus.com.br

Impresso no Brasil

SUMÁRIO

Triunfo dos invertidos
André Fischer _____ 7

Literatura homoerótica e seus espelhos
João Silvério Trevisan _____ 9

1º lugar: Triunfo dos pêlos
Aretusa Von _____ 15

2º lugar: Violetas
T. Soares _____ 22

3º lugar: Bandida
Ana Queiroz _____ 28

Aula de pintura e/ou Manhã numa cidade
Márcio El-Jaick _____ 32

Curta-metragem
Rebecca Pedroso Monteiro _____ 38

Davi e Rachel
Abbud _____ 45

Dionisio coração livre
Meirinho Leve _____ 58

GL?
Ana Paula Grillo El-Jaick _____ 67

Sumário

O gosto amargo de seu corpo
Wil Cabral ... 72

Insólita indulgência
Eduardo Rasgah ... 86

Meu menino lindo: cartas de amor de um frade sodomita
Luiz Mott ... 108

Recuerdos inolvidables de Canoa Quebrada
Geraldo Markan ... 132

Satoshi, Satoshi
Henrique Maximiliano ... 137

Sem pressa, sem culpa, sem limites
Lucas Traut ... 144

O vento, a chuva
Vivi Martins ... 160

Autores convidados

Boa Vista
Fátima Mesquita ... 169

A morte em vida de Eustáquio Maria Boechat
Alexandre Ribondi ... 176

TRIUNFO DOS INVERTIDOS

Tomado de entusiasmo, tenho presenciado finalmente a formação do que já pode ser chamado de cultura gls no Brasil. Ela é fruto da determinação de um grupo de pessoas que levantaram a bandeira da integração sexual criando um conceito novo e nacionalizado que coloca pela primeira vez no mesmo saco gays, lésbicas e simpatizantes – incluídos aí bissexuais, curiosos e heterossexuais bem resolvidos. A expressão artística foi o caminho encontrado para consolidação de uma ação organizada, dada a imensa resistência da comunidade à politização do discurso militante. Bastou dar uma cordinha para o povo soltar a criatividade – e a franga. Nos últimos anos vimos filmes e vídeos brasileiros de temática gls invadirem festivais de cinema ao redor do mundo, um sem número de montagens teatrais retratando o dia-a-dia de homoessexuais e a Parada Gay se transformar no palco gigante para uma emocionante performance coletiva.

No começo de 2000, atendendo ao chamado das Edições GLS, centenas de pessoas colocaram no papel suas experiências, fantasias e desejos. O resultado se concretiza nessa coletânea de contos que revela o potencial de novos talentos comprometidos apenas com a sinceridade de suas intenções. Os 15 trabalhos selecionados são uma vitrine das infinitas possibilidades de expressão gay-lés-bi-trans e dos sentimentos compartilhados pelas almas "invertidas" de todos os gêneros. E serve sobretudo como um estímulo para você por para fora o/a escritor/a enrustido/a que todos leitores dedicados temos guardados dentro de nós.

André Fischer

LITERATURA HOMOERÓTICA E SEUS ESPELHOS

O primeiro problema ao se falar de erotismo na literatura são as definições dos dois termos, basicamente subjetivos e discutíveis. Erótico seria o mesmo que pornográfico ou obsceno? Ou haveria dosagens para uma coisa erótica diferenciar-se de algo pornográfico? Muita gente contrapõe a maior sofisticação estética do erotismo à desleixada representação estética da pornografia. Então, *grosso modo*, a tendência costuma ser classificar como erótico aquilo "que é bem feito" e como pornográfico "aquilo que é mal feito". Mas há também quem aponte gradações "sexuais" diferenciando um conceito do outro. O erótico implicaria uma certa "sutileza" não existente no pornográfico, que tenderia ao chulo. Mas nesse sentido poderia se dizer também que o erótico é mais reprimido e o pornográfico, mais livre. Significaria, portanto, que o erotismo apresenta um retrocesso frente à pornografia. Duvido que seria mesmo por aí. O erotismo do "Cântico dos cânticos" bíblico trabalha em cima de metáforas que nada ficam a dever, em beleza e expressão, à extrema sexualização pretendida. Em compensação, representações de cenas pornográficas da antiguidade nos parecem hoje de uma beleza estonteante – basta ver os antigos vasos gregos ilustrados com posições sexuais explícitas ou as escandalosas esculturas fálicas das ruínas de Pompéia. E o Marquês de Sade, seria pornográfico (por sua extrema crueza) ou erótico (por sua sofisticação intelectual)? Então por que o erótico não poderia ser extremamente cru, sem deixar de ser erótico, e o pornográfico, mais sofisticado intelectualmente, sem deixar de ser pornográfico? No fundo, tendo a achar que se trata de uma discussão quase bizantina, a partir de conceitos forjados de maneira equivocada ou preconceituosa. Da minha parte, gosto de ver as duas coisas (poesia e sexualidade) totalmente mescladas, pois aí está a verdadeira capacidade de subversão do humano: instalar a poesia no coração da matéria.

Isso remete ao conceito de literatura, para o qual vale o provérbio "a cada cabeça, uma sentença". De fato, cada escola ou movimento tem o seu conceito de "estética" e "literatura", muitas vezes oposto aos das escolas anteriores. Assim como a arte indígena foi por muito tempo relegada à mera categoria de "artesanato" nas esferas esteticistas, também é verdade que ainda hoje existe um abismo entre o gosto estético médio e a obra, digamos, de um Picasso. Ao mesmo tempo, sabemos que um relato mítico indígena pode ter o mesmo teor poético da *Odisséia*, que por sua vez também nasceu como relato mítico. Nessa selva de interpretações contraditórias quanto à "correta" definição de "obra de arte", o que se deveria garantir basicamente é a absoluta diversidade na representação estética. A partir daí, o bom senso indicaria o que é "verdade" literária em cada caso particular e não como fruto de regrinhas de um manual determinado e restritivo. E, quanto ao erotismo ou pornografia, não vejo motivo para diferenciá-los enquanto conceito: tanto faz que algo seja erótico ou pornográfico, do ponto de vista da representação. Ou seja, ambos os termos nunca deveriam ser diferenciados por si mesmos, com base em definições estanques. Deveria se falar em bom ou mau erotismo, assim como em boa ou má pornografia. Nesse caso, a referência ao "bom" ou "mau" depende de uma qualidade, ou de sua ausência, na *representação* daquilo que é erótico/pornográfico. Quero dizer que a qualidade do erótico/pornográfico depende exclusivamente de sua representação estética. Algo que fazemos na cama não pode ser considerado eroticamente bom ou mau, enquanto qualidade estética. Ao contrário, aí estamos falando apenas de uma performance boa ou má, de atos mal ajustados e travados ou não. Em resumo, no caso da representação erótico/pornográfica, uma série de padrões poderia ser estabelecida com diversidade ainda maior, mas sempre a partir da qualidade da sua representação estética. Um filme pornográfico não é ruim por ser sexualmente explícito, mas por ser feito de maneira pouco criativa, cheio de estereótipos, sem clima nem invenção na representação sexual. A mim, os filmes pornográficos em geral são ruins por serem entediantes. Assim também a mesmice representada pela repetição de bundas, durante os desfiles de carnaval apresentados pelas televisões, não chega a ser erótica, pornográfica ou obscena, como querem os guardiões da moral. É simplesmente chato e desinteressante, feito para encantar espíritos medíocres, que com certeza têm uma vida sexual baseada em estereótipos, vale dizer, pobre.

E aqui chegamos à literatura homoerótica. Existiria um ponto de vista homossexual sobre o erotismo? Quero dizer, haveria regras diferenciadas e padrões específicos para representar a vivência homossexual nas artes? Alguns estudiosos acreditam que sim: a arte homoerótica teria características esteticamente peculiares, de modo que quem é homossexual tende a escrever de um jeito parecido. Eu tendo a achar isso uma bobagem, pelo simples fato de que se estaria tentando impor uma "genética erótica", tanto quanto certos cientistas hoje tentam encontrar traços de homossexualidade até no tamanho dos dedos e nas impressões digitais. O mesmo se poderia dizer a respeito de uma possível literatura feminina e negra: tentar impô-las como categorias literárias me parece perigoso porque beira uma espécie de racismo. Motivo? Assim como nunca vi cientistas buscando "provas" de heterossexualidade genética nas pessoas, também nunca ouvi ninguém procurar definir o que seria uma literatura masculina, branca e heterossexual. Simplesmente porque se pensa sempre do ponto de vista hegemonicamente masculino, branco e heterossexual, diante do qual o diferente é ser feminino, negro e homossexual. Diferente, exótico e, portanto, fora dos padrões. E vamos cair outra vez no velho conceito de normalidade: uma literatura "normal" contraposta a uma literatura de "minorias", a ser misericordiosamente aceita – ou rechaçada, por desinteressante, menor, circunstancial.

O que me parece viável sim é falar de uma literatura homoerótica enquanto nascida do ponto de vista da temática homossexual. Ou, mais precisamente, uma *literatura de temática homoerótica*. Isso posto, houve várias revelações neste concurso de contos homoeróticos. A maior delas foi a extrema diversidade de abordagem, mais temática do que estilística. De fato, poucos foram os textos apresentados que escaparam ao padrão estilístico de representação "naturalista", enquanto tentativa de "copiar" a realidade. Ora, se considerarmos que a apreensão do real sempre resulta em representação subjetiva, nenhuma cópia da realidade será mais real do que outra. Pelo contrário, ao se tentar "imitar" a realidade, corre-se o risco de imitar padrões convencionais de representação do real, ou seja, cair em clichês e estereótipos. Foi o que se viu: uma multidão de tratamentos estereotipados da erótica homossexual, com um baixo grau de representação erótica nos contos apresentados. Grande parte deles sofria de escapismo, criando algo como uma "litera-tura rósea" para homossexuais masculinos e femininas, ou seja, importando um padrão de entretenimento já consagrado no pior tipo de literatura heterossexual "para mocinhas românticas". No esforço, talvez, de evitar situações negativas, atendendo à moda do politicamente correto, viu-se uma multidão de bichas e lésbicas intrépidas em busca do seu amor, vencendo nas situações mais adversas, sem temor e sem neuras. Ora, se lembrarmos que a sexualidade é o grande nó górdio da civilização ocidental-cristã, é fácil compreender a inverossimilhança de boa parte dessa idealização da homossexualidade. Quer dizer, um tratamento escapista que pouco tem a ver com a vida real. Para isso, muito contribuiu a qualidade dos personagens. De fato, o que se encontrava freqüentemente eram rapazes supermasculinos, belos e ricos apaixonando-se por rapazes supermasculinos, belos e ricos (ou seja, seus espelhos). E lésbicas superfemininas, belas e atraentes realizando seu desejo com mulheres exatamente iguais a si mesmas. Todos/as quase sempre fazendo o mais entediante sexo papai-mamãe, num clima "lindo" e... simplista. Mas o mundo (graças a Deus!) é um pouco mais complicado do que tais estereótipos feitos de plástico e não de matéria viva. Haverá talvez quem diga: é bom colocar personagens de sonho, para reforçar a auto-imagem tão depauperada dos/as homossexuais. E eu pergunto: tentar reforçar a auto-imagem através de inverdades que nada têm a ver com a vida não obteria um efeito diametralmente oposto, de reforçar as frustrações do cotidiano? Nesse mesmo sentido, dá-lhe bichas e lésbicas seduzindo homens e mulheres heterossexuais, com sucesso — e sabemos ser esse o sonho mais espantosamente enganoso de tantos veados e sapatas. Quanto a mim, o sonho de converter heterossexuais ao desejo homossexual significa, nem mais nem menos, uma expressão básica da falta de auto-estima, como tentativa de ingressar no mundo heterossexual pela porta dos fundos. Do ponto de vista temático, a diversidade dos contos apresentados foi animadora, como eu dizia: desde situações clássicas de rapazes colegiais sexualmente ligados ou mocinhas universitárias apaixonadas entre si, passando por situações mais sofisticadas de amor intergeracional (professora e aluna; senhor aposentado e rapaz adolescente), jovens irmãos incestuosos que se amam em camas noturnas, bissexuais florescendo com outros homens ou amores tornados amizades gls, chegando até a mulheres que se transmutam "woolfianamente" em homens e travestis.

Pela qualidade que encontrei nesse concurso e vocês leitoras/leitores vão conferir, não temo em afirmar que o próximo filão a eclodir na literatura brasileira será homoerótico. E atenção: as mulheres, que em geral aparecem menos, estão escrevendo incrivelmente bem, obrigado. Até furar o cerco e se chegar ao mercado, é claro que existirão empecilhos editoriais, que vão desde as dificuldades inerentes a autores/as iniciantes até editores preconceituosos, que existem aos montes, eu garanto. Mas já tem pipocado bastante coisa boa aqui e ali. Se ainda há muito a conquistar na compreensão de uma representação poética baseada na experiência homossexual, seguramente pode-se dizer que o processo está adiantado. É ter mais um pouco de paciência, para depois gozar.

João Silvério Trevisan

Triunfo dos pêlos
Aretusa Von

para Fernando B.

Hoje acordei homem.

Foi um pedido que fiz no casamento da Lucidéllia ontem. Quando vi a noiva tão linda, pensei: e eu que me casei tão cheia de ilusões, como essa aí. E agora apanho do marido, só porque engordei e não dou o loló.

Quando a noiva jogou o buquê, peguei sem querer. Juro que foi sem querer. Casar não quero mais. Mas dizem que buquê de noiva dá sorte. Então, antes de dar para a Cidinha, coitada, trinta anos e ainda virgem, tirei uma florzinha para mim. Que guardei dentro do sutiã. E pedi para Oxum: me faça nascer homem na próxima encarnação. Bem que o babalorixá painho me avisou: se pedir com fervor, os deuses atendem.

E hoje, como todos os dias, levanto-me da cama com a minha camisola desbotada para fazer xixi. Mas, em vez de sentar-me no vaso com as calcinhas arriadas como sempre, saco para fora um pênis de fazer inveja ao mais bem-dotado ator de filme pornô. De vez em quando o porco do meu marido pega desses filmes na locadora. Dizem que as mulheres não gostam desse tipo de coisa, mas eu adoro. Vai ver que tenho mesmo alma masculina. E agora tenho um pau lindo de 21 centímetros. Faço questão de medir.

Ah, coisa boa! Urinar em pé!

É defronte ao espelho, escovando os dentes, que noto uma mudança mais radical.

Uma penugem preta recobre todo o meu rosto. De nada adiantaram as depilações, anos de luta com pinças e águas oxigenadas para disfarçar o buço. Os pêlos haviam vencido triunfalmente. E olha que eu tenho todo o material. Sou esteticista. De cabelos loiros, já ressecados de tanta tintura. Posso dizer que, como mulher, não valho grande coisa. Nenhum homem olha mais para mim. Nem aqueles de Fiat velho. Nem operários da construção, nem feirantes. Acho que é por isso que meu marido começou a me bater. Não é surra de amor, é surra de bêbado mesmo.

Agora, como homem, estou uma paisagem! Cabelos escuros bem curtos, pescoção poderoso, corpo musculoso sem aquelas ridículas dobras de gordura.

A hora de me vestir traz alguns problemas. As blusas ficam apertadas demais nos ombros e largas embaixo e as calças ficam curtas e sobrando nas pernas.

Enfrento rapidamente a família reunida para o café da manhã. Filhos e marido mal notam este homem que passa garboso. Devem pensar que é o entregador de alguma coisa.

Pouco me importa o que eles estejam pensando. Esconder-me era coisa totalmente fora dos meus planos. Estava louca para testar minha nova condição, ter mil opções, transar com todo mundo, aceitar qualquer proposta em que eu pudesse exercitar meu novo instrumento.

Como meus gestos ainda têm muito de femininos, ensaio, diante de uma vitrine, os trejeitos mais grotescos de que pude me lembrar, sentindo um prazer enorme em coçar o saco ostensivamente, as bolas apertadas dentro da sunguinha recém-comprada.

Percebo que até camelôs vendendo Barbies coreanas me olham. Estou um pecado!

Pego uma lotação na rua Yervant Kissadjikian, lá no Jardim Consórcio, bairro pobre da zona sul de São Paulo, onde nasci e sempre morei.

Vou para os Jardins, zona chique da cidade. Desço no parque Trianon, reduto de michês e plantas exóticas. Tudo me interessa. Executivos de terno indo em direção à avenida Paulista, secretárias desconfiadas, babás entediadas.

Para uma mulher alta e morena que passa digo toda a sorte de obscenidades, não sem me sentir um tanto ridícula:

– Gostosa, quero te provar.

Parece que ela gostou, pois se aproxima de mim com aquele ar que eu bem conheço de mim mesma quando fico assanhada. Sinto-me segura para desejar. Meus olhos brilham e a mulher me segue sem muitas perguntas.

Atrás do banheiro do parquinho, passo a mão em sua bunda protuberante. Sinto o volume entre as minhas pernas inchar e crescer até incomodar.

Descemos a pé a rua Augusta, antes glamourosa, hoje toda decadente e pichada. De manhã, é mais deprimente, mais crua, as boates fechadas, as putas dormindo.

Entramos num hotelzinho ali mesmo.

No quarto, a mulher, que fica nua a meu pedido, pergunta:

– Você é chegado em alguma perversão?

Perversão é o que estou vivendo, penso comigo mesma.

– Tipo qual? – pergunto.

– Quer me bater, me amarrar?

– Desfile para eu ver sua bunda.

Podia ter imaginado mil coisas, mas naquele momento tinha que satisfazer as exigências do meu novo equipamento genital. Pedi o básico, parece que não era preciso muita imaginação. Lembrei do quanto uma colega de escola me excitava com seus seios enormes aparecendo debaixo da blusa branca. Agora eu podia tocar estes seios sem medo do julgamento das colegas. Posso tudo. Posso tratar a moça como eu gosto de ser tratada, com suavidade, carícias macias e lambidas safadas. Ou posso ser violenta, sádica até.

– Gosta que eu ponha a mão aqui? – pergunta a morena com a mão no meio das pernas.

Sei lá se eu gostava, vaginas alheias ainda são novidade para mim. A moça me estende um preservativo, me atrapalho com aquilo, lá em casa nunca usei, o marido não gosta. Ela tenta me ajudar e faz um truque com a boca, sabe como me encapar sem a ajuda das mãos.

Aquele gesto me faz perder a cabeça e o controle. Tudo acontece muito rapidamente. Um barulho de canudinho estalando dentro do pênis e sinto-me esvaindo, perdendo alguma coisa que nem sei o que é.

– Nossa, você estava a perigo mesmo, né? – diz a moça decepcionada.

Fico naquela depressão pós-coito, sem graça visto as calças. Percebo que restos daquele líquido incontrolável deixam manchas bem perceptíveis perto da braguilha.

Na rua, ninguém parece estar notando. Reparo muitos outros homens com as mesmas manchas nos mesmos lugares, ostentando-as como um broche valioso.

Então, paro de me preocupar com aquilo.

A experiência com a mulher foi completamente insatisfatória. Ela foi embora frustrada e eu também.

Quis dar uma de machinho e me danei.

Não sei para onde vou. Se estivesse fêmea, visitaria a amiga manicure, faria as unhas e uma sessão de *beauté*. Mas assim, de homem lindo, não preciso de nada disso. Só preciso de emoções novas. Ou de algumas roupas bacanas.

Subo de novo a rua Augusta, agora em direção à Oscar Freire, rua das mais badaladas de São Paulo, para dar uma olhada nas modas.

Preços absurdos, madames me olham sorrindo, homens me encaram cúmplices.

Não tenho dinheiro nem para um sorvetinho.

Mas um guarda de trânsito me olha interessado, parece disposto a me pagar um cachorro-quente com purê de batatas. Ah, homens em uniformes. E ainda por cima me olha! Há quanto tempo isso não acontece! Vestígios femininos do meu corpo macho batem palmas. Grandes lábios invisíveis contraem-se, molham-se.

O moço é uma graça. Moreno, cílios espessos. Bundinha redonda espremida dentro da calça cáqui. Cinturão meio caído, óculos rayban. Cara de mau. Olha aí meu desejo crescendo novamente. Como mulher eu podia dissimular, mas como homem não dá.

O guarda nota, me convida para dar uma volta na kombi amarelinha da cet.

– Só vou se você me comprar aquela camisetinha preta da Fórum – arrisco. Quando eu poderia imaginar que alguém pagaria pelo meu corpo!

Ele me compra duas camisetas e duas calças. Dentro do provador da loja, beijo-o na boca de tão feliz que estou.

De roupa nova, vou dar a volta na kombi amarelinha.

Numa pracinha escondida do Jardim Europa, atrás de antigas mansões, até algemada sou. Faço delícias. E aprendo que, na falta de buracos óbvios, os alternativos resolvem muito bem a questão. E pensar o quanto apanhei do marido por negar o orifício escondido! Sempre tive medo da dor. Mas com o guardinha, estava até implorando pela divina e prazerosa dor.

Este homem é um príncipe.

Quando ele me larga no centro, onde pedi, estou apaixonada. Fico boba, rindo sem motivo.

Minha alma continua com a velha mania das mulheres. É só alguém te comer direitinho que pronto, o coração se entrega que nem pizza no sábado à noite.

Mas sexo efêmero também é bom. Sinto-me poderosa. E tenho o pressentimento de que se mantiver a florzinha daquele buquê de noiva bem guardadinha no fundo da sunga, posso continuar a aproveitar a vida e a beleza que Oxum me deu.

E a noite nem bem começou no baixo Marquês!

A zona dos travestis me dá saudades das minhas roupas de mulher. Eram roupas bregas e feias, mas comprei um conjunto novo de lingerie negra que é um arraso!

Entro num boteco podre embaixo do Minhocão. Logo me encosto numa manicure carente, que começa a me pagar cerveja e a desfiar sua vida triste.

– Que sorriso lindo e puro você tem! – diz ela.

Depois passa a mão de veias saltadas no meu rosto, me chama de bebê.

E desce cerveja, lingüicinha no álcool, provolone à milanesa.

Já estávamos bêbados quando peço emprestados o topezinho branco e a saia rodada vermelha da mulher. Ela não se espanta nem um pouco com meu pedido, a noite parece permitir todas as fantasias.

Vamos ao banheiro trocar as roupas. Lugar fétido. Encho a parte de dentro do top de papel higiênico úmido, com o aparelho de barbear que a moça sempre carrega na bolsa dou um trato geral nos pelos da perna.

– Fica faltando a peruca loira – digo, admirando-me no espelho.

A manicure arranca a loirice da cabeça. E eu que pensei que eram de verdade os seus cabelos! Embaixo, a careca lisinha, lisinha. Calvície precoce, explica-me ela enquanto me ajuda a ajeitar a peruca. Batom e pó compacto, fico linda. A mulher com as minhas roupas agora quer realizar a fantasia secreta dela. Inversão de papéis. Mas não estou interessada, quero rua. Ela chora e me chama de cafajeste. Sai toda careca na porta do bar me xingando, enquanto balanço a sainha rodada rumo à rua da Consolação.

Paro em frente ao Hilton Hotel para acender um cigarro. Sim, agoro fumo. Agora faço de tudo.

– Ei, aqui é o meu ponto! – berra um travesti alto e negro. Sinto cheiro de briga, que ninguém viesse arrancar minha peruca, isso é que não!

O negócio estava ficando feio para o meu lado. Os amigos do negro começam a se juntar contra mim e eu sozinha e abandonada com o pinto entre as pernas.

Um carro pára e abre a porta. Lá de dentro, um homem que não consigo ver comanda:

– Entra.

Reconheço o carro. O Opala 72 do meu cunhado. E na direção, todo perfumado, nada menos que... meu marido!

– Te salvei de boa, hein? Parece que o pessoal não vai com a sua cara. Você é nova por aqui? Nunca te vi antes. Sabe que adoro carne nova?

Estou besta. Boquiaberta. Não consigo dizer nada.

– Conheço um hotelzinho que você vai adorar.

Muda, sigo o gordo do meu marido pela escada ensebada do hotel. O velho medo que tenho dele me assombra e esqueço que estou homem, que posso sair na porrada e quebrar os dentes do infeliz.

Ele liga o rádio, balança a pança ao som de um axé qualquer.

– Vamos dançar? Você com este corpo deve ser boa de samba. Quero ver o que você tem aí embaixo desta sainha!

Me agarra e começa a me girar, apalpar. Arranca a camisa listadinha que eu dei de presente de aniversário, explodindo os botões. Quando tira a calça, sabe o que ele está usando?

Aquele meu conjunto de lingerie negra, novinho, que guardei para uma ocasião especial.

Parece que a ocasião é especial para ele. Desfilando as banhas trêmulas, pergunta:

– Gosta? Roubei esta calcinha da vaca da minha mulher. Ai me dá um tesão!

Fica de quatro na cama, com o bundão branco empinado, implora:

– Faz de mim sua mulherzinha, faz...

É a minha chance! Meu membro acorda de repente, assanhado com a possibilidade de sodomizar aquele homem que tanto me fez sofrer.

Coloco um preservativo e viro bicho. Todos os meus instintos vem à tona. Sou homem, sou mulher, sou gay, sou travesti, sou o universo.

Horas de selvageria depois, deixo o homem lá, acabado, prostrado. Devo ter arrebentado todo ele.

Volto para a rua, o asfalto riscado de sereno. Meia-noite chegou e foi embora e eu não virei abóbora.

Começa a amanhecer.

Minha florzinha continua no fundo da sunga, regadinha pelas últimas gotas do meu esperma.

───────────

Aretusa Von nasceu em São Paulo, escreve desde os onze anos. Fez faculdade de jornalismo e psicologia. Morou um ano em Portugal, estudando os poetas clássicos portugueses. Fez várias oficinas literárias e participou de grupos de escrita. Adora trabalhar com livros, é designer gráfica também. Não tem preconceito de nenhum tipo. Publicou dois livros. Um de poesia pela Massao Ohno. Outro infanto-juvenil pela Paulus Editora. Fez roteiros de espetáculos de dança e de curta-metragens. É simpatizante e escrava apenas do seu desejo. É isso aí.

Violetas
T. Soares

Percebeu que alguém andara roubando-lhe as flores do jardim. Era fiel e diariamente tratava de dar-lhes água e sol – este último, apenas quando nascia ou, seguramente, nos dias em que as nuvens não ocupavam todos os vazios do céu. Tinha uma coleção de violetas, cujas folhas, quando levemente alisadas, traziam paz e tranqüilidade – dissera, certa vez, uma cigana. Mas, de uns dias para cá, começou a perceber que seu imenso canteiro de violetas carecia de alguns belos exemplares.

Há anos tratou de iniciar o cultivo. Deixou o apartamento em Copacabana e comprou uma casa nas Laranjeiras. Perto do mato, longe do barulho ensurdecedor de semáforos vermelhos e das luzes fortes de escapamentos de automóveis. Em Copacabana, deixara anos de solidão engavetados nas cômodas do quarto antigo que dava vista para o Posto 6. Ali, onde havia contado conchas, feito castelos de areia e narrado lorotas sem-pé-nem-cabeça. Até que, começara a perceber, os dias nasciam, morriam as noites e ele não tinha mais paciência de observar a beleza das areias da praia. Ia direto ao trabalho – era advogado de um cartório –, chegava em casa cansado e só tinha tempo para ligar a televisão. Dormia com a canção-de-ninar do padrão colorido ou a chiadeira usual da ausência de programação. Copacabana é para poucos.

Agora, contava as conchas do imenso jardim localizado na frente de sua casa amarela no bairro das Laranjeiras. Fizera questão de preservar, na fachada, os azulejos desenhados em azul-escuro, herança portuguesa, como resquício de uma identidade que havia perdido, sei lá, deixado na praia de Copa. Lembrava-se do pai altivo a ensinar-lhe: cada pedra deste calçadão veio de Portugal. São preciosas. Você pisa num chão que não é brasileiro. E dos azulejos, para as calçadas portuguesas, para as violetas, vão-se dias e noites de melancolia. Não era afeito a mulheres. Não sabia como lidar com elas na hora do sexo. Chegava a beijá-las, mas morria de medo do outrem. Era daqueles cujo manual do instinto não viera escrito em bom português. Todos os amigos diziam que, na hora, tudo sempre corria bem: homens foram criados para mulheres, como jogos de encaixe. No entanto, mais uma vez, não tinha coragem de perguntar o itinerário. Sua rota estava direcionada a outros destinos, com outros cartões de embarque, outras senhas.

Tentou seguir seu caminho de forma imaculada. Sem amar ninguém. Tratou de comprar um cão, chamou-o de Caio. Mas Copacabana não comporta animais irracionais de verdade – somente os racionais, como o homem, e de preferência de pelúcia. E, para Caio, comprou primeiro rações em sabores esdrúxulos, depois roupinhas para ocasiões especiais e passeios extras, e em seguida até artefatos e utensílios sem aparente utilização. Sem ter alguém com quem compartilhar o salário, acabou dando todos os luxos para o animal – que teve até festa de aniversário, com bolo comprado nas melhores docerias da cidade.

A compra da casa em Laranjeiras veio depois da aposentadoria. Carregava óculos de lentes grossas e uma vasta cabeleira de fios grisalhos. Fazia questão de não negar a idade para que todos se espantassem e dissessem: como você é jovem e bonito! Não era. Tinha os olhos fundos, cílios excessivamente longos e sobrancelhas despenteadas. Teimava em usar branco, embora soubesse – todos alertavam – que branco engorda. Sentia-se mais calmo com as cores alvas, principalmente quando usava camisa clara. E esta cidade tem tão pouco branco, tem tanto cinza, tanto azul, tanto verde.

Entre as calçadas e os azulejos portugueses, os badulaques inúteis para Caio e a inquietude anormal de seus olhos, conheceu, numa noite incomum, uma descendente de ciganos que o aconselhou a comprar um vaso de violetas. Veio com aquela história de que cada flor tem um determinado sentimento imbuído ou algo relacionado à companhia que proporciona a pessoas solitárias. No dia seguinte, munido de sementes, começou a plantar as tais violetas. As florescências apareceram numa brevidade inacreditável e ele ficara com as indicações da cigana de que as violetas nascem cada vez mais belas em locais onde a solidão criou massas espessas de ar e turvou os mais singelos recantos do ambiente.

Com as pás, abria novos leirões e passava a pontuar toda a extensão do jardim com as violetas, que exalavam odores sibilantes e traziam pétalas cada vez mais roxas, mais vivas. E Caio, o cão, passou a ter um ciúme doentio das inimigas violetas. Fingia-se de morto para chamar atenção, latia para demonstrar fome, olhava com faro lacrimejante o prato cheio de ração. Não sabia mais como expressar tamanha insatisfação. Deixou de dormir no pé da cama do dono. Tinha certeza de que seu proprietário voltaria para chamá-lo: Caio, para dentro do quarto. Mas não. Nenhum sinal de agrado, de preocupação. Todos os olhares eram para elas, as violetas.

E era sintomático que, agora, as flores começassem a desaparecer. Uma a uma. Estava sentindo falta das que ainda eram botões. Não atinou para o ciúme do cão, afinal de contas deixara de se preocupar com os sentimentos de Caio, o bicho, há tempos. Dos talos, retirou as raízes e voltou a plantar as violetas. O animal, mais e mais enciumado, tratava de querer saber também quem estava retirando as flores e fazendo com que ele, seu dono, desse mais e mais atenção às florescências. Novas levas de sementes, novos pontos roxos no jardim das Laranjeiras.

As novas violetas também sumiram. Algumas nem chegavam a florescer. A cerca, pensou ele, vou transformar em muro. Talvez assim as pessoas não vejam o que existe no meu jardim. Mas, será possível que até as flores, até a beleza, tenha que ser roubada? Não havia tempo para pensamentos infundados. Desconfiava da vizinhança, apesar de ser daqueles que mal repara nos que o cercam – acostumado à solidão de Copacabana, não fez amizade nem com os porteiros, garis ou donos de banca de revista das Laranjeiras. Os tijolos e o cimento alteraram o visual da rua repleta de verdes e, num leve bater do pedreiro, a cerca amarela, da mesma cor da casa, veio ao chão. Já havia erguido boa parte do muro quando o telefone tocou:

– Não faça isso, por favor – disse a voz, que ele reconheceu ser masculina.

– Mas quem está falando?

– Não interessa. O senhor não pode fazer isso.

– Isso o quê?

– Construir esse muro.

– Estranhou a expressão *senhor*. Interessava-se pelo jogo.

– Estão roubando as minhas violetas. Faço esse muro para dificultar a ação de pessoas sem escrúpulos.

– Entendo, mas...

– Como *entendo*? As violetas são minhas e dificultarei a ação desse ladrão.

– Não consigo tirar os olhos de suas flores, de seu jardim. Tenho dezoito anos, acho que é a idade. – Deu uma longa pausa. – Sou muito disperso e só me concentro ao observar suas violetas.

– É o *ladrão* de violetas? – retrucou com um sorriso irônico na voz.

– Liguei para pedir ao senhor que não erga o muro. Não me impeça de ver as violetas.

– É muita petulância, menino. Rouba minhas flores e ainda exige que mantenha a cerca?

O menino titubeou:

– Adoro observá-lo cuidar de suas flores. Me perdoe se o agrido falando desta forma.

– Você me agride roubando-as.

– Roubo suas violetas para enfeitar a minha casa.

O menino desligou o telefone. Foi até a casa daquele senhor grisalho para entregar-lhe um ramalhete de flores. Passava pela frente do jardim diariamente ao voltar da escola. Era o horário em que o senhor e seu cão, Caio, estavam almoçando ou descansando depois da refeição. Pulava a cerca e retirava as mais belas e abertas violetas. Percebeu que era melhor, entretanto, colher os botões. Tinha espasmos de candura ao ver as pétalas abrindo-se, como o despertar de algo que ele não sabia descrever. E agora os planos e as jogadas começavam a ruir com aquele muro. Malditos tijolos. Não trazia consigo a sensatez dos que assaltam para conseguir lucros. Fosse o caso, a última coisa que roubaria seriam flores. E isso o senhor dono das violetas sabia.

O próprio espantou-se com o andar altivo de um jovem branco, cabelos negros, olhos de graúna, despontando no portão caído na calçada que trazia um muro inacabado. O dorso muito magro, o menino muito alto, algumas sardas nos ombros, o tórax desnudo. Nos braços esguios, um buquê de violetas, algumas murchas, e o suor aparecia-lhe nas gotas que insistiam em molhar as franjas lisas e caídas sobre a testa com espinhas.

No jardim, repleto de talos de violetas, Caio, o cão, pressentia que um novo inimigo aproximava-se. E, dessa vez, trazia também as temidas flores, sinal de que aquilo poderia significar uma conspiração, não sei. Correndo e latindo em meio ao cemitério de violetas, o bicho tinha plena certeza de que cada passo que o menino dava em direção à casa era sinônimo de uma morte que parecia estar chegando para lhe aplainar o ciúme. Na porta, o menino não precisou tocar a campainha. O senhor abriu-a lentamente e, olhando fixamente para ele, teve que dizer:

– Então, é você o *ladrão* de violetas?

Sem pestanejar, engolindo em seco as angústias que estavam em cada frase a ser pronunciada, o menino limitou-se a indicar:

– Quando a gente passa o dedo nas folhas das violetas, elas nos acalmam. Trazem paz e tranqüilidade.

Caio, o cão, latia. Ninguém ouvia. E só restava-lhe planejar um suicídio. O senhor convidou o menino para entrar na casa e mostrou-lhe os inúmeros sacos de sementes de violeta.

– Quero viver ao seu lado, para sempre, como nos filmes. O senhor não mais precisará de todas essas sementes. Não precisarei roubar mais violetas.

Num olhar de dúvida, o senhor cansado e de óculos grossos indagou, com as rugas na testa, o que fazer com todas aquelas sementes. O menino levantou-se em direção à cozinha e preparou um chá, enquanto Caio, o cão, percebia que a cerca caída poderia ser um excelente cenário para sua morte. As violetas começaram, uma a uma, a murchar. As massas espessas de ar de solidão deram espaço ao vapor emanado pelo bule, que trazia, quente, chá de sementes de violeta.

T. Soares, 23, nasceu em Recife (PE), num dia inóspito como 01/01/77. É jornalista formado pela Universidade Federal de Pernambuco (UFPE) e videomaker, tendo recebido, entre outros, o prêmio máximo da Sociedade Brasileira de Pesquisa em Comunicação, pelo vídeo-documentário Uma salva de palmas, auditório! *Mostra, nesta antologia, fragmentos de seu primeiro livro – ainda inédito –* Pedaços para você que não existe *(1999) e é apreciador voraz da poesia contemporânea de Antônio Cícero, Waly Salomão, Jorge Salomão, Haroldo de Campos, Guilherme Zarvos, entre outros. Entre os trabalhos acadêmicos que desenvolveu, está o exercício que une semiótica e música pop,* Vamos comer Caetano *– uma tradução, e a pesquisa* As vozes de um canto *– a passagem de Alberto Cavalcanti pelo Recife, este último, um livro reportagem também inédito, que analisa o processo de realização do filme* O canto do mar *(1953), no Recife, feito em parceria com a jornalista Carolina Monteiro. Acabou de realizar o vídeo* Dedicatória, *baseado em fragmentos de Clarice Lispector e Hilda Hilst.*

Bandida
Ana Queiroz

Lembro-me bem de quando a conheci. Ria tão bonito, tão alegre, e esse riso contrastava com a reserva do olhar. Estava fechada em si mesma e exalava mistérios. A ligação entre nós se fez imediatamente. Conversávamos e todos os assuntos se desenvolviam e se desdobravam em outros, de tal forma que não concluíamos nenhum. Ela, raciocínio matemático; eu, literatura. Morávamos em cidades distantes. Por meses escrevi-lhe cartas nas quais me desnudava; por muitas noites, ao telefone, falei-lhe de coisas que em mim desconhecia, compartilhando, pela primeira vez, o meu ser obscuro, doce e dolorido. Nua em sua presença, encontrei a minha força. Forte, fui ao seu encontro. Também ela foi-se deixando escapar para que eu a compreendesse. No trabalho de decifrar as suas reticências, mapeei os seus contornos. Ela, decodificando-se aos meus ouvidos; eu, descobrindo-me uma pessoa de verdade. E assim me apaixonei.

Eu havia pedido a Deus uma paixão avassaladora. Ele me atendera.

Então, uma enxurrada de palavras me tomou. Todas as entidades – o Delírio, o Impronunciável, a Vida, o Intenso, o Raro, a Aleluia – que eu adivinhava, percebia, imaginava, chegaram-me em visita clara. Arrebatada pelo Encantamento, comecei a expressar o que em mim havia, a usar outro olhar para enxergar o que fora de mim se passava. Tudo me apareceu claro, novo por ser claro. Pisei o chão com vontade e certeza – era bom estar viva (e como isso era novo!).

E quando nos encontramos num quarto de um hotel qualquer de sua cidade, o meu corpo acolheu suas mãos com uma volúpia até então ignorada. Ela completou sua entrada em mim, abrindo-me onde eu sempre fora somente dor, amarras e reservas. Chegara o momento de receber o quinhão de prazer que me cabia e ainda não pudera usufruir.

Ela teve medo do que ofereci: os seus próprios devaneios desenhados em nossa pele com suor, saliva e movimentos. Quis fugir, receosa de perder sua alma para o precipício que eu descerrava ante seus olhos. Ela, racional; eu, kamikaze.

Voltei para Brasília, ensandecida por desejos carnais, ungida com delícias. Em noites silenciosas, no escuro de meu quarto, aprendi a rezar seu nome, sabendo que Deus concordava em dividir com um mortal a minha devoção porque o sentimento a me mover os lábios era sagrado. Louca, louca – apelidava-me, contrita. Quero-a, eu rezava. Quero-a, eu gemia.

Mas ela se consumia em dúvida. E decidimos não nos ter mais.

Resolvi, então, procurar uma caixa bem bonita para guardar as cartas que lhe escreveria durante o mês e não poderia enviar. Depois encontraria outras, sempre bonitas mas sempre diferentes, para guardar as cartas de outros meses. Enfeitaria minha casa com elas. Providenciaria móveis onde pudesse dispô-las. Estava viciada na comunicação que estabelecêramos: era tarde demais para mim.

Mas também já era tarde demais para ela. Não lhe seria mais possível voltar ao lugar-comum. Fizeram-lhe falta o meu corpo e suas umidades oferecidos como hóstia e vinho, o espaço novo que eu criara em sua vida, a veemência com que eu pronunciava as palavras, a minha certeza de lhe estar destinada desde o princípio dos tempos. Eu era forte, e ela gostava disso; sabia-me vulnerável, mas adivinhava que não precisaria me levar pela mão, e isso a encantava. Ela me amava, mas submergia no medo e mantinha distâncias.

O Universo conspirou a meu favor. As raízes que a prendiam a Curitiba apodreceram e perderam a força.

Entrou em minha casa para ficar pouco tempo. Demorei a acreditar que era real a sua presença. Deliciava-me o movimento que fazia no colchão e que, em ondas, me alcançava. O seu riso preenchia o apartamento e me iluminava. Agora era eu a ter medo. Descobri-me ardilosa. Ao acordar, beijava-a inteira, todos os dias, para me certificar de que de fato estava ali, para transmitir à sua pele a alegria que essa constatação me trazia, e também para que se acostumasse ao prazer dos meus beijos e não quisesse ir embora. Cumpri todas as suas vontades. Entreguei meu corpo às suas experiências, lasciva. Banhei-a em cachoeiras dos arredores. Cobri-a de delicadezas insanas. Marquei seus caminhos com sinais de minha presença carinhosa. Fui seu ponto de referência na linearidade de Brasília. Ela foi baixando a guarda. Acerquei-me de suas trincheiras. Ela, ainda se protegendo; eu, avançando em sua direção com passos comedidos.

Procurava-me nas madrugadas para sessões de sexo desesperado. Ou, dentro do sono, abraçava-me com força, só assim rendida ao desejo de descansar em mim. Ela, encarcerada em si mesma; eu, à espera de sua libertação.

A saudade que ela sentia de Curitiba varava-me a alma. O cheiro de suas roupas no armário, quando voltava à sua cidade em rápidas viagens, era meu desespero e minha esperança.

Enraizou-se aos poucos em Brasília. Enraizou-se lentamente em mim. Mas, embora irremediavelmente apaixonada, ainda se conservava a uma certa distância.

Enquanto transcrevíamos nossa paixão para o cotidiano, exercitei a arte da espera. Dava-me inteira, e dela recebia apenas indicações do amor que tinha por mim. Quis vasculhar seus recônditos; ela não se deixava penetrar. Ela, ostra; eu, polvo com ativos tentáculos.

Rendi-me, um dia. Abri meus braços para o seus abismos inescrutáveis. Quero-a assim, rezei. Quero-a assim, gemi.

Entregou-se, então.

E hoje bebo das fontes que reserva para mim. Sou a sua mulher. Ela é a minha mulher. Em noites inesperadas, revela-se mágica. Em dias auspiciosos, conta-me segredos. Mira-me no meio de muitas pessoas com olhar de dona. Escorrega as mãos em mim e me causa demorados estremecimentos. Louca, louca – apelido-me. Chamo-a bandida.

Ana Queiroz, maranhense, 37 anos, lésbica, apaixonada por literatura desde a alfabetização, formada em direito, curso de letras incompleto e no momento suspenso por absoluta preguiça, funcionária pública.

Aula de pintura e/ou manhã numa cidade
Márcio El-Jaick

O quadro

No canto esquerdo da sala. Óleo sobre tela, 112cm × 153cm. A mulher nua encara a janela e mira um ponto que não avistamos. Está desamparada; a sensação de abandono é gritante. Tem em mãos uma toalha – escudo para o mundo lá fora? –, que segura distraidamente e a torna ainda mais vulnerável. O quarto está relativamente escuro, apesar da manhã que desponta azul e sem nuvens. A cama ainda desfeita contra a parede, e as paredes nuas de cores frias contribuem para dar à tela um ar nostálgico. Tudo sugere silêncio. E é o quadro preferido do professor.

O professor

Entrou na sala timidamente, embora com passos firmes, e deixou apostilas, livros e telas sobre a mesa de madeira escura. Apresentou-se, discorreu sobre a proposta da palestra, pediu para que cada aluno falasse um pouco de si e deu início a suas teorias.

As mãos fortes agitavam-se com leveza e a entonação ganhava ares de dramaticidade conforme explicava um contorno ou outro. Os cabelos castanhos claros em desalinho, os grandes olhos verdes e a roupa cáqui compunham o personagem saído de um filme dos anos 40. A voz era quente e o fascínio que exercia quando se entregava a divagações sobre a arte, enorme. Tinha 32 anos.

Falava do pintor como quem toca com cuidado no campo do sagrado, do divino. Explicava perspectiva, abstração, luz e caráter psicológico. Dizia que "as concepções supostamente realistas não são simples representações de uma realidade descritível, mas reconstituições [e aqui a entonação ganhava força] que transcendem a mera experiência". Andava de um lado para o outro envolto em elucubrações sofisticadas e não parecia notar nada à sua volta. Para angústia do aluno.

O aluno

Era um dentre vinte e se encontrava na última fileira. O pulôver vermelho dava maior intensidade aos cabelos extremamente pretos e lisos. Os olhos também negros eram emoldurados pela armação grossa dos óculos previsivelmente preta. A camisa branca e a calça jeans conferiam a leveza que seus 24 anos exigiam.

Foi o último a se apresentar e disse apenas o nome, a idade, onde estudara e o motivo de estar ali – aprender. Não falou que era, ele próprio, professor – de francês. Não contou sobre as telas que chegara a expor no museu de arte moderna da cidade grande. Nem do concurso nacional para novos pintores que havia ganho. E esclareceu tão pouco em parte porque a timidez não o deixaria ir mais longe, em parte porque não achava mesmo preciso.

E se encantou com a presença perturbadora do professor. Assim: como se jamais tivesse se encantado. E olhava para ele como quem busca algo vital. Com olhos que demandam atenção. Já!

O imprevisto I

O professor desceu os olhos sobre o aluno e interrompeu a palestra. Como se agora visse uma novidade na maneira com que o jovem o fitava. Talvez Narciso admirando a si próprio pela admiração patente do outro, vendo a si mesmo no espelho de olhos alheios. Ou não.

Mas como saber?

A luz

Talvez fosse bom, afinal de contas, falar dos quadros que havia pintado – no final da aula.

A forma

Todos aplaudiram a notável apresentação. A maioria da turma saiu; uns poucos ficaram para trocar idéias. O aluno esperou até que o último se fosse e foi ter com o professor. Chegou timidamente e não sabia como começar o assunto. Foi o professor que perguntou se tinha gostado. "Claro, muito". E falou das telas que havia exposto.

– Eu adoraria dar uma olhada – disse o professor.

– Não é nada demais, é só...

O imprevisto II

– Preciso dar mais uma aula num instituto de artes no centro da cidade, mas depois estou livre... A gente poderia se encontrar. Esse brilho já estava aí nos olhos? Esse fulgor repentino era só impressão ou fato? O aluno contraiu os músculos da perna – puro hábito – e já sentia as palmas da mão molhadas.

– Ótimo, por mim tudo bem.

– Você conhece algum lugar onde a gente poderia ir?

– Tem o Crowd Café, que fica sempre lotado.

– Não, decididamente não quero um lugar cheio. Nada mais calmo? – Novo fulgor nos olhos do professor, mais calor no corpo do aluno.

– A Cantina do Antunes está sempre vazia; tem música ao vivo, sabe, voz e violão... Nada muito agitado.

– Parece perfeito. Como se chega lá?

E o aluno deu todas as direções. "Às nove da noite", marcaram. No final, um aperto demorado de mãos. E troca de olhares insinuantes. Então: "tchau".

A perspectiva

Era cedo para o aluno se pôr a imaginar, mas parecia inevitável. Fora sempre assim, não seria diferente agora. E havia isto: o professor morava longe, a três horas de distância. O homem era perfeito demais para que o deixasse sozinho nos labirintos sem fim da cidade grande. Não, enlouqueceria ali só de imaginar as possibilidades que se ofereceriam a ele.

O aluno buscava um relacionamento – odiava a palavra, mas na falta de outra... – calmo. Morar junto, sair para jantar, cinema, teatro, viajar, essas coisas. Calmo. Não às inconstâncias. Sentia-se um senhor, velho. Duzentos anos de histórias cheias de muita tensão lhe deixaram assim: cansado. Estava pronto para algo especial. Agora a insegurança. Sentia-se assim: vulnerável, nostálgico e entregue ao abandono. Era todo silêncio. E deixou-se ficar à espera da noite.

O acontecimento

O aluno chegou às nove e dez, não viu o professor e sentou-se numa mesa distante do balcão e do pequeno palco, perto da janela que dava para um jardim. Ansioso. Tirou o maço de cigarros do bolso da jaqueta de couro marrom, riscou o fósforo e, com a outra mão em concha, acendeu o cigarro. Três tragadas e nada do professor. Um furo a essa altura?

Já estava desanimando, quando o homem entrou pela porta, triunfante. Vestia a mesma roupa, mas parecia ter acabado de tirá-la da gaveta.

E o aluno mostrou três de suas telas, e os dois conversaram sobre pintura, tintas, preços, museus, escolas, filmes, peças, televisão, guerras e depois. Depois: da vida de cada um. Com detalhes. Era fácil; parecia fácil. Como se já se conhecessem. Como se fosse assim sempre. Desnudaram suas histórias. Romances, falta de romance, faltas, excessos, carências, defeitos, namoros, casamento, as delícias, rompimento. Incrível como era simples. Fácil.

Mas havia no caminho deles a pedra da distância. Então.

A surpresa

— Fui convidado para dar aula em duas escolas daqui.

O aluno contraiu os músculos da perna. Calor: tirou a jaqueta e ficou só de camisa azul-marinho. E, como não dissesse nada, o professor continuou:

— Mas acho que não seria exatamente o ideal para a minha carreira, quer dizer, tem tanta coisa acontecendo onde moro... Além disso, uma das escolas quer uma resposta amanhã.

E mudaram de assunto porque não era preciso continuar. Porque promessas que não se podem cumprir são sempre pior do que a ausência de promessas. E porque esse calor que os dois sentiam no corpo já não era mais de timidez.

Foi o professor quem perguntou:

— Você não conhece um lugar mais calmo onde a gente possa ir?

E, depois do susto de sentir a coxa do professor encostar na sua debaixo da mesa, o aluno respondeu:

— A minha casa.

A textura

Natalie Merchant no aparelho de cd. O professor deixou a taça na mesinha de centro e, sem cerimônia, trouxe com as mãos o rosto do aluno para mais perto do seu. O beijo foi lento, demorado, sem pressa. A língua molhada do professor explorava os lábios cheios e vermelhos do rapaz. Mãos procuravam reentrâncias, curvas, pele, e assim camisas foram abandonadas.

O peitoral do professor era um convite aberto a carícias. E as calças se foram. E cuecas. Brancas, as duas. E meias. Nus, assim, procurando um ao outro com sofreguidão. Regados a vinho — tinto. Sentindo o sexo do outro, as nádegas do outro. Sentindo o calor do outro.

— Você tem camisinha? — perguntou o menino.

Primeiro foi o aluno. Sentindo dor no começo, alguns gemidos. E prazer. Depois, uma alegria de encontrar-se assim tão livre. O professor parecia extremo conhecedor do assunto. Versado. Entregava-se obtendo e oferecendo prazer ao mesmo tempo. O gozo foi mútuo. E quase em sincronia.

Mais vinho e conversas ao pé do ouvido. Mais música. Desta vez, Nana. E foi a vez do professor. Mais silencioso. Sentindo apenas, pedindo por mais. Assim: quase pornográfico. O aluno sentia o calor de estar dentro do homem. Era quente. Indiscutivelmente quente.

Os movimentos foram ganhando ritmo e os dois gozaram juntos. Como numa dança bem ensaiada. E tiraram cigarros do maço e fumaram, bebendo o que restara da garrafa sobre a mesinha. No final ainda: macarrão a dois. E cansaço. Quatro da manhã. Apagaram.

O dia seguinte

As cores

Frias. O quarto entregue aos descuidos da noite anterior. A cama desfeita contra a parede sugeria delícias passadas, mas evidenciavam o ar desamparado da manhã. O aluno estava sozinho e releu o bilhete ainda mais uma vez "Foi muito bom. Ligo para você de casa. Beijo. Meu telefone: 236-1731".

Então se levantou e começou a dar um jeito na casa. Tomou banho e pegou as provas que já devia ter corrigido. Sem saco, mas fazer o quê? E se entregou ao trabalho. Já estava sentindo uma pontada de dor de cabeça quando o telefone tocou.

O imprevisto III

— Sou eu, estou ligando da Escola de Artes Tavares. É, resolvi ficar. Por enquanto, na Pensão da Antoninha. A gente pode se ver esta noite?

Márcio El-Jaick nasceu em Nova Friburgo, no estado do Rio de Janeiro, e foi morar em Niterói aos 18 anos, para estudar jornalismo na PUC-Rio. Formou-se em 1994 e foi morar nos EUA por um tempo. Quando voltou, fez um curso de extensão de formação de tradutores também na PUC, concluído no ano passado. Atualmente traduz para a Revista Seleções, entre outras coisas. Em 1999 participou do concurso literário promovida pela revista Livro Aberto *e pela* Xerox do Brasil *e foi um dos escolhidos com uma novela gay.*

Curta-metragem
Rebecca Pedroso Monteiro

Ultra-realismo. Bar de beira de estrada. Tempo encurralado em chuvas. Entram duas mulheres aparentemente inofensivas. Alta e escura uma, menos alta e vermelha a outra. Vulvar e labiríntica a mulher vermelha. Estática e altíssima a mulher marrom. A mulher vermelha tem sardas e é lenta. Usa tamancos pequerruchos de salto transparente e um vestido tão vermelho quanto ela. A mulher escura parece entediada, é magra e absurda. Usa óculos de sol e roupas pretas. Ambas estão redundantes de cores: vermelho em vermelho, preto sobre preto.

Espectadores possíveis: um cachorro alheado, um bêbado contumaz, um atendente de chinelos e um dono do bar lá dentro. Espectador imprescindível: uma mulher da casa ao lado que ia comprar cigarros.

Raio distante compõe dramaticidade crescente. Sino de seis horas marca catolicismo sempre próximo. Viciado e pobre o evangelho. Ave-Maria vencida.

Todo azul o bar. A cena é urgente e aguda. As duas mulheres entram. Emparelhadas. A vermelha senta-se ágil numa cadeira da Brahma. De armar. A de óculos escuros pede uma coca-cola. Que nomes teriam as mulheres? As janelas estão todas fechadas.

A mulher de vermelho sua muito, abana-se com um panfleto amarrotado de humores. Tira os sapatos. Tira a bolsa a tiracolo. Respira os ares úmidos do bar azul. Levanta a saia de muito vermelho vestido. Grossas coxas sardentas saltam em obscenidades.

A mulher de negro. Está em tudo. A tudo povoa com seu langor incrível. Ela é toda um porto. É um ponto. Se move em anônimas secreções. E é linda. Bebe sua coca-cola em longos goles de torpor e tédio. Sim.

A mulher que foi comprar cigarros observa as mulheres em cada ato todo: seus múltiplos olhares. A mulher dos cigarros escuta, vibra, seus feixes de nervos domesticados: sua catástrofe. Sua escura peludez interna por ninguém é olhada. Toda ela está fechada e à espera de algum talvez grito do mundo, por isso olha as mulheres que entraram. Com avidez.

A mulher de vermelho não olha nada. A mulher de negro olha, displicente, toda a cena de azul colorida. Súbito vê a mulher dos cigarros. E divaga:

Ela me olha. É linda. E no entanto não me excita. Ela poderia estar nua para mim. E com as pernas abertas. Eu veria sua vulva intensa. Seus lábios. Lá dentro uma grande vertente de humores se alternando. Já em mim. A mulher está na minha mesma frente. Meu próprio olhar não vê nada que não seja ela. Ela apenas está. E não me excita. Olho mesmo sua maciez interna. Posso imaginar seu umbigo enorme de partos esticado. Velho. Sua mesma perna esquerda fremindo. Terei asco? Julgo que me olha, se olha. E já me excita? E parece ter as pernas suadas de uma languidez em recusa que, no entanto, não quer recusar. Sim. Eu a quero para mim. Toda ela é uma apenas presença. Nada mais vejo. Toda ela não está aqui. Não representa nada a não ser que a vejo. E muito.

A mulher negra se espreguiça na cadeira ossuda e seu corpo perde lentamente o torpor mole que o dominava. Sussurra idéias e desejos para a mulher de vermelho. Algo está combinado. Estende, então, longas pernas em direção ao balcão onde está a mulher dos cigarros. Deixa a garrafa de coca vazia depositada inerte e alonga braços e pernas e busto ao banheiro.

A mulher dos cigarros olha agora a mulher de vermelho. Algo está prestes a acontecer. E então:

A mulher de vermelho é sangüínea e veemente. Fecha os olhos e, toda pernas, acomoda melhor seu sexo na cadeira de armar. O vestido levemente sobe. Coxas, coxas, púbis, pêlos, umbigo, sardas, seios. A cadeira balança sua instabilidade. Os braços ergueram vestido, está todo vermelho o corpo nu, todo ardente o rito seco, todo inteiro o espanto ato. Todo. Grande sexo ovalado rubro sexo.

– Meu Deus!

A mulher dos cigarros fecha os olhos. Gritou sua surpresa de espantos mas agora quer olhar, súbito quer muito olhar. Abre então os olhos, de puro abismo tocados.

A mulher de vermelho abre cheios seios com mãos de página. Acaricia-os em sedutora volúpia. A cena atenta à cena. Uma mão desce escorre. O sexo florido retorna entre dedos. Uma mulher grande, nua, com as pernas abertas. Uma mulher grande, nua e com as pernas abertas e isso é uma obsessão. Uma mulher enorme e nua e com as pernas abertas em todas as direções. Navios. Em todos os abismos. Segue bolinando-se em vermelhos. Sua mão vibra em sexo. Molhados os pêlos. Calorenta e viva a forma. O vestido vermelho no chão.

O moleque atendente abre ávida boca. Pára estacionados os olhos. A mão a meio tempo de abrir o freezer.

O cachorro lambe-se, desviado. O sino bate. A igreja está aflita? O bêbado coça a cabeça.

A moça alta e negra retorna do banheiro. Toda nua inteira. Ajoelha sua longilínea curva junto à mulher vermelha e à cadeira instável. A mulher de sardas sobe barulhos. Ergue os braços para trás da nuca. A moça negra lambe-lhe as pernas. O suor das sardas. Os pêlos novos e velhos. Íntimas viscosidades derramam-se. O ar está pulsando de urgências.

O moleque atendente olha. Olha muito tanto. Seu sexo cresce brasas. O bêbado treme sua geme: tudo é sexo em dias chuvosos.

Aos poucos o barulho aumenta. Muita chuva, violenta ventante. Janelas de ferro vibram. 90% de ferro nas almas. A cidade pode ser Itabira. Feminina cidade. Língua de mulher move-se em sutilezas. Asperezas delicadas. Não existe pecado entre montanhas calçadas. O sexo é o forte. O sexo. As duas mulheres vermelham muito em gritos espasmos, melancolias esquecidas. Ao chão se lançam e tudo vibra tudo. Lambem-se em doces e colas. Seios enormes avançam negra volúpia. O bar é azul. A lua está longe. Talvez.

O dono do bar entra na cena. O ar está parado de úmidos. Tudo transborda e espera. O cachorro espreguiça seu sono. O barulho parece vermelho. O dono do bar aparece atônito na tarde melada de ardores.

O texto acolhe o texto. O que pode uma criatura entre outras criaturas senão amar? Esse conto é uma homenagem a Drummond. Agora sei. O sexo pulsante. Agora sei. A mulher dos cigarros geme suas escondidas fomes.

O dono do bar está estarrecido. Segue o olhar atormentado da mulher dos cigarros. Tenta andar mas não pode. Entre a mulher dos cigarros e ele duas mulheres de opostas cores se atravessam. Complementares. Um vestido vermelho no chão de cimento de um bar azul em Itabira de ferro. Tudo é adjetivo e anguloso. A mulher dos cigarros engole invejas de uma cena híbrida de sexo e hipnose. Tudo se quer misturar. Nada é casto. Não há mentiras: ela quer se misturar a elas.

O bar é azul e tem cortinas de xadrez em lilás e dourado. A mulher dos cigarros treme sua vontade atônita:

Sim. Não. Sem. Não. Estou indo em direção ao proibido. A mulher negra escolhe sua presa em pântanos de ser. Sou eu. Escuto. Ela toda é uns dentes que riem. Hipócrita. Ela me quer. Será? Toda ela são uns dedos sujos de branco viscoso. Ela é linda. E parece tão lisa. E parece tão leve. E parece tão úmida. A mulher vermelha me devora em olhares sinuosos. Ela obedece sua amante como eu a obedecerei.

A mulher dos cigarros se encolhe. Gira no chão. Todo o seu corpo é um mundo que reverbera poemas de ardor. Mas não pode com aquilo. Não pode. Ou sim?

Engulo-as com dentes branquíssimos. Seu sangue está no meu e é tarde. Apalpo, prendo, rasgo. Fujo. Meu Deus! Quero fugir. Mas elas só elas me acompanham. Me comem com os olhos com as pernas. Esta é toda a minha lua nova. Aquela é meu sexo de assombros feito. Suspiro. Meus pés comicham escutando rumores. Toda eu sou uma espera aflita. Eu quero.

Regurgita. Seu seio enorme é uma única e vasta reverberação. Escoa. Seu sexo escuro não foi até agora mas será, a partir de agora, uma dádiva. Podem-se escutar seus passos. Vai em direção a. Tira lentamente a roupa. Seu mundo interno despido. Os chinelos. A calça de pano verde. A blusa de propaganda de David Neves 9985604, vereador. O sutiã quase novo. A calcinha. Verde oliva. Sim.

O céu chove torrências. O mundo encolhe. A objetiva se amplia. A mulher dos cigarros escolhe as mulheres. Tímida toma uma cabeça no colo. Ávida toma outra nas mãos, beija a boca vermelha e a negra. Sardas e cores. Pés de ferro agarram pernas flácidas e duras e negras e brancas e outras e pernas e braços e escuros e tudo e sempre e tudo. O céu. Começa sua limpeza. As cadeiras tremem. Todo o bar cenário treme. As três mulheres inofensivas se amam se chupam se lambem. O cachorro dorme. A terra é eterna. Uma porta estrondo se bate. Os cravos estão sozinhos. As rosas despedaçam-se alheias. Que importam os nomes? Itabira é apenas um retrato na parede. As mulheres não têm neste momento nome algum, dor alguma, rio algum, nem mãos, nem pernas, nem suores do mundo, nem filhos, nem espermas, nem vícios. Todo o mundo é presente. Toda a dor é amena. Todo o real é oblíquo. Não há câmeras. Não há narradores. A palavra espreita a cena. Cadeiras, braços, vermelho, vestido, mordidas, erógenas, precipícios, cadeiras. O bar é azul e tudo chove. O sexo invadiu a tarde. A narrativa não admite paradas. Tudo evolui para. As vulvas cheias. O mundo cheio inteiro. O grito avulso não é contínuo nem continuado. Cada uma em cada hora sorve lábios vulvas dobras. As mulheres enrodilham seus panos de peles. Seus seios seus seios seus seios cheios seios sumos. Têm as pernas e as almas abertas. O cheiro toma conta de tudo. Que cheiro? Que cheiro? O sexo é forte. O grito avança. As mulheres ensopadas se movem. Enguias. Tudo é reentrâncias. Elas nunca param. Línguas. Três Marias. Se forem importantes os nomes. O rio no meio é negro moreno e ruivo. Magro e alto e grande e mole. Tudo aguarda. O elemento feminino de ferro. Que pode uma criatura. Maria do Socorro, a mulher dos cigarros. Maria da Glória, a alta moça negra. Maria Irene, a moça vermelha de sardas. As coisas tangíveis. Itabira. Um seio. Uma ponte. Tudo é um bar alhures. O outro lugar. A semente. O menino senta-se no caixa. O patrão dá de ombros e retorna para seu dentro. O bêbado não entende, morto morto. As três mulheres reverberam últimos gritos. Três em transe. O tempo é o gozo do tempo. O tempo. Três mulheres. Um só tempo. Chove agora e é noite. Uma das mulheres se levanta. Altíssima. É também noturna parte. Olhos se fecham. É tarde na narrativa que escorre. A mulher de vermelho recolhe seu vestido. Levanta seus seios e sardas. Está cansada e é sábado.

A mulher dos cigarros está deitada em águas e agudos no cimento velho do bar. Está sem chinelos, escolhida, vertente. De olhos fechados pensa em Maria Irene e Maria da Glória, mas não sabe seus nomes: *Seu gosto permanece comigo todo o tempo. Cera e sal. Gozo. Estou em rios gelados e quentes. Elas povoam meu mar ávido e são todo meu amor inteiro. Nevrálgico. Estive sempre chegando a este bar. Tomo suas mãos nas minhas e beijo.*

Maria do Socorro que ia comprar cigarros e descobriu as mulheres ajoelha-se então para Maria altíssima. A Maria negra. Os sinos tocam. Abraça suas pernas em solidão de amor.

Mas a Maria negra não tem mais as pernas abertas. Levantou-se já e é tarde. Paga sua conta. Maria do Socorro a seus pés. Beija-a em último aceno. A alegria volátil. A despedida. Maria Irene veste seu vestido vermelho.

A chuva diminui seus perigos. O ar é violeta às oito horas. Maria da Glória e Maria Irene se afastam. Abraçadas lânguidas rindo. Todo o mundo é uma alegria começada.

O segundo desmente o segundo. Todo o tempo espera no bar azul em chamas. O fim se aproxima. E finalmente:

Maria do Socorro que ia comprar cigarros e descobriu as mulheres tem certeza. Levanta-se de um só langor. Se infla. Corre para a porta para a rua estrada sua única escolha suas mulheres. Seu amor. Maria e Maria como também ela o era. Faminta.

Mas as duas mulheres se riam. Mas as duas mulheres eram um par apenas. Mas as duas mulheres não queriam uma terceira Maria. E as duas mulheres se foram. Ou nunca vieram.

Para Maria do Socorro, a dor. A dor.

Mas Maria do Socorro que ia comprar cigarros cospe violências e decide. Tinha escolhido apenas. Lança-se ao mundo mesmo assim. Nua e linda e enorme. Vai à procura de.

Ela não são elas mesmas sem mim, nem meu rio nem minha sentença. Tendo minhas amarras desfeitas, eu parto.

O mundo move-se dos mastros. O mar de morros avança.

Um mar de ferros feito. Em metragem curta para não arder. Como são muito lindas as mulheres. A mulher dos cigarros na proa. Sobe ladeiras calçadas.

Mundo vasto sem solução e sem rima. As ladeiras sobem. A narrativa se acaba acabada. Sinopse de minas oblíquas. E Maria.

E Maria procura as mulheres. Para fazer santíssimo trio.

Assim o texto decidido. Ave!

Rebecca Pedroso Monteiro é arquiteta, formada em 1995. Atualmente faz mestrado em estudos literários na UFMG – Faculdade de letras.

Davi e Rachel
Abbud

Não sei como aconteceu. Realmente ser-me-ia impossível relatar como pôde passar-se tudo. Mesmo a certeza de que foi um processo lento, paulatinamente criando uma situação de estremecimento que se foi exacerbando, até chegar ao ponto em que chegou, é mais uma racionalização do que uma constatação racional. Porém a verdade é que meu casamento atravessa uma crise. Crise tão profunda que já começo a pensar em separação como único meio de impedir que minha esposa se converta em meu pior inimigo.

Amiúde deparo-me tentando rastrear o momento em que nosso casamento começou a desmoronar. A vida toda aprendi que nada é certo, tudo é incerteza e dúvida, mas um relacionamento matrimonial tem mais probabilidade de dar certo quanto maiores forem as semelhanças entre os cônjuges, e isso seguramente existe entre nós.

Ambos somos judeus e freqüentamos o mesmo colégio judaico em nossa juventude. Nos átimos livres, íamos com a mesma turma de amigos ao mesmo barzinho lá em Higienópolis. Fazíamos as mesmas troças com Eliezer e seus companheiros ultra-ortodoxos de yeshivá (escola de estudos rabínicos).

As similitudes não param por aí. Se cresse em reencarnação e outras estultícias disparatadas, diria inclusive que fora designado por Deus que nos conhecêssemos, pois nossas famílias já se conheciam lá na Europa. Meu primo em terceiro grau trabalhou com o tio-avô de Rachel em Budapeste. Meus avós paternos, após fugirem do campo de concentração de Treblinka (subornando os guardas com brilhantes que engoliram quando a Gestapo os fora buscar em sua casa), receberam acolhida junto ao mesmo convento cuja madre superiora arrancara as cortinas do confessionário para fazer roupas para parentes de Rachel, poucos meses antes. Ambas as famílias foram auxiliadas pela mesma organização judaica que financiou sua vinda ao Brasil.

Malgrado todas as semelhanças, nosso casamento está em xeque. Às vezes tenho a impressão de que somos dois estranhos. Outro dia estava vendo as fotos que tirei quando estive no Rio de Janeiro e, vendo as das estátuas de Narciso e Eco no Jardim Botânico, lembrei-me dos artigos que Antônio Cândido escrevera pedindo que as esculturas ficassem próximas. Comecei a pensar que alguém teria de fazer um abaixo-assinado igual ao do ilustre escritor para que eu e ela nos reconciliássemos. Até na cama somos dois desconhecidos, duros e frígidos como as figuras de metal do parque carioca. Talvez pior: ao menos Eco repetia as palavras de Narciso, enquanto Rachel mal responde as indagações que lhe faço.

De quando em vez tento tocar no assunto de nosso relacionamento mais e mais distante, ou tento namorá-la, mas ela responde com evasivas ou repete a secular escusa da "dor de cabeça". Que espera essa mulher de mim? Acaso supõe-me capaz de adivinhar o que sente? Como posso saber, se ela não me diz com clareza e de modo inteligível? Lembra-me os seminários de literatura ao colégio. Nossa professora sempre dizia que não importava o que os críticos falavam, mas o que sentíamos ao ler a obra. Nunca tirei mais de sete num daqueles malditos seminários.

Para coroar tudo, de uns meses para cá tenho tido sonhos muito esquisitos. É claro que todos os sonhos são confusos, e justamente por isso jamais entendi como os psicanalistas se arvoram em decifrá-los, mas os meus são extraordinariamente estranhos. Tudo começou há cerca de quatro meses, quando uma noite, após a recusa para uma relação sexual (a costumeira dor de cabeça), sonhei com minha avó materna. Havia muitos anos que nem pensava nesta figura excêntrica de minha infância. Objeto de risos por parte dos familiares de meu avô, ela, com seus aberrantes rituais sabáticos e sua mania de ficar vendo os desenhos formados pela borra de café, sempre fora um enigma para mim. Lembro-me de sentir um misto de proximidade por alguém rejeitado pelos restantes e de abominação por aquele palavrório ininteligível em ladino, ainda mais em presença de tantos falantes de iídiche da família de meu pai, como se ela se orgulhasse de ser diferente (uma sefardita em meio a tantos ashkenazis). No sonho, eu e Rachel íamos por uma aléia de frondosas árvores quando subitamente ela desaparecia por entre as ruínas de um antigo castelo. Em vão abria todas as portas sem poder achá-la, e é então que surge minha avó, arremessando-me a ponta de um novelo de lã, proferindo enquanto eu seguia a linha para sair das ruínas: "La hixa no está en kaxas de telaraña", isto é, "a moça não está em caixas cheias de teias de aranha".

Ao despertar, nada falei do sonho com Rachel, conquanto ficasse o dia todo pensando nele. Algo me dizia que os acontecimentos oníricos ocultavam uma verdade que eu não conseguia enxergar. Por mais que dissesse a mim mesmo que um troço tão estapafúrdio não poderia ser nada de importante, não pude afastar a minha mente daquele sonho e acabei por contá-lo a Davi, além de meu sócio nos negócios, meu amigo de infância. Ele me lembrou um provérbio judeu que diz: "sonhado não interpretado, carta recebida não lida".

Ao chegar em casa, mais uma de minhas conversas de surdo com minha esposa. Ela falando em ter filhos, e eu replicando que não estávamos em condições econômicas de ter um. "Estamos nadando em dinheiro e temos amor para dar" foi a afirmação em meio a lágrimas não derramadas. Como temos amor a dar a uma criança se nem nos entendemos sobre o momento certo de gerá-la?

Naquela noite, outro sonho maluco. Via uma casa, semelhante àquela em que meus avós moravam na Romênia (ao menos a julgar por fotos que vi) antes de estourar a II Guerra Mundial. Aparecia um touro apascentando em frente à morada e ouvia uma voz feminina dizendo que já era hora de haver um choro de criança naquela casa, pois estava vazia.

Dessa vez, o apelo do sonho parecia mais claro. Estava confuso e desorientado, sem saber como lidar racionalmente com aquilo. Foi a partir desse dia que me aproximei muito de Davi. Jamais me dera conta de quão sensível ele é. Passei a reparar em pequenas coisas que antes me escapavam. Ele podia estar doente, com problemas sérios em casa (se não me falha a memória, o pai sofreu derrame e inspira cuidados constantes), mas em hipótese alguma falava de modo grosseiro com os clientes. Por mais assoberbados de trabalho que estivéssemos, nunca tive de pedir para ele que me ouvisse as lamúrias e queixumes: antes era ele que me perguntava se havia algo errado. Comecei a confiar-lhe todas as minhas mágoas e problemas, vendo nele um ombro amigo. Impressionante como não conhecemos as pessoas, não é? Após tantos anos de amizade, estudando e trabalhando juntos, somente agora estou começando a conhecer o Davi. É uma pessoa singela e terna, características que sempre associei a mulheres e pessoas mais idosas, não a um jovem.

Poucas semanas depois, outro sonho insano com vovó. Ela estava fritando bolinhos de grão-de-bico (os felafeles que ela sabia fazer como ninguém). Perguntava-lhe como tivera uma filha tão linda, como minha mãe, e ela me respondia cantando uma cantiga de ninar:

"Y pues Deos permitio tener
más konecimiento del ke tengo de mi,
y de estar desatinada
y en tals fierros d'amor
solo foy posible amador
kando lo home konece a la muxer
ke Deos le permitio en si tener."

Quando acordei, não me restou alternativa a não ser perguntar como era a canção a Rachel, que conhece todas essas bobagens, e ir traduzindo aos poucos a letra com o auxílio de um primo meu que mora em Israel e é profundo conhecedor de ladino. As palavras são desconcertantes: "E pois Deus permitiu-me conhecer mais do que me conheço, e de estar desatinada, aprisionada de amor, só foi possível amar quando o homem conhece a mulher que Deus lhe permitiu ter em si mesmo".

À medida que narrava o sonho a Davi, ele enrubescia, como se soubesse algo e não se sentisse à vontade para dizer. Ao término, ele me sugeriu que falasse com Eliezer. Não consegui me furtar a um sorriso irônico. Alguém que mal conhecia, embora fôssemos vizinhos desde a infância, alvo de motejos de todo o nosso grupo de judeus liberais e laicos, o "urubu de solidéu". Como poderia falar com ele, e sobre coisas tão escabrosas como esses sonhos tolos e ilógicos? Foi quando Davi redargüiu que os elementos da tradição judaica e, em particular, da cabala eram conspícuos. Não pude deixar de dar ouvidos a argumentos tão racionais. Passei dias munindo-me de coragem, ensaiando conversas com um douto nas leis talmúdicas e rituais, e por fim fui falar com aquela figura excêntrica.

Temia que se recusasse a me receber, porém, ao contrário, foi de uma cordialidade a toda prova. Lembrou-se de mim quando falamos por telefone, e não se surpreendeu ao lhe pedir uma entrevista para discutirmos aspectos de nossa fé. Ou talvez até tenha ficado atônito, todavia não o demonstrou. Ao entrar em sua casa fiquei estupefato com a quantidade de objetos de que já ouvira falar, sem jamais ter vislumbrado em casa de meus conhecidos. Após preâmbulos de notícias de ex-colegas, parentes, trabalho, e todo aquele consuetudinário "etc. e tal" que sói proferir em ocasiões desta natureza, comecei a falar em religião. Não sabia como abordar o assunto que me levava a recorrer ao seu auxílio. Tinha a impressão de que seria ridículo falar de sonhos, sentimentos, conversas em ladino... Acabei deixando que a conversa se encaminhasse do modo natural, falando do problema básico: a crise conjugal que eu e Rachel atravessávamos já há meses. Desse azo, os sonhos surgiram na discussão sem que eu tivesse qualquer dificuldade em mencioná-los.

Eliezer me propôs uma prática cabalística: rezar um trecho do livro de orações e deixar a mente perambular pelas imagens e falas dos sonhos. Repentinamente, recordei-me de uma das poucas coisas que aprendera sobre o alfabeto hebraico. A cada letra corresponde um símbolo e um valor numérico. Alef é touro e vale 1 (um), beth é casa e vale 2 (dois). Mas, as associações paravam por aí. Fui-me embora mais confuso do que quando chegara. Passei horas meditando em tudo isso, sem tirar qualquer conclusão.

No dia seguinte, corri a relatar tudo ao Davi, que me pareceu já estar aguardando que minha reação fosse a que acabara de narrar. Ou antes, comecei a suspeitar de que ele sabia de mais coisas do que deixava transparecer. Mas que poderia ele saber de toda essa parafernália de sentimentos, sonhos, conversas sobre fé e práticas de meditação cabalísticas?

Foi então que aconteceu. Um sábado à noite, enfadado de ficar em casa com as mesmas opções de filmes e vídeos de prélios esportivos na televisão, enquanto Rachel se entretinha com seus livros de poesia, resolvi sair para dar uma volta. Conquanto as ruas arborizadas dos Jardins sejam agradabilíssimas, optei por subir a rua da Consolação, passando em frente aos barzinhos e casas noturnas. Algo que não sei explicar me mandava para aqueles lados. Em certo trecho em que se localiza um dos muitos *points* gls, parei estático. Era como se um balde de água gelada vertesse sobre mim, enregelando-me da cabeça aos pés. Ouvia meus batimentos cardíacos acelerados, ensurdecendo-me aos muitos outros ruídos de conversas, carros, música e algazarra. Ali, num bar gay, acompanhado de outros gays, estava Davi.

Por mais que não houvesse sombras de dúvida, tentava convencer-me de que aquilo não estava acontecendo. Não comigo. Meu sócio, confidente, melhor amigo e companheiro de infância estava diante de meus olhos, sentado com gays, num barzinho gay. Saí correndo, como se uma desgraça iminente se estivesse por abater. Cheguei em casa com uma insuportável náusea, a cabeça girando como se houvesse acabado de sair de um passeio na montanha-russa de um parque de diversões. Transpirava frio. Passava os dedos nas têmporas e testa, espalhando o suor para secá-lo, mas novas gotículas se formavam. Dizia a mim mesmo que me enganara. Era alguém parecido com Davi. Não obstante o repetisse incessantemente, esse pensamento não conseguia desanuviar a visão inquietante que tivera.

Rachel se deu conta de meu aturdimento. Disse que estava com uma cefaléia desgraçada e fui dormir. Custou-me muito adormecer e foi uma noite conturbada, pouco repousante. Despertei diversas vezes, levantava-me e andava pela casa às escuras, procurando não sei o quê, e depois de alguns minutos voltava para a cama. Sei que me revirei a noite toda, pois o livro de poesias de Rachel (que sempre deixa suas leituras num cantinho da cama) amanheceu no chão. Passei o domingo meio inconsciente, fazendo as coisas sem me dar conta de que as fazia. Era como se estivesse sonâmbulo ou fazendo tudo por inércia, automaticamente.

Segunda-feira, sentia-me constrangido com Davi. Troquei poucas palavras com ele e passei o resto da manhã fugindo de seu olhar e evitando conversas sem outras pessoas por perto. Ele não tardou a perceber e, a despeito de minhas negativas de que houvesse algo errado, disse que, se pudesse ajudar em algo, bastaria avisar. Morri de vontade de dizer que queria o fim da sociedade e que se nunca mais o visse enquanto vivesse, seria uma bênção dos céus, pois não queria que um transviado fizesse parte de minha vida. Calei-me com um nó na garganta. Davi deve ter notado minha contrariedade, uma vez que não me dirigiu a palavra o resto do dia.

Durante o restante da semana foi um autêntico suplício trabalhar com ele. A simples presença daquela criatura no mesmo escritório tornava a atmosfera pesada, quase irrespirável. Cada vez que me recordava de seus amigos abraçados, daquela gente passando pela calçada sem dar a mínima para aquilo – como se fosse algo natural – e sobretudo de Davi, em meio àquela depravação, parecendo orgulhoso de ser diferente de pessoas heterossexuais, a náusea e o suor voltavam. Uma tarde, após um prato mal temperado num restaurante de cozinha judaica das proximidades, tive cólicas e por pouco não esbofeteei Davi, acusando-o de me causar indigestão com sua pessoa. A voz dele, antes melodiosa, com aquele sotaque levemente carioca traindo seu lugar de nascimento e de primeira infância, agora irritava-me.

Rachel não pôde deixar de perceber meu estado emocional exasperado nos últimos dias. Achei por bem contar-lhe a verdade assim que surgisse a ocasião oportuna, a qual não tardou a aparecer. Ela me inquiriu o motivo de estar tão agitado e agressivo, supondo que fossem problemas de trabalho. Confirmei dizendo que estava insatisfeito com o escritório e pensava em dissolver a sociedade. Sorrindo com um quê de malícia, perguntou-me se a minha insatisfação era com o escritório ou com o colega de escritório. Foi então que atinei com o que ela insinuava. Disse, jogando verde para colher maduro, que descobrira sobre Davi o fato a que ela aludia. Reagiu de modo assombroso. Entre risos perguntou-me como podia eu desconhecer o que pelo menos metade da colônia judia de São Paulo já sabia desde há muito. Encolerizei-me incomensuravelmente: por que não me dissera antes? Nem me teria associado a alguém de hábitos reprováveis. Disse-me que justamente por saber disso é que nada me falara, pois poderia arruinar uma boa amizade e uma promissora sociedade por preconceitos tolos.

Já estava quase subindo nas paredes de tanta raiva. Sentia um calor nas faces, e acho que se me fitasse em um espelho notaria estar vermelho de fúria. Preconceito tolo? Como se pode ter um pré-conceito se estava claro que ele era um amaldiçoado homossexual e por conseguinte era o conceito de pervertido que ali estava em jogo e não o preconceito contra ele?

Foi quando veio a bomba que explodiu todas as minhas convicções, desvelando meus temores mais íntimos e secretos: por que estava tão alterado? Era porque descobrira uma preferência sexual incomum de um amigo ou porque ele convivia com isso de modo saudável, sem o peso da culpa e do temor que trucidam tantos outros, que receiam pessoas como Davi justamente por isso?

Foi tal a minha estupefação que saí correndo da sala, abri a porta e fui correndo para a garagem. Entrei no carro e, reclinando a cabeça sobre o volante, pensei que era o fim de tudo: meu casamento, minha sociedade com Davi, tudo em frangalhos, irremediavelmente perdido. Não faço a mínima idéia de quanto tempo permaneci ali, com os pensamentos e emoções convulsionados. Só sei que passei as mãos pelo rosto, quando percebi que estava molhado de lágrimas.

Voltei para casa e fui direto para a cama. Fingi estar dormindo quando Rachel veio se deitar. Não sei se a enganei ou se ela se fez de enganada para não piorar a situação. Fiquei insone, sem saber o que fazer. Passei dias remoendo tudo, trocando poucas palavras com Rachel e Davi, que também se limitavam a comentários lacônicos sobre coisas frugais e sem importância.

Resolvi buscar refrigério para minhas angústias junto a Eliezer, que novamente recebeu-me sem hesitação. A mezuzá, o vinho kosher, o sidur, nada mais me impressionava, ou talvez não estivesse com espaço para outras preocupações em meu espírito atormentado. Fui incapaz de falar sobre minhas reais angústias, porém direcionei a conversa para a questão de tabus, leis e proibições. Ele, com sua impassível tranqüilidade, me disse que as leis divinas, quer estejam no Pentateuco, nos Vedas ou num mito maia, sempre têm um único escopo: proporcionar a paz e a harmonia para que cada um possa se conhecer e conviver bem com os outros. Mas as religiões, como qualquer criação humana, estão sujeitas aos mesmos equívocos do homem, e por isso a lei é amiúde interpretada deturpadamente. Malgrado nada tivesse dito sobre meus problemas, saí mais calmo com o que ouvira.

Decidi esclarecer tudo com Davi. Esperei o expediente terminar e comecei a conversar sobre meu comportamento nas derradeiras semanas. Ele me disse que já esperava que eu tocasse no assunto, pois nada queria antecipar sob o risco de se intrometer em minha vida particular. Contei-lhe que o vira num barzinho gay, e desde então ficara transtornado, num primeiro átimo por estar surpreso com a descoberta, mas por fim percebera que no fundo o que me chocara fora a naturalidade com a qual ele parecia lidar com essa preferência tão execrada. Quando ele me perguntou por que a aceitação de sua condição me afetava, tive uma reação impulsiva e irascível. Empurrei-o violentamente contra a parede e, segurando-lhe os braços disse: "Por que, Davi, Deus me fez amar você, se a única coisa que tenho a lhe oferecer é ódio?". Sua argumentação foi de uma limpidez cristalina, todavia um diamante não seria mais duro e afiado: "O que você diz é um contra-senso. Se você ama, não tem só ódio para oferecer". Arremessei-o ao chão, com pérfida crueldade contra alguém que nunca me dera outra coisa além de amizade e franqueza. Saí vociferando.

Ao chegar em casa, contei a Rachel a briga que acabara de ter com Davi, sem omitir-lhe qualquer detalhe. Ela não pareceu estupefata, mas melancólica. Indaguei-lhe o motivo daquela cara, e ela me falou: "Que pena que certas pessoas prefiram magoar os que as amam, em vez de usar o dom mais precioso que se pode ter que é a capacidade de amar."

Sem saber o que dizer, pensar ou sequer como reagir diante daquela declaração, tomei um banho e me recolhi. Antes de me deitar, pela primeira vez, desde meu bar-mitzvá, abri a gaveta em que guardava meu xale de rezas como uma relíquia despropositada e inútil, mais pelo aspecto emotivo de ter sido presente de um pai amoroso. Tomei aquele pano recendendo a naftalina, e pensei: "Se algo me pudesse dar uma luz, talvez soubesse como resolver todos esses problemas". Guardei aquela vetusta peça e capotei na cama.

Sempre fui uma pessoa meio cética, avessa a questões sobrenaturais. Acreditava em Deus, porém nunca refletira acerca d'Ele. Não sei se foi Ele, meu inconsciente ou o quê possa ter sido, mas o fato é que a "luz" veio. Veio nas trevas da noite, dissipando as trevas em meu íntimo. Veio na forma de um último sonho. Sonhei que era um rapazola, todo vestido de verde. De súbito, uma águia veio voando e me pegou o braço, puxando-me para a entrada de um bosque, onde Davi estava colhendo umas folhas. Seu rosto aparentava ser muito mais velho do que ele de fato é. Ele me disse para beber a infusão que fizera com as folhas, pois era bem doce. Reparo que seus olhos brilham de um modo estranho, quase sedutor para uma pessoa idosa. Vejo então minha avó, sentada num canto com agulhas de tricô e um novelo de lã. Parece estar tricotando uma roupinha de nenê. Canta uma música (não sei de onde vem a música de harpa que ouço):

"La muita tristeza mia
Ke kausó teo deseo
De noite y de dia
Y xa dormia
Lo sono todo meo
Ka lo dem'agora d'amor
Me fixo filyar outro senyor"

(O desejo por ti me causou muitas tristezas, de dias e noites, e agora posso dormir, pois o demônio do amor me fez querer outra pessoa.)

Olho para a saída do bosque e Rachel está lá.

Quando acordei, estava plácido, como se a noite houvesse sido de grande repouso. Era sábado e telefonei a Davi, que me atendeu com voz sonolenta, mas aceitou se encontrar comigo à tarde. Urgia que falasse com ele, porque tudo agora se encaixava, como peças de um quebra-cabeça quando se encontra a peça medial, em torno da qual todas as outras se organizam, formando o desenho. Amava Davi e Rachel. Com a mesma intensidade, desejo e emoção, porém buscando coisas distintas. Não esperava encontrar num homem o que somente uma mulher poderia ofertar, tampouco vice-versa. O amor que sentia por Davi veio num momento crucial de minha vida, quando comecei a questionar meus relacionamentos, trabalho, objetivos de vida. Compreendia o motivo de meus sonhos com uma avó duplamente rejeitada (por ser judia e sefardita) e que encarava essa condição como algo pelo que não pedira, mas que fazia parte de sua vida, como fazia parte da minha ser judeu e bissexual.

Da mesma maneira que minha avó se orgulhava de ser como era, Davi convivia com suas preferências de um modo que eu teria de aprender. Ele era o mago cujos filtros e beberagens eu teria de ingerir para encontrar o amor que sentia por Rachel, abalado pelas mudanças por que eu e ela vínhamos passando no transcurso de nossa vida em comum.

Fui ao encontro de Davi, ansiando por conversar com ele. Algo em meu íntimo me impelia a essa conversa. Ele chegou poucos minutos depois de mim e começamos a dialogar com muita calma. Mal sabia por onde iniciar e comecei por me escusar por meu comportamento animalesco e pérfido de nossa última discussão. Davi, nos primeiros átimos, parecia longe, até um pouco frio. Não obstante isso não me devesse surpreender, após o que lhe havia feito e dito, pôs-me cada vez mais incômodo e pouco à vontade. Já não encontrava palavras que pudessem desculpar o que fizera ao meu amigo, quando ele me interrompeu bruscamente, levantando a mão com a palma virada para mim. Assustei-me, perplexo e sem ação. Ele me perguntou o que pretendia aquele encontro numa tarde de sábado, quando é um direito de cada um se entregar ao descanso e ao lazer. Ainda atônito, porém aliviado por poder ir com objetividade ao ponto, respondi que ponderara tudo o que ocorrera e concluíra que os sentimentos que nutria por ele eram mais profundos do que os de uma mera amizade ou de relações de trabalho, e descobrir sua preferência sexual chocara-me por trazer-me à tona a consciência de minhas emoções.

Ele abaixou a cabeça e dando um longo suspiro – de alívio? – fitou-me com seu característico olhar angelical e meigo e se foi aproximando. Depositou a mão sobre a minha e deslizou os dedos por meu braço com tal suavidade que se diria que nem sequer me tocara. Enlaçou-me o pescoço e aproximou seus lábios dos meus. Meu coração parecia explodir de palpitação e minhas pernas trêmulas me diziam para fugir, enquanto minha mente e Meu coração palpitante me diziam que aquilo era um anelo há muito acalentado. Quando seus lábios se encontraram com os meus, tive a impressão de desfalecer. Fechei os olhos automaticamente. Não sentia meus pés no chão, mas o toque de sua pele por cada poro da minha. Seus lábios eram tão cálidos que pensei que minha boca fosse queimar. Podia sentir seu perfume invadindo minhas narinas como um incenso, isentando todos os meus pensamentos de qualquer dúvida, culpa ou medo. Só havia amor entre nós. Não sei se ficamos abraçados por alguns minutos, horas ou milênios. O tempo, como tudo o mais, se relativizara naquele instante.

Quando nos separamos e fui para casa, tudo parecia de uma tonalidade mais vívida e luminescente, como nunca vira antes. Ao chegar em casa, Rachel, com sua costumeira intuição, notou algo de diferente em mim e questionou-me. Narrei-lhe o sonho de ontem e disse que esclarecera tudo com Davi. "Tudo o quê?" Meus sentimentos de profundo amor por ele e por ela. Foi então a minha vez de jogar uma bomba atômica em cima dela: "É o momento de dividirmos o amor que temos com mais um ser humano, que necessite de cuidados e carinho." Ela, fitando-me com os olhos vermelhos com lágrimas proibidas de percorrerem sua face, aproximou-se. Tomei-a nos braços e fomos para o quarto. Nunca nos havíamos amado à luz do dia, e foi o que fizemos. Quando senti que estava em seu interior, senti que ela me penetrava de modo ainda mais profundo e doce: com seu amor. Num gáudio sem limites, perdi novamente a noção temporal. Nada mais existia, apenas nós e nossas emoções.

Eu sei como aconteceu. Realmente posso relatar como tudo pôde se passar. Passados dois anos, amo mais do que jamais supus ser capaz de amar. Os três: Davi, Rachel e Ismael. Quem é Ismael? Nosso filho. Filho de uma entrega e de um amor sem limites, com total devoção. Agradeço diariamente a Ele por ter-me dado a graça de amá-los, aos três.

No que concerne a Eliezer, realizou o sonho inconfesso de muitos: mora em Israel. Meu primo, que vive numa cidade próxima me enviou uma carta. Eliezer é membro do movimento pacifista Paz Agora, e nesta última Festa das Luzes (chanukáh) convidou seus dois melhores amigos para a ceia: um padre ortodoxo e um xeque islâmico. Não tenho idéia de qual reza proferiu à ceia, mas com certeza deve ter falado de coração para coração.

Abbud é psicólogo, bacharel em línguas e literaturas árabe e japonesa, mestre em psicologia social, tradutor, pesquisador de literaturas de línguas minoritárias, professor de religiões, contador de estórias tradicionais, especialista em técnicas medicinais alternativas, artista plástico, doutorando em ciências da comunicação. Nasceu em São Paulo.

Dionisio coração livre
Meirinho Leve

Dionisio escrevendo um poema. Sua expressão leve e concentrada; a caneta nos lábios e os olhos fixos no papel estudando os versos. Esta foi a imagem que lhe veio à memória, forçando-o a cerrar os olhos para melhor apreciar a emoção de rever tal cena! A janela era a mesma, na velha casa onde moravam quando crianças. Quantos anos se passaram? No fundo do quintal, mantinha-se imponente a mangueira, mas o jardim já não era jardim; havia entulhos, mato e desordem. Mas foi naquele batente, com o mesmo marrom agora gasto pela ação do tempo, que Dionisio, recostado do lado esquerdo e perfeitamente enquadrado, estudava a estrofe que anotara no meio da noite, numa de suas inspirações noturnas. Que eram comuns, tanto que Dionisio mantinha sempre sob a cama um bloco para as anotações. As lembranças, nítidas, iam se instalando, porque era bom lembrar. Num flash, lá estava Dionisio com seu pequeno abajur, anotando e rascunhando, dobrado sobre o travesseiro, o torso debruçado fora da cama, escrevendo apoiado no chão.

Recordou que tinha nessa época dez anos de idade. Dionisio, mais velho, ia já vencendo a adolescência, o rosto mais alongado com algumas penugens – até já raspadas com gilete – e o corpo forte de um rapaz que adorava jogar bola e dançar. E como era brincalhão e espirituoso! Constantemente alegre, mesmo nos momentos de introspecção ou tristeza não deixava a peteca cair. Seus lábios sempre sorriam. Não por menos, era o xodó da família; promovia boas risadas com piadas maliciosas que aprendia na rua, e com que prazer declamava seus versos matreiros ou românticos, de rimas ricas, para encanto da mãe, dos irmãos... de todos. Naquele dia, ao notar que o caçula quieto e cheio de meiguice lhe observava ali na janela, abriu seu belo sorriso. Chamou o garoto para o colo e leu baixinho, com os lábios quase roçando a orelha do menino:

"Ah! Meu alegre coração liberto
Que não tem medo e nem fronteiras
Recusas habitar o deserto
Cobiças amar sobremaneira!

No âmago da noite, em teu perfeito abrigo
Do inenarrável prazer que se consente
Sem amarguras, expõe-se completo, incontido
Tão lúcido se afirmando inocente!"

Nem a brisa mais fresca no bruto calor da tarde corrida aos pés da Mantiqueira, nem o canto do pintassilgo ou o galho mais inflorescente do ipê amarelo, nenhum aroma de baunilha ou de caramelo encantaria tanto aquela criança, ainda que não compreendesse perfeitamente bem todas as palavras ali proferidas.

Ah! Lembranças... lembranças! Sensações!

Podia revivê-las, neste instante. E voltar mais, ir mais além, buscar com os olhos, dois anos antes do episódio da janela, o ensolarado dia em que na casa tudo era festa. Antevéspera de Natal, parentes chegando. Sempre vinham porque gostavam de estar naquela casa a meio caminho da roça e da cidade, com seus muros, seu pátio, seu jardim, seu forno a lenha, sua música, sua poesia... todos os encantos de uma vida não fácil, não abastada, porém feliz. Haviam chegado para as festas de Natal o irmão mais velho e sua recente linda esposa. Chegara o tio trazendo com ele os primos e a prima. Como era bom brincar e correr com os primos no quintal, subir na mangueira em busca dos melhores frutos despreocupadamente, sentir os aromas da cozinha, ouvir os risos e falações ou, à noite, depois do jantar, ouvir as histórias do Pedro Malazarte, tão bem contadas pelo tio.

Nessas épocas, de casa cheia, à noite as camas tinham de ser compartilhadas para acomodar a todos. E, naquela noite, naquela noite que jamais esqueceria, pela primeira vez ele esteve na cama de Dionisio. Depois, a mãe sempre os colocaria repartindo a mesma cama toda vez que tivessem visitas para pernoite. Pois se davam bem, num raro caso de não haver reclamações. Mas, naquela noite quente, a idéia de estar na cama do irmão mais velho e querido o fascinava. No quarto escuro, ele ouvia os ressonares. Mas, não conciliava o sono. Quietinho, de olhos fechados, sentia o calor de Dionisio, atentava à sua respiração leve – estaria acordado? – e quase não se surpreendeu ao sentir os dedos do irmão repentinamente acariciando-lhe o rosto, os lábios e os cabelos. Percorreu-lhe um tremor; um desejo secreto ouriçou-lhe a pele. Com delicadeza, os dedos de Dionisio desceram a roçar-lhe os mamilos e a barriga sob o pijama. Era um prazer desconhecido: maravilhoso e apavorante, que incendiou-lhe o corpo. Foi deixando-se entregar às caricias, pois confiava plenamente no irmão, e o amava muito. Deixou que Dionisio tomasse sua pequena mão, ainda tensa, e a beijasse. Depois, que a segurasse junto ao peito nu, onde podia sentir o pulsar do seu coração. Ansiava-o a vontade imperiosa de que Dioniso lhe encaminhasse a mão para dentro do calção. Dionisio, entretanto, hesitava tremendo. Tomando então a iniciativa, alcançou o púbis de Dionisio. Apalpou com cuidado, em descobrimento sublime. Sentiu o grande volume em relação à sua mão e a rigidez. Transpassou o elástico do cós e segurou firmemente o membro latejante, quente e úmido, como a segurar um troféu de vitória. O mais precioso de todos os bens que já pudesse haver tocado. Não entendia a vertigem que lhe percorria o corpo de criança, mas sentia que era bom e desejava. Dionisio abaixou-lhe o calção e segurando o pintinho, durinho, mostrou-lhe como se fazia, masturbando-o e cobrindo-o, depois, de carícias. Foi seu primeiro êxtase. Viveu-o com intensa paixão.

As imagens eram vívidas e o entusiasmavam a prosseguir naquelas recordações. Na época em que acontecera, desconhecia as palavras que agora lhe vinham à mente para iluminar seus sentimentos de então. Palavras tais como sexo e tesão eram-lhe desconhecidas. Talvez entendesse a palavra gozo. Mas sabia dentro de si que toda aquela maravilhosa experiência não deveria ser revelada a ninguém. Sabia de seu teor proibido e isso mais excitava o menino que, de tão tenro, nem sequer podia ejacular sêmen. Mas provou do paraíso!

Naquela noite, dormiu como um anjo dormiria nos braços de outro anjo. Na véspera de Natal, a casa estava um alvoroço, mas seu pensamento vagou extasiado e feliz, aguardando, ansioso, que a noite chegasse. Mais alegre e encantador do que nunca, Dionisio esgueirava-lhe sorrisos cúmplices; ingênuo e malicioso, punha-lhe de cavalinho nos ombros ou apertava-o nos braços; o seu melhor presente de Natal, de todos os natais que já vivera.

Estancou as lembranças como por encanto. Olhou o cômodo vazio. Naquele quarto, durante muito tempo dormiram cinco irmãos. A casa estava decadente e já não oferecia o encanto de antes. Seu destino seria a demolição, o que certamente faria o provável comprador. Mas cada parede, cada porta e janela gritavam a memória daquilo que não se poderia demolir. Quantas noites, na calada, pulara de sua cama para a cama de Dionisio! Seu aconchego, seu cheiro, aquele calor bom, aquela alegria febril! As mãos ganhando curso cada vez mais livres, a boca, as nádegas, a volúpia de gozar juntos! E nunca remorsos ou culpas.

E a vida seguiu o curso das rotinas do trabalho, dos estudos, dos ritos e das festas. E os anos se passaram. Dionisio, porém, manteve sempre sua índole carinhosa e alegre. Logo que se formou na escola técnica, ingressou na Força Aérea. Sua alma livre escolhera voar por profissão. Voar era o seu sonho!

Tornara-se um moção bonito, de chamar a atenção. À sua volta, tudo brilhava. Tinha carisma e belos dentes. Seus olhos negros e vivos competiam com os lábios de constante sorriso: quais eram mais expressivos e belos? Já não morava mais em casa, e isso a tornava diferente, um pouco mais fria. Quando voltava da Academia, num fim de semana ou feriado, vestido na bela farda de cadete, a casa ganhava vida. Até os vizinhos faziam questão de vir cumprimentá-lo! Mas era para ele, o caçula tímido, que reservava seu mais profundo abraço. Ainda o punha de cavalinho sobre os ombros, embora já passasse dos quatorze anos e ganhasse formas de rapazinho. Depois, já em camiseta cavada, refrescado, rolava em agarra-agarras com o irmão no quintal. À tarde tocava violão e cantava bossa nova com os irmãos e os amigos. Mas na madrugada silenciosa, quando retornava da noitada no clube, sempre dedicava o seu encanto especial ao irmãozinho, que com satisfação acordava para ir à sua cama.

De regresso à Academia, Dionisio deixava marcada sua ausência em casa. Era uma volta insípida e áspera às rotinas da semana. Não conseguia mais evitar que o passado lhe desfilasse pelos olhos. Era mais do que um bom exercício de memória. Sentia voltar o mesmo prazer de antigamente ao rememorar aquelas particularidades. Por isso, continuava ainda ali. Sentou-se no alpendre da cozinha. Olhou longamente o quintal, procurou nos detalhes os estragos do tempo. Ocorreu-lhe pensar, como ocorre a todos em certas ocasiões da vida, que o tempo é um grande inimigo. Mas logo mudou de idéia. O tempo, afinal, pensou, é apenas o tempo. Ele nos rende, mas também nos salva. E a nostalgia não é dor. É uma espécie de doce que quando lambido vicia imediatamente. Olhou as ruínas do galpão onde guardavam as bicicletas e outros teréns. Se deu conta de que estava viciado nas lembranças. Que por elas ainda se mantinha ali observando a decadência de tudo quanto fora bom e que seria impossível deixar aquela casa sem ter esgotado o passado, como a purgar-se definitivamente de seu peso e da saudade inconsciente que o tomava. Logo ele que não era dado às saudades!

Certo sábado, Dionisio chegou de surpresa. Ganhara uma folga extra e veio gozá-la em família. Parecia o mesmo de sempre, exceto, talvez, um pouco mais circunspecto. À tardinha, convidou-o para um passeio de bicicleta. Foram saboreando o clima de outono, pedalando calmamente pela deserta estrada da roça, enveredada de agradáveis bosques com jaboticabeiras. Seguiram em direção à serra. Uma hora de estrada, pararam no topo de uma colina, sob a sombra de um vigoroso cedro, um mirante natural a descortinar amplamente a várzea com suas plantações de arroz, um longo horizonte findado nas montanhas distantes da Mantiqueira, onde o sol logo iria baixar, recortando-as de luzes alaranjadas e lilases. Pararam recostados ao tronco da velha árvore, ombro a ombro, e por um tempo estiveram calados apreciando o frescor e o cheiro bom do mato. E foi aí que Dionisio lhe falou de Marina, sua namorada. Falou naturalmente, sem pressa, sem hesitações. Contou como a conhecera antes de entrar para a Academia, que já namoravam há algum tempo; descreveu seu rosto, seu corpo, e concluiu: "Ela é bonita, é legal e eu estou gostando dessa garota, de verdade! E você vai gostar dela também. Vou trazê-la amanhã para apresentar à nossa família... vou fazer uma surpresa... você é o primeiro a saber..." Olhou fundo nos olhos do irmão, deu-lhe um soco carinhoso no peito, pegou a bicicleta e desceu chispando a ladeira. Sem uma palavra, ele levantou-se e saiu sem pressa atrás de Dionisio. Dentro de sua cabeça ainda podia ouvir as palavras do irmão.

Não, não estranhara a revelação. Em casa, todos sempre perguntavam a Dionisio se já não encontrara uma namorada. E um rapaz tão bonito cedo ou tarde acabaria se casando. Era esse o destino das pessoas. E também nunca havia parado para pensar sobre o futuro das aventuras noturnas que se sucediam na cama com Dionisio. Sabia apenas que gostava da forma como acontecia e pronto! Nem sequer cogitou alguma vez a existência de um compromisso que não fosse aquele de passar para a cama dele, por chamado ou por iniciativa, e de sempre se darem muito bem. O que acontecia entre os lençóis, a liberdade cada vez maior com que transavam, o prazer que tirava disso lhe bastava e, aparentemente, nada até então havia mudado. A noite anterior fora um bom exemplo. Amara o irmão e por ele fora amado com intensidade igual à de sempre. Mas somente agora se dava conta de que jamais conversara com Dionisio sobre os acontecimentos noturnos. Era um envolvimento corporal silencioso, como exigiam as circunstâncias. Mas, fora as circunstâncias, as palavras não faziam mesmo parte daquele jogo. A sensualidade que os envolvia era muda e era este o código tácito instituído: o silêncio. Nem uma palavra antes, nem durante, nem depois. Falavam sobre todos os assuntos, mas... não!

Marina chegou para almoçar, no domingo. Decididamente, Dionisio escolhera uma parceira à sua altura. Morena de pele clara, alta e elegante, Marina tinha olhos expressivos num rosto suave e bem delineado sob os cabelos longos e escorridos. Além disso, esbanjava simpatia e descontração. Não demorou muito para que cativasse o caçula mais que a todos, tornando-se íntima dele. Que não sentia ciúme da moça, pelo contrário, tornara-se seu confidente. A recordação que agora tinha de Marina era de doçura, uma imagem terna e dissolvida lentamente no tempo.

Durante os dois anos seguintes, a presença de Marina supriu a ausência de Dionisio, em seus longos afastamentos. Passeavam juntos ou iam às compras. Ela passara a freqüentar a casa com familiar assiduidade. Tornara-se noiva de Dionisio e já esboçavam projetos de casamento, faltando apenas acertar uma data, tão logo o rapaz se formasse oficial da Força Aérea.

Achou engraçado rever toda a cena da formatura, os cadetes enfileirados apresentando espadins, a família orgulhosa e emocionada. Assim que se encerrara a solenidade, vieram as congratulações. Marina estava particularmente feliz naquele dia. Abraçada a Dionisio, orgulhosa do noivo, resplandecia no seu tubinho rosa, cabelo preso em coque-banana.

Todos reunidos em casa à noite, Dionisio e Marina formalizaram a data do casamento, marcando-o para o final do ano. Foram muitos brindes risonhos, a mãe e o pai contentes e afetuosos como há tempos não se via. Próximo da meia-noite, Dionisio saiu de carro para levar Marina e seus familiares em casa. Quando voltou, a casa estava quieta, todos já se haviam recolhido. Refrescou-se no chuveiro e foi deitar-se. Nessa noite não sacudiu de leve o ombro do irmão. Mas ele também não atenderia ao seu chamado, embora ainda não dormisse.

Dionisio estava de férias e permaneceria alguns dias em casa antes de viajar para o Rio de Janeiro, viagem que faria no seu novo Volkswagen, em companhia de um colega da Academia. A idéia da viagem deixava-o empolgado, pois não conhecia ainda a cidade maravilhosa.

Nos dias em que permaneceu em casa, por três vezes pôde compartilhar a cama com o irmão. Aparentemente, nada mudara. Continuavam a se querer muito.

A lembrança desses dias veio forte, pois vinha como uma herança querida. Aquietou os pensamentos. Voltou ao quarto para poder melhor relembrar. Sentou-se num dos cantos como a fitar uma cena virtual. Apesar da penumbra, via o quarto iluminado pela luz da tarde. Podia sentir o aroma perfumado, podia tocar a colcha da cama onde estivera sentado observando Dionisio arrumar as malas. Via-o dobrando com cuidado as roupas. Separava camisas, calças e cuecas. Separara dois novos pares de sapato, uma sandália, apetrechos de barbear, sabonete, escova e pasta de dente. Máquina fotográfica, canivete, livro, bloco de anotações. Vestia apenas um calção folgado, verde-claro com pequenas estrelinhas brancas. Acabara de tomar banho e cheirava a sabonete e loção de barba; tinha os cabelos curtos molhados, penteados com a mão. A mãe, na cozinha, fritava temperos preparando o jantar e ali no quarto apenas os dois. Sentado na cama, ele observava cada gesto de Dionisio com admiração e desejo. Percorria com os olhos todo o corpo másculo e bronzeado, o rosto expressivo e bem barbeado. Desejaria passar a mão nos cabelos do irmão, acariciá-lo todo. Mas não conseguiria fazê-lo, assim, à luz do dia. Dionisio, empolgado com a viagem, tagarelava sobre o roteiro que iria percorrer, respondendo às perguntas do caçula com boa disposição e descrevendo seus planos para a volta. Em dado momento o irmão perguntou-lhe como imaginaria a vida depois de casado. Dionisio parou o que estava fazendo e ficou em pé com os braços soltos ao longo do corpo. Fitava longe, através da janela, mantendo o olhar perdido num ponto qualquer. Não transparecia nenhuma angústia em seu semblante, nem um músculo se mexia. Suavemente baixou os olhos diretamente nos olhos do irmão, irradiando ternura, parecendo querer dizer-lhe algo, que acabou não sendo dito. Seus lábios se mexiam mas não saía palavra. Segurou a cabeça do rapaz entre as mãos e, sem desviar os olhos, aproximou seu rosto do rosto do irmão e o beijou longa e ardorosamente a boca.

A terrível notícia da morte de Dionisio chegou dois dias depois, em um telegrama entregue ao pai por um comando da Aeronáutica. O carro em que estavam Dionisio e seu colega sofrera um acidente na Via Dutra. Ambos haviam morrido. Abraçado a Marina, pela última vez pudera ver o rosto de Dionisio através de um pequeno vidro no caixão branco e lacrado, antes que baixasse à sepultura com honras de herói. Seus lábios e seus olhos ainda pareciam sorrir. Seu coração estava para sempre liberto!

As lágrimas desceram, incontidas; precisou recorrer a um lenço. Soluçou! Deixou-se ficar sozinho ali no canto por um longo tempo, aquietado. Depois, saiu resoluto, respirando fundo o ar fresco de fora. Esfregou o rosto, ajeitou o cabelo e a roupa. Já estava ficando tarde, Carlinhos o esperava, não demoraria mais. Deu duas voltas na fechadura da porta, travou o cadeado no portão. O que tinha a fazer, fizera. Cumprira sua última obrigação para com a memória de Dionisio. Voltou a vivê-la para poder perdê-la. As memórias ficariam para sempre sepultadas sob os escombros daquela casa. Ligou o carro e olhou uma última vez a fachada velha. Trinta anos haviam se passado. Carlinhos o esperava!

Meirinho Leve

Meirinho Leve nasceu em 31 de janeiro de 1956, num sobrado no centro da pequena Leme. Pais pobres, passou a infância nos arrabaldes da cidade, a "meio caminho da roça". A vantagem era a largueza do espaço, para brincar, coisa que a molecada hoje não tem mais. A desvantagem era estar meio isolado de tudo. Até os dezesseis anos permaneceu em Leme, onde concluiu o ginásio. O trem, da Cia Paulista, que passava em frente de casa, era um sonho. Ele levava as pessoas para um outro mundo, o mundo da capital, onde tudo acontecia. Resolveu que um dia ia morar lá.

Mas foi de ônibus que, em janeiro de 1973, desceu na velha e colorida rodoviária da Praça Júlio Prestes. Em São Paulo, a duras custas, e graças ao apoio de uma amigo, conseguiu concluir o supletivo colegial no extinto Santa Inês. Depois caiu no cursinho do Equipe, que o levou de vez para o mundo das humanidades, para a luta contra o regime militar e depois para o PT e para a vida sindical. Concluiu a Escola de Comunicação e Artes da USP em 1981, formando-se jornalista, profissão que nunca veio a exercer, exceto nos tempos em que foi diretor de imprensa e presidente do Sindicato na categoria. Nele publicou textos informativos, vários artigos, crônicas e até poesia. Na maioria, de caráter político. Quanto a escrever, já vai um bom tempo que para ele resume-se às certidões inerentes à sua função de Oficial de Justiça.

No mais, tem um parceiro que o acompanha há 24 anos. Em suma, é um cara absolutamente convencional.

GL?
Ana Paula Grillo El-Jaick

Para começo de conversa, o que posso dizer sobre Amanda é que é uma adolescente metódica. E tem consciência disso. Também não é para menos. Exatamente uma hora antes de começar a aula de inglês, levanta do sofá e vai se arrumar. É claro que se apronta rápido e, com o tempo que sobra, escolhe uma música na estante, respeitando a ordem dos cds. Quando faltam vinte minutos para a aula começar, desliga o som e vai embora. O curso é muito perto da casa. Aliás, nada em Friburgo é muito longe. Em "Nova" Friburgo, diga-se de passagem. Uma "nova" Fribourg. A "Suíça brasileira", como os que nunca foram nem a São Paulo gostam de chamar. É claro que não é. É, sim, uma pequena cidade do interior do estado do Rio de Janeiro, onde Amanda mora e, entre outras coisas, estuda inglês. Ela é a primeira a chegar no primeiro dia de aula do décimo primeiro livro – são treze no total, sendo que um por semestre. Logo depois chega Beatriz, sua colega desde o primeiro. Elas se sentam no banco de madeira que fica em frente à secretaria e esperam pelo chamado do professor. É aí que sai da sala dos professores a mulher mais linda que Amanda já viu na vida: mais para baixa que para alta, cabelos compridos e negros, corpo de quem malha o dia inteiro na academia e uns olhos... que nunca viram tanto azul. Amanda ainda ouve Beatriz dizer que "Ela faz ginástica comigo". Então elas já se conheciam, mas Amanda ainda não conhecia Helen, que é quem vai dar aula para elas.

A aula começa com a apresentação da professora. É americana, está há dois meses em Friburgo e espera se dar muito bem com a turma. Então é a vez de os alunos se apresentarem. Conforme a vez de Amanda vai chegando, mais a caneta vai escorregando da mão. Até que:

– *My name is Amanda. I'm seventeen years old and I study at Anchieta.*

O colégio Anchieta é o mais antigo da cidade. No início, dedicava-se à formação dos seminaristas, sendo, obviamente, apenas para meninos. Hoje em dia continua sendo um "colégio de padres", mas os dois sexos são admitidos. Aliás, são também admitidos beijos e abraços de casais de namorados durante os intervalos. Amanda nunca se aproveitou dessa permissão. Claro que já ficou com alguns garotos (mas não muitos) na boate do Country, que é a boate do clube em que os adolescentes friburguenses vão dançar no sábado à noite. Entretanto, nunca se apaixonou por nenhum deles, nem eles por ela. Como todo mundo quando está na escola, Amanda quer ser popular. Felizmente, tem senso crítico para saber que o sucesso não virá, digamos assim, dos dotes físicos. Não que seja feia – não é de se jogar fora, não –, mas é que as outras meninas têm pernas enormes, cabelos enormes, bocas enormes, ao passo que ela é normal. Então um dia, depois de organizar o assunto analisando suas possibilidades, concluiu que teria de conquistar as pessoas pelo humor.

Através dele é que Amanda está conquistando a turma, fazendo alguns comentários sobre *Mr. and Mrs. Jones.* Acima de tudo, está fazendo com que Helen mostre a ela o sorriso mais lindo que já viu na vida.

Acaba a aula e Nanda volta para casa – lá ela é "Nanda" – com uma agitação desconhecida. Tem vontade de falar da aula. Tem vontade de cortar em pequenos momentos tudo que tinha acabado de acontecer porque assim poderia digeri-los e guardá-los. Tem vontade de pensar em Helen. Pensar em Helen – Nanda repete para ela mesma. Vontade desconhecida mas verdadeira, real.

As aulas são às terças e quintas, e nunca havia ficado tão ansiosa por aquelas aulas de inglês antes. Chega a quinta, passa a sexta, sempre pensando em Helen. Diz para si mesma que não há nada demais nisso. Helen é uma mulher inteligente, bonita, cria fascínio em todo mundo mesmo. É natural e não há nada demais nisso. As mulheres costumam mesmo comentar que a Ana Paula Arósio é linda, que a Carolina Ferraz é maravilhosa. Que mal há nisso? Há essa dor no fundo dela – porque é na sua essência, na sua intimidade. Porque é desejo. Um desejo tão alegre, mas que faz tudo tremer. Porque tudo – que era tão certo e tão ajeitado – vira do avesso. Porque o contrário é o certo. Nanda começa a chorar no quarto e quanto mais a mãe pergunta "Por quê?" mais ela não sabe ou não quer saber, porque esse desejo parece um peso tão grande agora. Logo agora que está tudo tão certo, que ela vai encontrar um rapaz quando estiver com vinte e um anos, namorar até os vinte e três, noivar, casar e ter um filho aos vinte e cinco, quando terminar o curso da faculdade de odontologia da cidade. Agora, não. Um péssimo fim de semana (sem boate do Country).

Quando Nanda levanta no dia seguinte, sabe que é a mesma – só não tinha sido apresentada ainda. Vai ao colégio normalmente e volta na hora do almoço. À mesa, a mãe percebe que está estranha e pergunta "O que é que há?" "Nada, mãe. Vou colocar uma música". Nanda coloca o cd da Cássia Eller em que ela canta músicas do Cazuza. A mãe olha para ela e comenta que "Cássia Eller falou que, no Brasil, a única cantora que não é lésbica é a Marisa Monte. Fora ela, todas as outras são". A mãe olha para ela e ela olha para o prato com arroz, feijão, bife e batata frita.

"Lésbica". Nanda se tranca no quarto, olha-se no espelho e repete e repete. Parece que, longe das estrelas da mpb, é a única, que está sozinha, que a palavra foi criada só para ela. Uma espécie de novo apelido. De agora em diante seus pais poderiam variar: umas vezes a chamariam de "Nanda" e outras falariam "Lésbica, vem jantar". Talvez devesse entrar numa aula de canto? E a dor, e o tremor, e a Helen.

É fazendo-a rir que Amanda consegue se aproximar dela. Claro que também falam inglês. *Only English spoken here*. Mas, obviamente, não é para falar inglês que Amanda vai àquelas aulas. Vai para ver Helen rir dela. Passa o semestre assim.

Antes de passar para o que aconteceu no fim do semestre, é importante dizer que Amanda está lidando muito bem consigo mesma. Um dia, por exemplo, quando foi alugar um filme no vídeo para ver numa noite em que os pais iriam sair e que ficaria sozinha, resolveu pegar (como quem não quer nada) um filme que tinha duas mulheres se beijando na capa: *Quando a noite cai*. Claro que não era uma maravilha de filme, mas ela nunca tinha visto duas mulheres se beijarem antes (e elas ainda ficaram juntas no final). Outro dia que não posso deixar de contar foi quando Amanda foi à banca comprar jornal para o pai e viu uma revista chamada *Sui Generis*. Não pôde comprar ali porque o jornaleiro conhecia seu pai e contaria para outros fregueses e em breve Friburgo inteira saberia que ela, Nandinha, filha do doutor Jorge, sabe aquela menina? Pois é, minha filha, é sapatão! E se espantariam com a homossexualidade de Amanda, com esse amor tão sem utilidade (porque é só amor) por Helen que começou, como todos os amores, pela admiração por essa mulher maravilhosa que é a Helen, e se achariam superiores porque eles, Deus me livre de gostar de alguém do mesmo sexo! Eu, hein?! Está me estranhando?! E se ofenderiam pela desconfiança de que eles, tão sensatos, tão pudicos, tão assexuados, tão intolerantes, fossem... imagine você... Eles são respeitáveis e nobres, são tão corretos! Pessoas de caráter. E Amanda, vendo de cima o abismo que existe entre o que eles parecem ser e o que realmente são e que mesmo se não existisse esse abismo, mesmo que só fosse uma colina de girassóis van goghianos, ainda assim a ignorância seria maior do que a melhor de suas qualidades. Mas Amanda sabe que por trás desse discurso potente ela tem de mostrar (pelo menos por enquanto) comedimento e ir a uma banca longe de casa, onde nunca viu o jornaleiro, nem ele sabe que ela é a Nandinha, sabe aquela menina? Filha do doutor Jorge? Então: há justiça? E alguém saberia o significado de justiça condenando Amanda por estar impetuosamente apaixonada por sua professora de inglês? Há justiça em tanto ódio que explodiria nas mãos de Amanda só porque essas mãos querem tocar as mãos de Helen, os longos e negros cabelos de Helen, o coração de Helen? E como contar ao pai já seria uma outra história, Amanda comprou a revista longe de conhecidos e viu que fora dali muita coisa acontecia – e que estava tudo bem.

Agora sim: na penúltima semana de aula, Helen convida Amanda para ir a Lumiar. Marcam sexta-feira às dez horas, no Turismo. Quem um dia marcou algum encontro em Friburgo, certamente foi no Turismo, que é um ponto de informação bem na praça principal da cidade, em frente à Matriz. Parece que demora uma

GL?

eternidade mas chega: sexta, dez horas. Amanda espera por Helen que, quando chega, faz o coração de Amanda bombear sangue para a população inteira. Elas vão a Lumiar com mais duas amigas de Helen (também alunas) no carro de uma delas, visto que fica a uns quarenta minutos do centro. Mas compensa. Elas tomam banho de cachoeira enquanto Amanda tenta explicar para Helen o que é o Brasil. Helen não entende muito bem – o que mostra que Amanda conseguiu.

Isso foi na penúltima semana. Na última, Amanda se dá conta de que não vai conseguir tirar férias da voz de Helen, dos olhos de Helen, da mania que tem de enrugar a testa com reprovação quando Amanda não põe a língua entre os dentes para pronunciar o "th". Por isso é que ela resolve convidar Helen para passear no sábado, depois do último dia de aula. Vão ao teleférico, que fica na Praça do Suspiro. Sentam-se na cadeirinha e, conforme vão subindo, o vento vai ficando mais gelado e o frio na barriga de Amanda vai aumentando. E se ela contasse? E se ela esquecesse? Lá em cima, Helen é só deslumbramento com a vista: "*What a view! What a view!*". Amanda é só encantamento com Helen: "Amo você! Amo você!". Helen olha para ela mas Amanda finge que não falou nada e vai se sentar na lanchonete. Helen vai atrás e o garçom também. Helen pede "Dois *Cokes*, por favor" e ele pergunta: "GL?" As duas olham assustadas para o garçom, que completa: "Gelo e limão?" Elas sorriem. Helen olha nos olhos de Amanda e confirma: "Gelo e limão."

Ana Paula Grillo El-Jaick nasceu em Nova Friburgo há vinte e três anos e lá permaneceu até os dezoito. Então mudou-se para Niterói, onde cursou Direito na UFF. Esse ano vai começar a cursar Letras – Literatura na mesma universidade.

O gosto amargo do seu corpo
Wil Cabral

Para Lenice, Walter, Eduardo e Sueli

"E quem um dia irá dizer
que existe razão
nas coisas feitas pelo coração?
E quem irá dizer
que não existe razão?"
Renato Russo

— Oi. Me diz onde todo mundo senta, que eu tô chegando agora.

Estávamos eu e ela, sozinhos, numa sala de aula vazia. Primeiro dia de aula do segundo semestre. Eu, novo na escola e na cidade. Meus pais tinham resolvido que estavam cansados de viver na cinzenta cidade de São Bernardo do Campo e decidiram se mudar para Santos, naquele inverno chuvoso do final dos anos 80. De cara, odiei minha nova cidade. Aquela muralha de prédios na orla, muitos ameaçando cair uns por cima dos outros, como pedras de dominó enfileiradas. Aquelas praias feias, o mar cinza, os canais imundos, o trânsito intenso e as chuvas tornando tudo ainda mais sombrio. Tudo muito assustador para aquele garoto tímido e recluso, que havia estudado a vida inteira na mesma escola e quase não tinha amigos. Enquanto meus pais não se cansavam de elogiar a beleza e a tranqüilidade da nova cidade, eu me trancava no quarto e ouvia Legião Urbana.

Primeiro dia no colégio, uma grande escola na Ponta da Praia, freqüentada pelos filhos dos pequenos burgueses da cidade, escolhida a dedo por meus pais para que seu filho único tivesse um futuro brilhante. Mas, na classe vazia, só estávamos eu e aquela garota linda, de cabelos castanho-claros na altura dos ombros e luminosos olhos azuis. Por cima da camiseta do colégio – uma horrenda camiseta azul-clara com o nome da escola bordado em letras pretas garrafais – ela usava uma blusa leve onde se destacavam dois bottoms que me levaram a simpatizar imediatamente com ela: um com a inscrição "beatles 4-ever"e a sombra dos quatro cavaleiros de Liverpool e outro com o rosto de Che Guevara.

Começamos a conversar e logo descobri que Diana não era exatamente nova na escola, mas estava voltando depois de um ano estudando nos Estados Unidos por meio de um intercâmbio. Contou-me muitas histórias e em pouco tempo percebi que compartilhávamos os mesmos gostos musicais e literários. Pela primeira vez encontrei alguém da minha idade que já havia lido Camões, Dante e Dostoiévski, além de clássicos impostos pela escola, mas também curtia Agatha Christie e Júlio Verne.

Depois de um tempo, percebemos que naquele dia não teríamos as primeiras aulas. Descemos para o pátio, e então pude perceber como Diana era popular: todos que a encontravam vinham cumprimentá-la e perguntavam como tinha sido a viagem. Quando encontramos os colegas de classe, foi aquela festa: Diana foi beijada, abraçada e crivada de perguntas. Em meio à agitação, ela me apresentou a todos, e assim pude rapidamente me enturmar. Comecei achar que estudar ali não seria tão ruim assim.

Depois de algumas aulas, veio o intervalo e me separei do grupo para ir ao banheiro. Ao voltar, demorei a achá-los: o pátio era imenso e havia muita gente brincando e conversando. Como minha escola anterior era bem menor e todos se conheciam, senti-me um tanto perdido na multidão.

Logo fui atraído por um pequeno ajuntamento de jovens em torno de um rapaz que vendia bottoms e broches parecidos com os que Diana usava. Mas não foram exatamente os bottoms que me atraíram, e sim a beleza do rapaz que os vendia. Não que ele tivesse algo de muito diferente: moreno, bronzeado de sol, olhos cor-demel, cabelos castanhos escuros curtos e crespos, corpo esguio como o de um nadador. Mas algo em sua expressão me cativou de imediato; talvez o modo como ele sorria, fazendo com que os olhos saltassem faíscas e o rosto todo sorrisse também. Talvez os seus lábios, que pareciam estar sempre úmidos. Talvez o jeito suave e relaxado de sua postura e seu jeito de falar. Talvez a piscadela discreta que ele me lançou ao me ver interessado no broche com os dizeres *Urbana Legia Omnia Vincit*, a frase em latim que acompanhava os discos do Legião Urbana.

— Tô vendo que tu gosta de Legião, cara! Eu também curto o som deles pra caramba!

Em geral eu me irritava com a mania dos santistas de usarem o "tu" com o verbo na 3ª pessoa, mas de repente comecei a achar aquilo o maior charme. Enquanto olhava os bottoms com dizeres politicamente corretos que iam de "Não derrubem as florestas" ao símbolo da maconha, um rapaz se aproximou e provocou o vendedor, com uma voz um tanto estridente:

— Ei, Robinson, cadê o bottom de "Orgulho Gay" que você me prometeu?

Com o mesmo sorriso cativante, mas com um ar um tanto irônico, Robinson respondeu:

— Ainda não tenho, Sérgio, mas se tu quiser posso pegar o "Salvem as baleias" e mudar para "Salvem os veados"!

O rapaz alto e magro, rosto anguloso, cabelos arrepiados com gel e óculos de armação lilás, não pareceu se ofender. Riu, deu uns tapinhas nas costas de Robinson e se afastou. Achei um tanto incômodo o ar de deboche no rosto do vendedor, mas antes que pudesse pensar ou dizer alguma coisa vi Diana se aproximar por trás dele e lhe tapar os olhos com as mãos. Enquanto tateava as mãos dela com as dele. Robinson dizia:

— Só pode ser minha princesa de Gales, minha deusa grega, minha caçadora... minha Diana!

Ele se voltou para ela e os dois trocaram um abraço carinhoso e um beijo na boca. Fiquei me sentindo um tanto desconfortável e constrangido por descobrir que estava cobiçando o namorado de minha nova amiga, mas afinal o que eu estava pensando? Mesmo que aquele gato charmoso e sensual gostasse de rapazes ele jamais olharia para mim, um garoto branquelo e gorducho, de cabelo oleoso, pele cheia de espinhas e óculos fundo de garrafa. Pelo menos, pensei, se ele era namorado dela, eu o veria com mais freqüência. Só não sabia se isso seria bom ou ruim.

"Teu corpo é o meu espelho e em ti navego
e sei que tua correnteza não tem direção."

Voltei a encontrar Robinson na tarde do dia seguinte, na aula de educação física. Eu odiava esportes e sempre mostrava logo aos outros garotos como eu era ruim, para que eles me deixassem na reserva e eu pudesse apenas ficar apreciando, sem dar muito na vista, as pernas, os ombros e bundas dos atletas. Naquele dia, eles jogavam basquete e Robinson ficou no time que jogava sem camisa. Por mais que os outros rapazes fossem apetitosos, não conseguia tirar os olhos dele. Passei a decorar cada detalhe de seu corpo: seus ombros largos, o peito liso, exceto pelos poucos pêlos em volta dos mamilos e os que desciam do umbigo e seguiam por baixo do calção; as coxas grossas, mais peludas atrás do que na frente; os pêlos embaixo dos braços... tudo nele me excitava. Sentia-me um pouco culpado quando me lembrava de Diana, mas me consolava pensando que olhar não tira pedaço.

Quando acabou o jogo, ele sugeriu que voltássemos juntos. Enquanto eu me dirigia para o ponto de ônibus, Robinson sugeriu que fôssemos para a praia.

— Tu não mora perto de Diana, no canal 5? Vamos pela praia, cara, é mais gostoso. Eu tô muito suado pra vestir a camisa.

Aquele argumento me convenceu, afinal era mais um tempo admirando aquele físico perfeito. Enquanto andávamos, Robinson perguntou se não havia nenhum esporte de que eu gostasse.

— Bem, eu gosto de vôlei — respondi. Na verdade, eu gostava de assistir aos jogos de vôlei na tv, porque era o esporte que tinha os jogadores mais bonitos.

— Pô, eu adoro vôlei! Toda semana eu jogo na praia com um grupo de amigos. Tu podia jogar com a gente.

— Mas eu sou um zero à esquerda, Robinson!

— E que tal se eu, tipo assim, te desse umas aulas particulares?

Eu podia te ensinar umas manhas, treinar umas jogadas, até tu sentir que já está pronto pra jogar com os outros.

– Mas isso tudo a troco de quê?

– Bom, a Diana me falou que tu é craque no português. Uma mão lava a outra, né?

Odiei saber que a minha fama de cdf já estava se espalhando, mas de repente percebi que aprender um esporte era uma chance de espantar essa fama, conhecer mais gente e também entrar em forma, pois já estava cansado de evitar a praia por vergonha do meu corpo. Topei a proposta de Robinson.

*"Uma menina me ensinou
quase tudo o que eu sei"*

O quarto de Diana era um retrato da dona. Nas paredes, o discurso de Charles Chaplin em *O grande ditador* e o slogan de Che Guevara – "Hay que endurecer, pero sin perder la ternura jamás" – conviviam os pôsteres de Madonna e Michael Jackson. Os discos iam de sinfonias de Beethoven e Bach a álbuns do Led Zeppellin e dos Rolling Stones. Os livros iam de *Fernão Capelo Gaivota*, de Richard Bach, a *A paixão segundo GH*, de Clarice Lispector. O que mais me atraía na personalidade de Diana era justamente a sua permanente contradição. Ela podia reagir a uma brincadeira com gargalhadas ou com um ataque de fúria, mas sua reação era sempre imprevisível.

Como morávamos a uma quadra um do outro, passamos a estudar juntos com freqüência. Ela me ensinava matemática e inglês, eu a ajudava com gramática e literatura. Embora lesse muito, Diana não gostava de decorar regras e tinha dificuldades em entender as escolas literárias. "Por que Machado de Assis é realista e Lima Barreto é pré-modernista?", ela costumava perguntar. "São apenas rótulos", completava.

Certa vez, reparei num retrato dela e Robinson abraçados numa escuna em alto-mar, ele sem camisa e ela o enlaçando por trás. Comentei que ele estava me ensinando a jogar vôlei e perguntei há quanto tempo eles namoravam.

– Namoramos um ano e meio antes de eu viajar. Enquanto eu estava fora, a gente namorava por carta e telefone, mas não é a mesma coisa, né? Eu conheci outras pessoas, e sei que ele também não foi nenhum santo. Quando voltei, resolvemos continuar juntos e ver o que acontecia.

— E chegaram a alguma conclusão? — perguntei, meio ansioso. Ela suspirou.

— Às vezes eu acho que o Robinson é o amor da minha vida, mas outras penso que ele é tão criança ainda, a gente é tão diferente um do outro... Só que isso é legal também, entende? Ah, esse negócio de amor é uma coisa tão complicada!

Geralmente Diana parecia uma mulher muito mais adulta que os seus quase 18 anos, mas nesse momento ela mostrava a adolescente confusa que realmente era. De repente ela me perguntou se eu já tinha gostado de alguém. Enrubesci e fiz que não com a cabeça. Ela percebeu meu embaraço e mudou de assunto. Quando ia embora, ela pegou um livro de sua estante e me deu, dizendo:

— Posso estar enganada, mas acho que você vai gostar desse livro. Leia e me diga o que acha.

O livro era *Morangos mofados*, de Caio Fernando de Abreu.

*"A tempestade que chega é da cor
dos teus olhos castanhos"*

Eu, Diana e Robinson nos tornamos os três mosqueteiros. Eles me levavam a todos os lugares legais da cidade e me apresentavam a todos os amigos. Diana me convenceu a economizar dinheiro da mesada e comprar um par de lentes de contato, me deu dicas de como cuidar do cabelo e da pele. Robinson me ajudou a jogar vôlei e descobri que não era tão ruim quanto pensava. Passei a andar mais na praia, mudei minha alimentação, emagreci e ganhei um bronzeado. Meus pais não se cansavam de elogiar minha aparência e dizer como a mudança de cidade tinha me feito bem. O que eles não sabiam era que eu estava apaixonado.

Cada vez mais eu sentia desejo por Robinson. Sentia-me à vontade com ele, gostava do seu jeito tranqüilo e relaxado de ser, mas não conseguia ter com ele os mesmos papos que tinha com Diana. Eu e ela podíamos conversar por horas sobre assuntos que iam de moda do próximo verão até a existência de Deus e o sentido da vida.

Às vezes eu me perguntava por que não poderia haver uma pessoa com o corpo de Robinson e a mente de Diana.

Numa tarde, com a intimidade que eu já tinha na casa de Diana, fui entrando em seu quarto depois de bater na porta e não ouvir a resposta, devido ao som alto. Ao entrar, me deparei com Diana e Robinson deitados na cama dela. Ela tinha uma das mãos por dentro do short dele. Ele, sem camisa, tinha uma das mãos embaixo da blusa dela. Os dois interromperam um beijo apaixonado quando entrei. Gaguejando mil desculpas, saí e fechei a porta. Depois de uns cinco minutos, Robinson saiu e disse que Diana estava me esperando para estudar matemática. Muito envergonhado, pedi desculpas de novo e disse que voltaria outra hora, mas ele insistiu, com aquele sorriso cativante, e disse que já estava de saída.

Diana me esperava com os livros abertos, sorridente, fresca e perfumada como se tivesse acabado de sair do banho. Estudamos como se nada tivesse acontecido, mas eu não conseguia parar de pensar que aquela mão que fazia contas na minha frente tinha acabado de pegar no pau daquele homem, que aquela boca tinha sentido a língua dele, que aqueles seios tinham sido tocados pela mão dele.

Percebendo que eu não conseguia me concentrar, Diana interrompeu a lição e me perguntou o que eu havia achado de *Morangos mofados*. Aquela pergunta piorou a situação. O livro do Caio Fernando Abreu havia me deixado muito perturbado. Eu sabia que gostava de rapazes, mas nunca havia pensado muito a respeito. Ao ler aqueles contos que falavam de homens que amam homens, comecei a pensar que eu era um daqueles veados, como Robinson se referia a Sérgio, o rapaz alto e magro da escola, e seus amigos. Imaginei que Diana tinha me emprestado aquele livro porque sabia disso. Imaginei que ela e o namorado deviam rir de mim pelas costas. Acabei dizendo que não estava me sentindo bem e queria ir para casa.

Quando saía do prédio de Diana, encontrei Robinson, que me esperava. Perguntou se eu podia acompanhá-lo até a casa dele, pois queria "levar um papo". Comecei a dizer que estava com dor de cabeça, mas ao ver aquele sorriso lindo e seus olhos um pouco tristes, não resisti.

Fomos caminhando pela praia até o Gonzaga, onde ele morava. Robinson estava calado e eu não tentei puxar conversa, pensando no que ele queria comigo. De tanto vê-lo sempre junto a Diana ou a seus amigos do vôlei, me sentia estranho quando ficávamos a sós, como se meu olhar fosse trair o desejo que sentia por ele.

Ao chegarmos em sua casa, fomos para o seu quarto. Ele trancou a porta e colocou um disco do Legião – justamente o *Dois*, meu favorito. Na parede, um pôster do Renato Russo e a frase mais bonita que ele já tinha escrito – "É preciso amar as pessoas como se não houvesse amanhã". Robinson tirou a camisa e os tênis e se acomodou na cama, enquanto eu me sentava numas almofadas espalhadas pelo chão. Ele acendeu um baseado e me ofereceu. Eu já sabia que ele curtia fumar maconha com seus amigos, mas era a primeira vez que me oferecia. Como eu morria de vontade de experimentar, aceitei logo, esperando relaxar a tensão que estava sentindo.

O disco tocou um lado, tocou o outro, enquanto acabávamos o cigarro em silêncio. Robinson trocou o *Dois* pelo *Quatro estações* e voltou a se deitar na cama, com os olhos fechados e os braços atrás da cabeça. Agora totalmente relaxado, deixei meus olhos passearem por aquele corpo que eu já conhecia tão bem. Num impulso de coragem, deixei minha mão pousar sobre seu peito. Ele abriu os olhos e eu fiz menção de tirar a mão, mas ele segurou com a sua e começou a guiá-la pelo seu peito, sua barriga, seu umbigo... e debaixo do calção. Senti seu pau duro como pedra e segurei-o com minha mão, enquanto Robinson me acariciava os cabelos e me puxava em direção a ele. Beijei-o na boca, senti sua língua roçando a minha, e perdi toda a timidez. Ele tirou minha camisa enquanto eu o beijava furiosamente, e passei a explorar todo o seu corpo com a boca e as mãos. Beijei e lambi seu rosto, os ouvidos, o pescoço, as axilas, os mamilos, o umbigo, até que arranquei seu short, joguei longe e passei a chupar seu pau como se fosse um picolé. Aquele pênis quente e latejante na minha boca me deixava ainda mais excitado. Robinson gemia de prazer, pedia que eu chupasse também suas bolas, empurrava minha cabeça para baixo com as mãos. Não demorou para que ele gozasse em minha boca. Senti aquele líquido quente e amargo na garganta e engoli-o com o maior prazer. Robinson me puxou para cima e me beijou ardentemente, sentindo o gosto do seu próprio sêmen em minha boca. Depois passou a fazer em mim tudo o que havia feito com ele – me lambeu todo, jogou meu short longe, chupou meu pau como se não tivesse feito outra coisa a vida inteira. Excitado como estava, gozei rapidamente – e ele engoliu tudo.

Deitados, continuamos a nos abraçar, beijar e acariciar. Ele me fez deitar de bruços e foi percorrendo minhas costas com a boca, até chegar em minha bunda. Então começou a massagear meu cu com os dedos e a língua. Ao sentir aquele lugar tão pouco explorado tocado daquela maneira, comecei a gemer de prazer. Depois de me estimular bastante, ele chegou bem perto do meu ouvido e perguntou se podia me comer. "Sou todo seu", respondi, a voz rouca. Fechei os olhos e comecei a sentir seu pau penetrando em meu cu. Senti dor, mas ele foi paciente e delicado, forçando aos pouquinhos, até que eu relaxasse e ele pudesse enterrar seu pau até os pentelhos. Quando isso aconteceu, a dor deu lugar a um prazer intenso, que eu nunca tinha sentido antes. Robinson me virou de forma que eu ficasse na posição de "frango assado". Excitava-me ainda mais ver o prazer com que ele me comia, o suor escorrendo pelo seu rosto, suas mãos alisando minhas pernas, meu pau, meu peito. Às vezes ele se inclinava e me beijava, às vezes lambia os dedos dos meus pés. Quando senti que ele ia gozar, pedi que ejaculasse de novo em minha boca. Ele tirou o pau de meu cu e enfiou em minha boca, e senti mais uma vez aquele líquido quente e viscoso escorrendo pela minha garganta, excitado por pensar que aquele pau em minha boca estava há poucos segundos massageando minhas entranhas.

Voltamos às carícias e ele voltou a chupar meu pau. Então pediu para montar em mim. Eu deitado, ele se acocorou em cima de meu pau e foi sentando devagarinho. Com a facilidade com que o penetrei, achei que aquela não era sua primeira vez. Ele subia e descia rapidamente. Me acariciava e eu o masturbava. Dessa vez, nosso orgasmo foi simultâneo: enquanto eu gozava dentro dele, ele ejaculou em minha barriga e meu peito. Então deitou-se sobre mim, deixando meu pau ir saindo aos poucos de seu cu, e me abraçou forte. Estávamos ambos impregnados de sêmen e suor. Exaustos. E felizes.

"Aquele gosto amargo do teu corpo
ficou na minha boca por mais tempo:
de amargo e então salgado ficou doce,
assim que o teu cheiro forte e lento
fez casa nos meus braços e ainda leve
e forte e cego e tenso fez saber
que ainda era muito e muito pouco"

Depois daquele dia, eu, Robinson e Diana passamos a formar um triângulo amoroso – sem que ela soubesse que era um dos catetos e não a hipotenusa. Quando estávamos juntos, Robinson e eu jamais tocávamos no nome dela, como se houvesse um acordo tácito entre nós de que a simples menção de seu nome fosse atrapalhar irremediavelmente nossos momentos de prazer. Por outro lado, passei a evitar estar a sós com Diana; temia seu olhar perscrutador e sua mente aguda, achava que ela poderia ver através de mim.

Num sábado à tarde, sem nada para fazer e querendo estar sozinho, fui ao cinema assistir ao filme *Maurice*, produção de James Ivory baseada no livro de E.M. Forster. Ao entrar, dei de cara com Sérgio. Ele continuava com o cabelo arrepiado com gel, mas agora usava óculos de aro vermelho. Embora na escola só trocássemos rápidos cumprimentos, ele pareceu muito feliz de me ver, me abraçou e sentou-se ao meu lado no cinema, falando pelos cotovelos com sua voz estridente. Aborrecido pela companhia inesperada, me contive para não ser mal-educado e torci para que o filme começasse logo.

Maurice contava a história de um estudante que se descobre homossexual em plena Inglaterra vitoriana. Luta contra sua sexualidade e seu amor platônico pelo melhor amigo, até encontrar a felicidade e o prazer nos braços de um jovem jardineiro. Quando o filme terminou, as lágrimas corriam pelo meu rosto. Já Sérgio, menos discreto, chorava aos soluços. Olhamos um para o outro e morremos de rir de nossas caras vermelhas e inchadas.

Sérgio me convidou para um sorvete e eu topei. Enquanto eu escolhi uma bola de um sorvete diet, para manter a forma, ele pediu logo uma supertaça de cinco bolas e todos os cremes, coberturas e biscoitos a que tinha direito. Perguntei-me com inveja como era possível que ele fosse tão magro. Enquanto devorava o sorvete, tagarelava com a maior naturalidade sobre seus casos passados, presentes e futuros com outros homens, sem se importar com quem estivesse ouvindo. Comecei a pensar em como aquele cara era corajoso: com suas roupas extravagantes e suas maneiras afetadas, ele estava dizendo a todos que era gay, sim, e que ninguém tinha nada com isso. Resolvi fazer-lhe uma pergunta hipotética:

– Sérgio, já lhe aconteceu de se apaixonar pelo namorado de uma amiga sua?

– Eu, hein, Rosa! Namorado de amiga minha pra mim é mulher. E mulher bem feia, viu?

– Mas e se você estivesse mesmo apaixonado – insisti – e ele te desse a maior bola?

– Nesse caso, meu querido – ele me olhou por cima das lentes dos óculos –, você vai ter que escolher um dos dois. E ainda vai correr o risco de ficar sem os dois.

> *"A noite acabou*
> *Talvez tenhamos que fugir*
> *sem você"*

Quando as aulas acabaram, todas as turmas de 3º ano combinaram uma grande festa para comemorar o encerramento daquela fase de nossas vidas. Afinal, no dia seguinte estaríamos dispersos, uns cursando faculdade, outros, cursinho, outros seguindo caminhos diferentes. Uma colega que morava no Guarujá ofereceu sua casa, e cada um se dispôs a levar alguma coisa.

Nunca gostei muito de festas, mas não podia deixar de ir. A essa altura Diana já tinha tirado carta e nos levou de carro. Por mais que tentássemos manter as aparências, as coisas não eram mais as mesmas entre nós três. Diana não era boba e sabia que havia alguma coisa errada. Eu já estava cansado de mentir para ela e cobrava de Robinson alguma atitude. Ele se limitava a dar de ombros.

Na festa rolou muita bebida e muito fumo. Diana dançava com todo mundo. Robinson, excitado, tentava me convencer a procurar algum quarto vazio. Como eu estava de saco cheio da festa e a bebida me fez perder o senso de perigo, topei na hora. Aconteceu o que era inevitável, mais cedo ou mais tarde: Diana abriu a porta do quarto e nos pegou pelados, fazendo um sessenta e nove. Por mais bêbado que estivesse, nunca vou me esquecer do olhar dela naquele momento. Ela não demonstrou nenhuma emoção, não contraiu um músculo do rosto, não articulou um som. Mas seu olhar era um misto de fúria e tristeza, raiva e decepção, ódio e orgulho ferido. Sem dizer uma palavra, ela se virou e saiu andando calmamente, com a maior dignidade. Robinson foi atrás dela, nu como estava. Eu me vesti às pressas e fui ver o que acontecia. Desnecessário dizer que a festa havia parado e todos acompanhavam espantados o escândalo que seria a fofoca mais quente do verão. Diana havia pego seu carro e ido embora sem falar com ninguém. Robinson chorava desconsolado no ombro da anfitriã, uma garota desengonçada que ele já havia namorado. Percebendo que minha presença não ia ajudar em nada, chamei um táxi e fui embora.

> *"Me sinto tão só*
> *e dizem que a solidão*
> *até que me cai bem."*

Por vários dias tentei falar com os dois, sem sucesso. Diana viajou com os pais para uma cidade do interior, de onde não voltou mais. Robinson não atendia meus telefonemas. Quando fui ao seu prédio tentar vê-lo, ele me falou pelo porteiro eletrônico para deixá-lo em paz e não procurá-lo mais.

Tentei me concentrar nos estudos para o vestibular, mas de vez em quando a tristeza apertava e eu ia andar na praia. Às vezes ia até a ponte dos Práticos e ficava olhando os barcos. Outras ia até o emissário submarino, sentava nas pedras e ficava vendo os surfistas pegarem ondas e os pescadores mergulharem atrás dos mariscos. Numa dessas vezes, sentindo uma angústia me apertando o coração, lembrei-me de Sérgio e resolvi ligar para ele. Achei que de todas as pessoas que tinha conhecido naquele ano, ele era o único com quem poderia conversar.

Para minha sorte, ele estava desocupado e concordou em ir até o emissário me encontrar. Sentados nas pedras, vendo o sol se pôr atrás da serra do Mar e as ondas engolindo as pedras mais baixas, contei-lhe toda minha história, desde o dia em que conheci

Diana na sala de aula vazia até a festa fatídica. Sérgio ouviu tudo pacientemente, respirou fundo e disse, num tom de voz grave que eu desconhecia nele:

— Meu querido, não sei o que dizer. Entendo que nada do que eu disser vai aliviar o seu sofrimento. Você perdeu de uma vez sua melhor amiga e seu namorado, ou seja lá o que ele era pra você. Mas não fique se afundando na culpa. Tudo bem, você errou, não foi honesto com sua amiga; mas, caramba, você só tem 17 anos! Se você não puder cometer erros agora, quando vai poder?

Sérgio era só um ano mais velho que eu, mas falava como um homem maduro.

— Olha, lindo — continuou —, você ainda vai sofrer muito com o coração partido pela vida afora, mas vai ter muita alegria também. Eu lembro de que quando te conheci, você era um patinho feio. Agora é um cisne lindo!

Sorri, encabulado. Sabia que havia desabrochado durante aqueles meses, mas ainda não havia ouvido um elogio como aquele.

— O que você precisa agora é sair mais, se assumir como gay, sair do armário, conhecer pessoas como você. Se você quiser, vou te levar pra conhecer uns lugares legais e umas pessoas interessantes. Nada melhor pra curar um coração partido que um novo amor, sabia?

Não conseguia me imaginar gostando de alguém de novo naquele momento, mas me senti melhor conversando com Sérgio. Encostei a cabeça no ombro dele, ele pôs o braço em meu ombro ficamos esperando o sol se pôr.

"Quando vejo o mar
existe algo que diz:
— A vida continua
e se entregar é uma bobagem."

Saí várias vezes com Sérgio durante aquele verão, conheci lugares legais e pessoas interessantes. Depois, cada um seguiu seu rumo e perdemos o contato. Recentemente, voltei a encontrá-lo na noite paulistana: ele agora é uma esfuziante drag queen e atende pelo nome de Pedrito Jetson. Continua sendo uma pessoa adorável, mas não temos mais muita coisa em comum, além das memórias e do fato de ambos gostarmos de homens.

Quando ainda morava em Santos, cruzei com Robinson algumas vezes. Ele estava sempre com uma garota bonita e me ignorava completamente. No começo isso me doía, depois me tornei indiferente. Imagino que hoje seja um respeitável pai de família, que nos fins de semana sai atrás de rapazes. Só espero que tome cuidado para não passar nenhuma doença à sua esposa.

Nunca mais tive notícias de Diana. Gosto de imaginar que ela realizou seu sonho de ser comissária de bordo e conhecer o mundo inteiro, e que se casou com um primo distante da família real da Bélgica. Afinal ela sempre teve um jeito de princesa do século XXI. E espero que, em seu coração, ela tenha me perdoado.

Quanto a mim, tive o coração partido muitas vezes e fui feliz em alguns momentos. Mas nunca vou me esquecer daquele final da década de 80, quando conheci o que era amor e tesão, amizade e traição. E quando aprendi a nunca mais esconder de ninguém quem eu era e o que sentia.

———

Wil Cabral é jornalista formado mas ganha a vida lecionando inglês. Natural de São Bernardo do Campo, morou em Santos e atualmente vive na grande cidade de São Paulo. Apesar de escrever desde pequeno, este é seu primeiro trabalho a ser publicado.

Insólita indulgência
Eduardo Rasgah

Quando era mais novo, a solidão me sufocava. Sempre quis ter alguém ao meu lado com quem eu me identificasse, porém sempre fui um pouco idealizador com relação a namorados. A depressão era tamanha que às vezes achava que não teria forças para seguir adiante por muito tempo...

Todo mundo imagina um tipo de pessoa que julga ser o tipo certo para viver o resto dos dias. Eu não sou diferente, ainda que, apesar da pouca idade, me sinta um pouco antiquado com relação a relacionamentos. Mesmo sendo exigente, sei que o que procuro não é impossível nem tão pouco inatingível. Só o que procuro é alguém com bom coração e que espere de mim um bom companheiro. Que tenha um certo vigor físico, é claro, mas que me surpreenda sempre, que seja engraçado e que me faça rir sozinho na rua quando me lembrar da última que aprontou. Que me faça ter vontade e prazer de comprar uma roupa nova só para chamar a sua atenção ou, quem sabe, até conquistar um elogio. Que me faça cometer pequenas loucuras do tipo sair mais cedo de casa, do trabalho ou até mesmo perder uma aula de vez em quando só para vê-lo passar, ver o brilho do seu cabelo, seu sorriso lindo, torcendo para que ele perceba que eu estou olhando e sorria de volta para mim.

Sei que a probabilidade de topar com a pessoa ideal é pequena, senão quase inexistente. Há pessoas que podem passar pela vida sem jamais encontrar o par perfeito. Mesmo dizendo isso, devo dizer que sou um cara sortudo. Ainda guardo aquela sensação que tive quando o vi pela primeira vez, entrando pela porta da sala de aula, no primeiro semestre da faculdade.

O Otto não era bonito. Pelo menos, não faz parte do grupo que agrada a maioria. Era magro, um pouco mais baixo que eu, pele morena e cabelos bem pretos e lisos. Seus olhos chamaram a atenção assim que ele entrou na nossa sala; verdes e luminosos, eles contrastavam com o moreno da sua pele, que parecia muito com o tom índio brasileiro.

O mais inusitado, senão engraçado, era que ele vestia um chapéu que comprara em Barretos durante a festa do peão. Mais tarde vim a descobrir que, como eu, ele nem sequer gosta deste tipo de festa, mas não se importa muito com o lugar desde que possa juntar um grupo de amigos e se divertir.

O que mais me chamou a atenção mesmo foi o seu jeito e a sua autoconfiança com relação a tudo. Nada parecia impossível para ele. Alegre, extremamente sociável, ele tinha um não-sei-quê de chamar a atenção, não só a minha mas a de todos. Sempre surpreendente, parecia ter a resposta certa para tudo. Extremamente gentil e solícito, não era difícil para ele fazer novos amigos. Dos professores às "tias" da faxina, conquistava a todos e, com incrível facilidade, também conquistou a mim. Sempre que podia, dava um jeito de me aproximar dele e vê-lo de perto.

Sempre fui muito retraído e nem coragem de cumprimentá-lo eu tinha. Eu baixava a cabeça toda vez que percebia a sua proximidade. Coragem para uma cantada então, nem pensar. Não que as recrimine e confesso que já dei algumas por aí. Mas eu me sentia tão pequeno perto dele... Tive medo de ele me achar insignificante ou algo do tipo. Bobagem. Isso não fazia o estilo dele. No fundo, tive medo de ser excluído pelo fato de ele não ser gay. Sim, mesmo sem nunca ter falado com ele, percebia que ele não era como eu. Faz parte de ser homossexual reconhecer no outro sua homossexualidade. Fazemos isso naturalmente através de um sexto sentido ou um algo a mais que naturalmente adquirimos. Com isto, o fato de ele não ser gay poderia afugentá-lo. Não que ele tivesse dado demonstrações de homofobia. Longe disso. Mas ele podia fazer parte do grupo de pessoas que, mesmo que aceitem a homossexualidade como uma coisa normal, têm medo de algo que nem mesmo elas sabem explicar e por isso preferem se manter distantes. Então, qualquer bandeira que eu desse poderia afugentá-lo para sempre... Nesses assuntos, cautela nunca é demais.

Levei um bom tempo para criar algum pretexto que nos aproximasse e nos fizesse amigos e, quanto mais o tempo passava mais eu invejava os amigos que podiam curtir a presença dele.

Quanto mais o tempo passava, mais eu me dava conta de que o máximo de contato físico que teríamos seria um aperto de mão. Qualquer outro tipo de aproximação se dissipava cada vez mais da minha mente. Porém minha vontade de tê-lo perto de mim não se extinguia. Ele me atraía de uma forma diferente, não sei explicar muito bem. Era uma grande admiração, uma vontade de ser como ele... Algo mais fraternal do que carnal. Aliás, nem para mim era claro esse sentimento. O que mais queria era, pelo menos, ser notado por ele, ser amigo dele. Se ao menos eu conseguisse chamar a sua atenção e o fizesse ter vontade de ser meu amigo, acho que já bastava. Mas como chamar a atenção e a admiração dele?

Sei que estava se tornando obsessivo, que passava muito tempo com idéia fixa em uma mesma pessoa, que nem mesmo me conhecia, mas eu precisava da sua atenção e amizade. Mas como ser só amigo de um cara como ele? Quantas vezes não sonhei com aquela boca, tocar seu corpo ou simplesmente acariciar-lhe os cabelos? Posso assegurar que foram muitas. Mas era melhor guardar esses sonhos somente para mim e fiz de tudo para manter em segredo a minha opção sexual. Mais do que o comum. Mais do que qualquer outro veado que teria a mesma atitude simplesmente para evitar comentários maliciosos ou olhares de repreensão. Mas uma coisa é certa; desempenhei meu papel muito bem e ele nem sequer sabia da minha existência. E isto doía.

Bem, como já disse anteriormente, nunca fui feliz em flertes e as poucas vezes em que os tive foram um desastre. Mas em um deles, em particular, tive uma experiência bastante desagradável. Mas como diz o ditado, há certos males...

Eu tinha acabado de assistir a primeira aula e não tinha a menor intenção de assistir as outras. Desci para o pátio e acendi um cigarro quando começou a chover. Há muito não via uma chuva como aquela. Foi uma pancada forte e ininterrupta. Sei que estava puto da vida porque eu queria ir embora e o temporal me mantinha preso na faculdade. Quando percebi que a chuva iria acabar, decidi ir ao banheiro antes de ir embora. Quando entrei, um cara entrou logo em seguida e ocupou o espaço ao lado. Pensei como seria bom se fosse o Otto e ri de mim mesmo. Quando terminei de lavar as mãos percebi que o cara estava fazendo hora e resolvi olhar para ele através do espelho. Ele fez questão de me fazer notar o volume que guardava dentro das calças. Confesso que este tipo de aproximação não me agrada muito. Não falo por moralismo. Falo porque sempre achei vazia a sensação de fazer sexo e depois ter de encarar alguém de quem mal me lembraria o nome ou que mal se lembraria do meu. Nem o gozo em si acaba sendo tão bom. Masturbação, nesse caso, me faz mais efeito. Mas como não sou de ferro, muito pelo contrário, não pude resistir a tal apelo. Além do mais, já fazia algum tempo que eu não me permitia aventuras. Por sorte, eu havia passado na farmácia e comprado uma caixa de camisinhas e um tubo de K-Y gel. Por sorte, não. Na verdade, eu já estava planejando me divertir um pouco e, por isso, não estava a fim de assistir aula. Eu ainda tinha que ir para casa e trocar de roupa antes de sair para dançar. Mas ao que parecia, eu nem precisava ir dançar para arranjar alguém. Ele saiu na minha frente me chamando com as mãos e eu o fui seguindo.

– E aí? Tá afim de uma brincadeirinha? – Dava para perceber sua insegurança pela sua voz tremida, meio que sussurrando, meio que com medo de alguém passar e nos surpreender.

– Brincadeirinha? Por acaso tenho cara de quem ainda tem idade para brincadeiras? – respondi tentando quebrar o gelo.

– Aí, mano, é o seguinte. Cê curte uma suruba? Tem uns camarada amigo meu aí do lado de fora da faculdade me esperando pra uma festinha. Mais dois. Tá a fim? – ele me falou enquanto me olhava fixamente nos olhos. Os lábios estavam ligeiramente projetados para fora como quem está com muito tesão.

– Mas como assim? – perguntei surpreso.

Minhas aventuras sexuais nunca incluíram mais de um parceiro e confesso que fiquei um pouco nervoso. Ao mesmo tempo que o jeito rude dele me deixava curioso e excitado, ele também não parecia ser da faculdade. Fiquei receoso.

– Tá afim ou não? É o seguinte. Tava indo embora quando você entrou no banheiro e não resisti quando te vi. – ele falou em tom malicioso, meio que sorrindo, com a mão na altura do saco. Ele se apalpava com tanta facilidade que parecia que a sua mão era atraída por um imã dentro de suas calças.

– Mas vocês usam camisinha? Eu só tenho uma caixa.

– A gente passa na farmácia agora e compra mais... vâmo? – desta vez, me puxando o braço.

Confesso que sou vaidoso. Muito vaidoso. Como resistir a um cara desse dizendo que não tinha conseguido se controlar quando me viu? Mas, além de vaidoso, infelizmente também sou muito ingênuo e não percebi sua real intenção. Chegando do lado de fora da faculdade, realmente encontramos os dois caras que ele havia mencionado. Mas aquela "brincadeirinha" era tudo o que eles não estavam procurando. E mal nos aproximamos deles, a farsa acabou.

–Aí, pessoal, olha só a bichinha que encontrei viadando no banheiro! – disse o calhorda para os covardes.

Foi nesse momento que me dei conta de que deveria ter freqüentado as aulas de jiu-jitsu em vez de gastar horas batendo papo na academia. Os três me cercaram e mal tive a chance de me defender ou abrir a boca e eles já começaram a me espancar e ofender. Não sei quantos de vocês já passaram por isso mas posso assegurar que machuca. Não falo da dor física, que é muito óbvia. Falo da dor de ter vergonha de gritar por socorro, de me expor. Mesmo porque a maioria de nós foi criada para aceitar que a nossa opção sexual é errada, é feio, que é pecado... Falo da vergonha de, depois da agressão, ter de encarar as pessoas nos observando com todo aquele sentimento hipócrita de pena. Algumas delas nem sequer precisariam presenciar a agressão, mas nosso sentimento de culpa insistiria em nos mostrar o olhar deles nos censurando. Mas como culpá-los? É assim que eles nos enxergam. Sabem que existimos mas acreditam que não devemos nos mostrar. Essa é a criação que lhes foi dada. Apesar do avanço que a sociedade vem obtendo nos últimos anos, a verdade é que ela ainda não aceita os homossexuais. Como ouvi uma mulher num ponto de ônibus uma vez: "Gays são engraçadinhos. Na televisão, não em casa." É, ainda temos um longo caminho a seguir, a menos que tenhamos coragem de mostrar a nossa cara e de falar ao mundo que temos nossa própria cultura e que não devemos ter vergonha dela.

Durante toda a agressão, permaneci calado. Apanhei calado.

De repente, um berro silenciou o ruído seco dos chutes:

– Parem com isto seus babacas!

Alguém havia chegado e afugentado a corja. Foi tudo muito rápido. Permaneci encolhido, deitado na calçada, tentando assimilar a dor e o que havia acontecido.

– Você está bem? – Ele me perguntou com solicitude e carinho, erguendo meu rosto com as mãos e me olhando nos olhos.

Mal pude ver sua fisionomia. Estava escuro e eu tinha um pouco de sangue escorrendo sobre os meus olhos. Mas pude reconhecer sua voz. Nesse mesmo instante esqueci a dor, esqueci tudo, e não podia acreditar nos meus ouvidos. Era o Otto.

No instante em que o reconheci, todos os meus sentimentos se confundiram. Afinal, sua voz falando comigo era tudo o que mais queria ouvir em meses e não tinha conseguido. E lá estava ele, falando comigo. Finalmente eu havia lhe chamado sua atenção. De uma maneira pouco convencional e recomendável, concordo, mas era ótimo!

– O que eles queriam?

Ele deve ter dito uma dezena de frases às quais eu não pude prestar atenção. Estava me ajudando a levantar. Ele me tocou! Devia estar sonhando.

– Tentaram me assaltar. – menti deslavadamente.

– Filhos da puta! Não pude ver a cara deles. Você os reconheceu de algum lugar?

– Não pude prestar muita atenção. Não tive tempo. E tá meio escuro aqui. Deixe-os para lá. Eles nem levaram muita coisa. Só alguns passes.

– Cara, cê tá mal! Acha que consegue ir para casa sozinho? Posso te dar uma carona. Onde você mora?

– Tô bem, cara. Não foi nada. Só um corte à toa. – falei, sem conseguir mostrar nenhuma convicção.

– Mas você não pode pegar um ônibus com todo esse sangue no rosto! E eu tava vendo no centro acadêmico que a cidade tá toda alagada por causa da chuva. Você ainda vai ficar preso no trânsito.

– Não, cara. Realmente não tem porque se preocupar. Eu me viro – tentei insistir, com a voz um pouco embargada, quando me toquei do que tinha acabado de me acontecer.

– Vamos pelo menos lavar o corte aqui na faculdade. Até lá te convenço a aceitar minha carona – disse com um sorriso irresistível, tentando me animar. – Afinal, o que mais pode te acontecer?

Aproveitei-me um pouco da situação e me apoiei em seu ombro. Tá certo que meu joelho esquerdo doía um pouco, mas poderia andar sem me apoiar sem problema algum.

Ele me ajudou a lavar o rosto e me pediu para que eu tirasse a camisa e a apoiasse sobre o corte para ajudar a conter o sangue. Não pude esconder meu embaraço e ele riu de mim. Me senti como um adolescente.

– Meu! Acho que te reconheço de algum lugar. Você não está na minha sala? – ele falou assim que enxuguei o rosto.

Nessa hora nem mais me lembrava da dor, do sangue que ainda insistia em escorrer pelo meu rosto, do fato de estar sem camisa na frente dele, de nada. Ele me reconheceu e foi o máximo.

– Sim, acho que sim. Tenho um certo problema com fisionomias, mas acho que também já te vi na sala – menti mais uma vez, agora olhando-o na cara, com os olhos cerrados e balançando a cabeça como se estivesse fazendo um tremendo esforço em me lembrar.

– Então, cara! – falou, batendo levemente a mão em meu ombro – Que legal! Me chamo Otto. E você?

– Fabiano.

– Bem, já que já nos conhecemos, não vejo o porquê de você não aceitar a minha carona. Onde mora?

– Moro na Aclimação, perto do metrô

– Opa! Minha namorada mora na Vila Mariana. Tive uma idéia! Vou te levar até lá. Ela é ótima com curativos. Você topa ir até lá? Ela é super gente fina.

Lembro que senti um iceberg percorrendo minhas costas no momento em que ele mencionou que tinha namorada. Bobagem! Como já mencionei, sempre soube que ele não tinha o menor talento para ser gay e nem esperava nada dele além da amizade. Lógico que tive um pouco de inveja da tal garota e não estava nem um pouco a fim de conhecê-la. Puro ciúme. Daqueles bem infantis. Mas como negar tal oportunidade de ficar mais algum tempo perto dele? Talvez eu jamais tivesse a chance de ser amigo dele. Aceitei a oferta.

E foi ótimo. Passado o primeiro momento, pude ver que a Cris era também muito simpática. Como ele. Os dois se mereciam. Ela era realmente boa com curativos e do corte não sobrou nem cicatriz. Lembro que passamos o resto da noite conversando na área comum do edifício onde ela morava.

Tudo correu como eu sempre esperei. Em seguida, nos tornamos amigos cada vez mais íntimos e não demorou muito até que me tornasse seu confidente. Felizmente as greves de ônibus e metrô ficaram mais comuns e suas caronas se tornaram cada vez mais freqüentes, até que não precisei pegar mais ônibus. Cara, como tive de me segurar toda vez que ele começava a falar dos momentos que passava com a Cris. Não demorou muito e logo tive de inventar uma namorada. Foi fácil, só adaptar um pouco as histórias que ele me contava e misturar com as histórias que seus outros amigos (agora meus amigos também) contavam. Tudo foi bem até que ele comentou achar estranho ela nunca aparecer.

Felizmente, todo veado que se preze tem várias amigas e sempre busquei o auxilio delas, que adoravam me ajudar. Depois, era só inventar um rompimento e tudo bem.

Quanto mais o tempo passava, mais nos identificávamos. Nossos gostos batiam em quase tudo. Do estilo das roupas às músicas. Dos desenhos animados que assistíamos quando crianças ao gosto pelos quadrinhos e por filmes. Éramos unha e carne e eu cada vez mais apaixonado. Tinha consciência de que jamais poderia declarar meu amor. E nossa amizade, no ponto em que chegou, já era suficiente, mesmo que isso estivesse me consumindo aos poucos. Quem era eu para exigir algo em troca? Ele já tinha me dado muito quando me salvou daqueles caras. E mais, ele e a Cris formavam o par ideal. Eles tinham uma relação de sonho. Era gostoso ver como se completavam. Como poderia desejar que o namoro deles acabasse? Ele gostava tanto dela e eles se davam tão bem. Nós nos dávamos tão bem...

Eu já recebia muito dele. Quando poderia me imaginar andando com os outros caras que não eram veados sem que eles fizesem algum comentário nocivo? Parecia que o fato de estar ao lado dele me livrava de qualquer suspeita. Sempre me podei muito com relação a ter amizades. Sempre tive medo de ser notado e excluído. Antes de conhecer o Otto, jamais imaginaria freqüentar estádios de futebol. Era o máximo ir ao Morumbi ao lado dele, torcer pelo tricolor e depois ir a um barzinho qualquer em Moema com a galera encher a cara de cerveja. Enfim, comecei a me sentir parte do mundo. Pela primeira vez pude andar nos dois mundos sem que me sentisse estranho em algum deles. Nunca deixei de lado as minhas antigas amizades, que viviam tirando a maior onda da minha cara quando dizia que não iria dançar porque havia torcido o tornozelo batendo uma bola no campinho da rua.

Aos poucos ele me fez esquecer do trauma de infância que adquiri quando meus primos faziam rodinha em volta de mim e começavam a me chamar de bichinha, mocinha e outras coisas do tipo. E depois, mais que isso, chegou a ser um irmão que eu sempre desejei ter para me fazer companhia desde criança.

Foi então que o inesperado aconteceu. A Cris, de uma hora para outra, inventou que não o amava mais e que não estava mais a fim. O Otto ficou arrasado, atônito, sem saber que rumo tomar. Nunca o vi tão perdido. Fui a primeira pessoa a quem ele recorreu. Ele me telefonou e pediu que fosse até a sua casa.

Não pensei duas vezes. Fui direto ao seu quarto. Ele estava de tênis, bermuda e camiseta, sentado no chão, encostado na parede. Quando entrei, ele ergueu a cabeça e tentou esboçar um sorriso, mesmo estando arrasado. Não conseguiu. Ele sempre recebia, quem quer que fosse, com um sorriso. Ele se levantou, me abraçou.

– Cara, eu não vou agüentar viver sem ela. O que é que eu faço para ela voltar pra mim? Eu tô sem coragem de ligar pra ela, cara. Me ajuda! – implorou, com o choro preso na garganta.

– Será que não é melhor você dar um tempo para ela? Ela deve estar confusa ou alguma coisa do tipo. Você se lembra de ter feito algo que a magoasse?

– Não!... – falou, dessa vez com lágrimas nos olhos.

– Tem mulher no mundo para dar e vender e você aí, um homem desse tamanho chorando! – disse, tentando animá-lo. Não consegui. Esse dom pertencia a ele apenas.

Eu nunca o havia visto nesse estado e isso realmente me tocou. Olhei em volta e vi uma garrafa de Jack Daniels quase vazia em cima do criado-mudo.

– Por que isso está acontecendo comigo? – perguntou já chorando.

Encostei a cabeça dele no meu ombro e o deixei chorar. Ficamos assim, sentados no chão por quase uma hora e ele só parou de chorar quando começou a pegar no sono.

– Cara, obrigado pela força – disse ele meio dormindo, meio acordado.

– Não foi nada, mais tarde a gente acerta isto – falei com um meio sorriso.

Esperei um pouco mais até que ele pegasse no sono de vez. Levantei o do chão e o deitei na cama. Tirei-lhe os tênis e fiquei ali, de pé, encostado no armário, observando-o dormir. Não demorou muito para que alguns pensamentos começassem a tomar conta de mim. Aproximei-me da cama e aos poucos fui me abaixando até que ficássemos cara a cara, com nossos rostos quase se encostando. Parei por alguns instantes para sentir seu hálito, sua respiração. Afastei-me um pouco para poder ver melhor o seu rosto. Não me lembro de tê-lo observado assim, tão proximamente. Passei a mão em seus cabelos. Ele dormia como pedra, com a respiração lenta e profunda.

Encostei meus lábios nos dele e os lambi. Sempre quis saber o gosto que teriam. Dessa vez, tinham gosto de whisky. E ele continuou dormindo. Então, abri-lhe suavemente a boca e deixei minha língua tocar a dele num beijo. Não vou ser aquele tolo romântico a ponto de dizer que o hálito de bebida não tenha tirado um pouco o encanto. Mas esse beijo era tão inesperado que, por um instante, pude jurar que foi o melhor beijo que já tive. Nem tanto pelo beijo em si, mas pelo fascínio de poder estar realizando aquilo. Quando dei por mim, já havia deitado ao lado dele e o abraçado. Continuei beijando, lentamente, para que ele não acordasse, aproveitando todos os instantes. Sabia que era a chance da minha vida e não a perderia por nada. Fui me embriagando com aquele beijo de mão única como se fosse o mais caloroso da minha vida. Minha pressão sangüínea subiu estratosfericamente e parecia que todo o meu sangue se concentrava em uma única parte do meu corpo (que não era a minha cabeça). Parecia que meu pau já estava adquirindo personalidade própria à medida em que começava a perder a razão. Tive de fazer uma força enorme para segurar a onda.

Desci minha mão pelo seu peito, sobre a camiseta, sua barriga e sua bermuda e agarrei o pau dele. Ele estava longe de estar excitado, mas não liguei. Como desejava aquele momento, a minha excitação era o suficiente para nós dois; com o porre dele, não haveria jeito de que a coisa fosse diferente.

De repente, ele murmurou algo. Saltei para trás, assustado. Estava tão cego com a situação que não esperava que ele pudesse estar acordado ou acordar de uma hora para outra. Ele realmente me assustou. Pensei que estivesse dormindo profundamente! E se ele lembrasse no dia seguinte? E se eu tivesse arruinado tudo? Não sabia o que fazer. Andei de um lado para o outro enquanto ele dormia. Fui embora sem me despedir. Achei melhor não acordá-lo, já que seria mais fácil fazê-lo se lembrar. Mais uma vez, a dor da vergonha. Mais uma vez, sentimentos contraditórios.

Já em casa e deitado, apesar do remorso, tocava minha boca e sentia o seu hálito. Apesar do desfecho inesperado da noite, isso me confortava e consegui dormir.

Não tive coragem de procurá-lo no dia seguinte nem no outro. Achava mais natural esperar que ele me ligasse. No domingo, liguei para casa dele mas falei com a sua mãe. Ela me falou que ele ainda não havia saído do quarto, só para as refeições. Me disse também que ele não queria falar com ninguém. Ela me perguntou se eu queria que ela tentasse convencê-lo a falar comigo. Respondi que não. Afinal, não valia tentar nada. Eu queria que ele me procurasse por conta própria. O dia seguinte seria segunda-feira e nos encontraríamos na faculdade, de qualquer forma.

A segunda-feira chegou mas ele não apareceu. Então tive a certeza de que ele estava sóbrio o bastante para se lembrar da besteira que eu havia feito. Certamente estava com raiva de mim, pensei. Tinha certeza de que ele estava com nojo de mim. Por que eu fiz aquilo? Por quê?

Nem esperei o final da aula e fui para casa. Não podia prestar a menor atenção, com remorso do que tinha feito.

Passei em frente à casa da Cris e quase atirei uma pedra na janela do apartamento dela. Eu a culpava por tudo. Culpava-a por tê-lo largado e deixado nesse estado. Bobagem. Hoje posso ver que, na verdade, eu só estava tentando transferir a minha culpa. Alguma coisa a havia feito agir daquela maneira e isso eu só descobriria mais tarde.

Concluí que o melhor a fazer era ignorar a besteira que tinha feito e fingir que estava tudo normal. E a melhor maneira era continuar dando força pro Otto. Mas como? A última coisa que ele havia me pedido era que eu o ajudasse. Mas como? A única saída era descobrir o que havia acontecido para ela ter reagido da maneira drástica que reagiu. Pensei em telefonar para ela e tentar descobrir seus motivos. E foi o que fiz.

Telefonei para ela inúmeras vezes naquela terça-feira. Todas em vão. Na última, inclusive, pude ouvir a voz dela ao fundo pedindo para dizer que ela não estava. Ela estava me evitando também. Com certeza porque sabia que ligaria para sondar o que estava acontecendo. Ela sabia que eu era o melhor amigo do Otto. Nada mais natural.

Não esquentei a cabeça. O fato é que finalmente tinha arranjado um motivo para procurá-lo, mas deixei para o dia seguinte.

Felizmente, era um feriado e tive o dia inteiro para pensar no que falar e como agir assim que chegasse na casa dele. Não consegui pensar em nada e resolvi não esperar muito. Fui logo após o almoço.

Quando cheguei, a mãe dele me recebeu e me convidou a entrar. Tudo muito rápido. Ela sempre foi muito agitada e mal tive tempo de me sentar e ela apareceu de novo na minha frente, com uma bolsa na mão, dizendo que estava de saída mas que eu não deveria me preocupar e que ficasse à vontade. Falou que eu podia subir para o quarto dele que certamente ele estaria lá. Desculpou-se pela pressa, me deu dois beijos no rosto e saiu.

Fiquei um pouco inseguro mas já estava lá e não tinha volta. Levantei-me e respirei fundo. Comecei a subir a escada. Parecia infindável. Foi inevitável a secura em minha boca. Pensei em ir a cozinha beber água. Logo descartei a idéia. O melhor era seguir em frente e acabar com a espera de uma vez por todas. Continuei a subida e cheguei em frente ao seu quarto. Respirei fundo novamente, engoli seco, ergui a mão direita e bati na porta. Ninguém respondeu e tentei novamente, dessa vez com mais força, uma vez que ele poderia estar dormindo. Fazia um calor infernal naquela tarde. Não conseguia imaginar como ele poderia estar trancado naquele quarto abafado. Enxuguei a testa. Ninguém respondeu e então decidi abrir a porta por conta própria. Só sei que não conseguia sentir o chão sob meus pés, tamanha era a ansiedade. Abri a porta lentamente. Minhas mãos tremiam como se esperasse que um maníaco pulasse de repente na minha frente e atirasse com uma AR-15.

À medida que abria a porta, meus olhos percorriam todo o quarto. Estava escuro, com a janela fechada. Uma estufa. Assim que escancarei a porta, notei que ele não estava lá. Me senti aliviado por um momento mas logo veio a insegurança. Isso havia fugido totalmente do roteiro que eu havia estabelecido. Entrei e sentei-me na cama, de frente para a porta. Tentei fingir naturalidade e conforto pondo as mãos para trás, apoiado sobre elas.

Logo, ouvi os passos dele subindo a escada. Pelo barulho, devia estar de chinelos. Meu coração disparou. Agora sim, não tinha mais volta. Após percorrer todo o infinito corredor, ele chegou no quarto e parou na porta. Meus olhos se viraram para o chão como se fossem de chumbo. Ele estava calçando chinelos. Aos poucos, levantei a cabeça e assim que nossos olhos se cruzaram, tive vontade de sumir. Queria mergulhar no meu próprio umbigo.

— E aí, cara. Cê sumiu! Esperei que me ligasse esta semana! O que aconteceu? — falou, sem o sorriso habitual.

Ele me recebeu com tanta indiferença que quase me despedi e fui embora. Sua reação inicial não deixou claro se ele se lembrava do que eu havia feito ou não. Aparentemente, ele não se lembrava de nada. Esperava que ele me recebesse mais friamente mas não com indiferença. Sua reação foi totalmente inusitada e tive de recorrer ao improviso.

— Nada! Eu é que acreditei que você fosse dar as caras na faculdade! Você não apareceu nem ontem nem anteontem. Eu é que te pergunto o que aconteceu! Você precisa reagir, cara! — Disse, tentando simular naturalidade.

— Você acha que tá sendo fácil, né? Justo agora que estou precisando de uma força, parece que instituíram a semana nacional de abandono ao Otto.

Ele me fez dar risada, como sempre. Pelo menos pude me sentir mais calmo já que ele estava sendo natural. O mais patético é que era para eu estar dando força para ele. Eu é que deveria fazê-lo rir. Mas ele sempre me antecipava. Parecia que ele, graças a Deus, não se lembrava de nada da besteira que eu tinha feito. Talvez sua indiferença fosse por causa da minha ausência durante o fim de semana. Afinal, ele havia me pedido ajuda e eu sumira.

Otto sentou-se ao meu lado e disparou:

— Tá a fim? — falou erguendo a mão, como se oferecesse algo.

Com toda a agitação, mal pude notar que ele segurava uma tigela de morangos recém tirados da geladeira. Estava muito nervoso para aceitar algo para comer e resolvi recusar mas nem tive tempo de abrir a boca para agradecer e ele enfiou um morango na minha boca.

Aquele morango doce e geladinho teve o efeito de uma ducha fria. Fechei os olhos enquanto a fruta se derretia em minha boca como se aquilo fosse adiar um pouco mais o que eu estava lá para fazer. Lembrei da sensação que tive quando o beijei.

— Bom? Quer mais? A gente pode descer e pegar mais na geladeira — disse, me acordando do transe.

— Não, valeu! — respondi com a voz baixa, quase muda.

— Cê tá legal, cara? — Ele me perguntou como se percebesse o efeito que aquele simples morango tinha causado.

— Tentei ligar para a Cris mas ela me evitou o dia inteiro. Não consegui descobrir muita coisa. — disse, desviando-lhe a atenção.

— É mesmo? — ele respondeu com tristeza.

Ficamos sentados um bom tempo, não sei calcular quanto, enquanto comíamos os morangos lentamente.

De repente, algo me impeliu a abrir a boca. Respirei fundo e disparei.

— Olha, cara. Preciso te confessar uma coisa que venho adiando desde que te conheci — falei sem que me permitisse tempo para pensar.

— É mesmo? Você tem idéia do que possa estar acontecendo com a Cris? — ele insistiu, com ansiedade, como se não tivesse dado atenção ao que eu havia acabado de falar e esperasse que eu, enfim, dissesse algo que o ajudasse, pensei.

– Não exatamente – falei tentando voltar ao assunto.

– Mas eu sei. – disse, me surpreendendo. Como de costume.

– Como assim?!?! – perguntei surpreso.

– A última vez que a vi, discutimos. Você sabe, nunca discutimos. Acho que ela não segurou a onda.

– Do que cê tá falando, cara? – disse confuso.

– Fabiano, você é meu melhor amigo. Não quero que nada se imponha entre a gente. Mas acho que venho querendo demais.

– Como assim? Fala! Você está me deixando nervoso! Não estou entendendo onde você quer chegar! Ainda há pouco, eu achava que você não fazia idéia do que tinha acontecido entre vocês dois! Que briga foi essa?

– É o seguinte, eu e a Cris discutimos por sua causa – ele disparou.

– Mas o que foi que eu fiz? – Disse, realmente surpreso e indignado.

– Ela me falou que acha que você é veado...

Olhei para os lados. De repente o ar não enchia mais os meus pulmões e uma forte pontada atingiu meu peito. Era exatamente o que eu imaginei declarar momentos antes mas ele se antecipou. Vergonha e impotência. Alguns poucos instantes sem fim se passaram até que eu pudesse finalmente exprimir alguma reação.

– Como assim? – respondi com a voz trêmula.

– É isso o que você ouviu. Disse a ela que isso era um puta absurdo e coisa e tal. Tentei fazer a cabeça dela contra isso e que, se você realmente fosse, isto não era da nossa conta. Daí ela pirou. Teve um ataque de ciúmes, disse que eu passava muito tempo com você e quis insinuar que nós tínhamos um caso. Aí eu enlouqueci. Gritei com ela, chamei de louca. Ela bateu a porta do carro na minha cara e foi embora.

Fiquei mudo por um bom tempo até que não pude mais segurar a onda e uma lágrima correu sobre meu rosto.

– Sabia que isso ia te chatear, cara. Mas você não tem que se sentir culpado. A gente tava com o sangue meio quente aquele dia.

– Não é bem assim, Otto. Eu ia te falar algo mas daí você me atropelou e começou a falar... – falei chorando.

– Ô cara, não chora! Sou um puta de um estúpido mesmo. Não devia ter te falado nada. – disse ele me interrompendo mais uma vez, pondo a mão sobre a minha nuca.

– Não, cara! Você não enxerga? Ela está certa! – interrompi, sobrepondo a minha voz à dele – É justamente isto que estou tentando te falar há uns dez minutos! Deixa eu terminar. Eu sou veado, sim! Ela tem toda a razão! Achei que estivesse conseguindo esconder isso mas me enganei. Me enganei e tenho te enganado todo esse tempo. Sou louco por você. Desde a primeira vez que te vi na faculdade. Não pude acreditar que era você que havia me salvado daqueles filhos da puta e aí você me ofereceu uma carona. Tentei evitar tudo isso recusando a oferta, mas eu não sou de ferro... você insistiu e tal... É isso aí! A Cris tá certíssima. Eu devia ter saído de cena há mais tempo antes que tivesse que contar a verdade, mas fui ganancioso. Cada vez queria mais e mais... Esses meses todos ao teu lado têm sido um tesão. É muito fácil se acostumar com coisas boas. Te amo muito, cara. Mesmo sabendo que não posso te ter. Acredita em mim! Me dói tanto quanto para você o que a Cris tá fazendo. Acho de verdade que vocês têm que ficar juntos, e eu nunca imaginei que eu pudesse desejar tanto a felicidade de alguém como desejo a tua. Se o teu problema com a Cris sou eu, é melhor eu dar um tempo pra vocês e sumir por uns tempos.

Abaixei a cabeça até a altura dos joelhos e coloquei as minhas mãos, com força, atrás na nuca. Ergui os joelhos até que eles pudessem encostar-se nas minhas orelhas. Chorei muito ali, encolhido, mas calado. Estava com vergonha de ter me declarado e demonstrar o choro era drama demais. Já esperava que ele ficasse sem palavras, afinal estava aprendendo a antecipar seus atos. Mas, como sempre, ele me apanhou de surpresa.

– Pára de chorar! Deixa de ser mané! Ou quem você acha que estava enganando todo esse tempo? – ele disparou, puxando meus ombros para trás como se quisesse me trazer de volta. – Quantas vezes não te peguei pagando o maior pau pras pernas do carinha que passava em vez de olhar para as coxas da mina que passava no outro lado?

– Hã? Como assim? – disse, perdido, tentando disfarçar as lágrimas.

– Fabiano, sempre tive ligado na tua! Na noite em que te conheci, dava para ouvir os caras te xingando de longe! Quis te perguntar na hora mas reparei que você estava visivelmente envergonhado e então deixei pra lá! Mas isso nunca foi o importante. Você é um puta cara legal! Você não é vazio como os outros. Sempre admirei tua inteligência. Além do mais, você sempre respeitou o meu espaço e o dos meus amigos! Não havia por que te excluir. A gente dá muita risada junto! Nunca tive por que evitar tua amizade. Você não tem que "dar um tempo" ou "dar uma sumida", como diz. Você é como um irmão, cara! E a Cris vai entender isso. Vai sim! E vai te aceitar também, como eu te aceito. Além do mais, o teu amor também não é novidade – ele concluiu. Sufocante, como o ar dentro do quarto.

– Como assim? – perguntei, a esta altura, totalmente desconcertado.

– No dia em que eu e a Cris brigamos e te liguei. Lembra?

– Sim – respondi como se antecipasse o que estava por vir.

– Então, conversamos bastante aquela noite e você me confortou até que adormeci no teu ombro e você me pôs na cama. Nunca vou esquecer esse gesto de carinho. Eu realmente caí no sono. Mas não demorei muito até sentir vontade de ir ao banheiro e então acordei. Cara! Não sabia o que fazer! Fingi estar dormindo. Primeiro porque estava desprevenido. Não quis reagir repentinamente. Eu sabia que havia bebido um pouco além da conta e não dá para raciocinar muito bem neste estado. O lance é que toda aquela briga com a Cris me deixou confuso. Você respeitou tanto minha individualidade que eu sempre estive bem seguro que a minha opção sexual estava bem clara para você. Mas daí veio o ciúme da Cris que me confundiu pra cacete. Se ela achava que nós tínhamos algo, porque não você também? Vai ver eu tinha insinuado algo para vocês, dado alguma espécie de sinal que tivesse confundido vocês. Sei lá. E eu tava chapado pra cacete naquela noite em que tudo aconteceu... Precisava de tempo para poder pensar melhor e tocar nesse assunto com você sem que te magoasse. Acredite ou não, achei que a culpa era minha! Eu é que me senti culpado! Então, só resmunguei alguma coisa para te alertar que eu estava acordando. Assim, você notaria e pararia. – Ele falava cada vez mais rápido, com uma dose de ansiedade – Pude notar tua ansiedade e teu remorso quando você ficou andando de um lado para o outro neste quarto antes de ir embora sem se despedir. Você é como um irmão para mim. Tive medo de agir muito rispidamente e que você me interpretasse mal e se magoasse comigo. Eu já tava carente demais com o lance da Cris para sofrer mais uma decepção com você. Se a nossa amizade tem sido legal para você todo esse tempo, para mim não tem sido diferente. E você quer saber o que mais? Confesso que até achei legal! Agora posso dizer com certeza que esta não é a minha praia. Agora posso dizer que estou seguro de mim mesmo. Não é nada contra você, muito pelo contrário. Tenho certeza de que você vai superar essa e encontrar o cara certo para você. Você merece. E não vai achando que vou deixar você se envolver com qualquer um, não. Você vai ter que trazê-lo aqui para que eu e a Cris o conheçamos e possamos dar o consentimento – disse com aquele sorriso nos lábios e abaixando a cabeça, vermelho de vergonha, me lançando um olhar por cima.

Simplesmente balancei a cabeça, uma vez que estava totalmente sem palavras; ele, ao contrário, ficou se repetindo por algum tempo, tentando deixar bem claro que ele não estava me recriminando e que estava tudo certo e coisa e tal. Não prestei atenção a mais nada. Fique ali, cabisbaixo, tentando assimilar tudo o que tinha acontecido naquela noite até que voltei meus olhos em sua direção. Balancei os ombros e a cabeça como quem diz "obrigado por tudo ou obrigado por existir, por estar do meu lado, me aceitar sem julgamentos, me abrir os olhos e mostrar que o mundo está aí e que devo curti-lo na boa". Mas não abri a boca; meu silêncio já dizia tudo. Levantei-me e o abracei. Foi um abraço forte. Uma vez mais não sentia o chão sob meus pés. É incrível como uma mesma sensação pode descrever sentimentos tão contraditórios. Ele, sempre indulgente, não poderia reagir de outra forma. Que estupidez a minha não ter percebido isso antes! Estive criando meus próprios fantasmas que me mantinham preso dentro do armário todo esse tempo.

– E agora? O que você vai fazer com relação a Cris? – perguntei.

– Ainda não sei. É o que você disse. Devo dar um tempo a ela. Talvez a culpa tenha sido minha. Sei lá. Sei que não vejo a hora de abraçar aquela menina, sentir o cheiro do cabelo dela. Acho que vou esperar até amanhã e depois tomo uma atitude.

– Você tá certo – falei já imaginando o que faria assim que saísse da casa dele.

Fui embora aliviado como talvez nunca tivesse me sentido antes e, o mais importante, de cabeça erguida. Procurei uma simples amizade e descobri algo tão valioso quanto. Aprendi o valor de respeitar e de ser respeitado. Da tolerância sem limites. Do perdão e da amizade fraterna. Enfim, que pode haver harmonia entre pessoas que têm opções de vida diferentes desde que os espaços individuais sejam respeitados. Até aquela época jamais pude imaginar me sentir daquele jeito. Como foi bom, pela primeira vez, saber que poderia mostrar quem eu realmente era e mesmo assim continuar contando com o apoio do cara que eu amava, sem repreensões, sem cobranças, sabendo ele não se importaria. Foi como se eu tivesse, enfim, conquistado a liberdade após um longo tempo de prisão. Seria muito bom se todos descobrissem o valor que a tolerância tem sobre os que têm medo de magoar aqueles que ama. Sim, porque há os corajosos que erguem a cabeça e vão à luta, hasteiam a bandeira e são felizes sem olhar para os lados. Mas ainda há muitos como eu que temem o preconceito que podem atrair para si ou para seus próximos. Sempre tive medo que, por exemplo, minha mãe pudesse se magoar com comentários maldosos de alguém da vizinhança ou mesmo de parentes. Não que a magoasse o fato de eu ser gay, sempre estive seguro de que ela torcia por mim.

Assim que saí da casa de Otto, fui direto ao prédio da Cris. Pedi ao porteiro que me anunciasse e que pedisse para ela me receber na portaria. Carregava na mão uma rosa que havia colhido no caminho. Já tinha planejado tudo o que iria falar

Logo ela apareceu na porta e se aproximou de mim. Permaneceu muda. Então tomei a iniciativa.

– E aí? Tudo bom, Cris? – cumprimentei, sem obter resposta.

Esperei que ela se aproximasse. Talvez quisesse me cumprimentar mais de perto. Não aconteceu. Então continuei falando, sem pensar muito.

– Você estava certa! Sou gay, sim. Mas nunca pensei em roubar o teu namorado. Sempre achei que vocês tivessem nascido um para o outro e sempre admirei isto em vocês. O que eu mais quero é a felicidade de vocês. Vai lá. Ele tá te esperando. Ele te ama mais que tudo no mundo. – Falei enquanto abria os braços, com a rosa na mão direita, esperando um abraço.

Esperei e ele não veio. Resolvi então estender o braço e oferecer-lhe a rosa para depois partir, com a sensação de dever cumprido. Alguns instantes se passaram até que ela levantasse o braço como se quisesse aceitar a rosa mas, em vez disso, correu e me abraçou.

Chorei mais um pouco. Choramos juntos. Abraçados.

– Cara... desculpa – ela me disse.

– Não tem que falar nada. No seu lugar, também ficaria inseguro de perder aquele cara. Eu te entendo. Ele é especial. Vai lá. Ele tá te esperando. Ele tem sofrido demais com a tua ausência.

E ela foi, mas antes segurou meu rosto nas mãos e me deu um beijo nos lábios. Tentou se desculpar mais uma vez, mas a calei encostando meu indicador em sua boca.

Fiquei uma semana sem procurá-los. Eu só o via na faculdade, mas voltava de ônibus todas as noites. Durante a semana seguinte, fiquei em casa todos os dias. Estava feliz. Aliviado, na verdade, mas sem ânimo para sair, nem com meus amigos gays, que me ligavam todo o dia.

Só voltei a sair na sexta-feira. Estava em casa. Era por volta das dez da noite quando ouvi uma buzina logo em frente. Eram o Otto e a Cris.

– E aí? Vai ficar mofando em casa até quando? – falou a Cris.

– É! Decidiu entrar para o convento? – disse ele, tirando sarro.

– Ah, ah, ah... Quer virar padre? Vâmo embora, cara! Tem um monte de gente dando sopa aí na cidade e você marcando bobeira!

– Mas eu nem tomei banho ainda! Tenho que me barbear. Nem tô a fim. Deixa pra lá. Vão vocês e se divirtam – falei, mas sem a verdadeira intenção de ficar em casa. Via a alegria deles e queria fazer parte daquilo.

– Mas como é que a gente pode ir se divertir sem você? A Cris tá a fim de conhecer um clube gay. Daí pensei: "Quem poderia nos ajudar?"

Me fez dar risada como sempre soube fazer. Não pensei duas vezes. Tranquei o portão e corri para dentro do carro. Ela abriu a bolsa enquanto eu me ajeitava no banco de trás, retirou um cd e pôs para tocar. Era *Dancing queen* do Abba.

– Assistimos a um filme essa tarde, tocava essa música e lembramos de você. Lembrei que a gente ouviu ela uma vez quando voltávamos da faculdade e você falou que gostava – ele falou.

– Daí fomos tomar um lanche no shopping e vimos o disco na loja. Eu olhei para o Otto e não pensamos duas vezes. Compramos o cd para você. Acho que essa música tem bastante a ver com você. É a tua cara. Né não, Otto? – Ela falou, virando-se para trás e me dando um largo sorriso. Olhei pelo retrovisor e o Otto piscou o olho e me deu um sorriso.

Desde então, temos estado juntos. Eles se casaram três anos atrás, assim que terminamos a faculdade, e fiquei superfeliz quando me convidaram para ser o padrinho deles. A filhinha deles, Thais, nasceu há dois anos. Ela é muito esperta e me derreto quando me chama de tio.

É até engraçado quando saímos juntos e a Cris me chama a atenção quando passa um cara bonito na rua. Às vezes o Otto finge estar enciumado mas daí eu e a Cris o abraçamos, despenteamos o cabelo dele, apertamos suas bochechas... ela o beija... e tiramos o maior sarro da cara dele.

Levei um tempo até para me recondicionar a não esconder minhas preferências. Aprendi a não mais esconder minhas demonstrações de afeto em público e saio de mãos dadas ou abraçado com meu atual namorado. Devo isso a eles. É lógico que sempre há os curiosos e os preconceituosos, mas logo se acostumam assim como me acostumei com eles.

Apesar de nunca ter superado o amor pelo Otto (e acho que não conseguirei tão cedo) hoje moro com o Alex, um cara que conheci na noite em que saímos para dançar. O Alex me faz um bem enorme. Está sempre presente e é muito atencioso. Somos felizes juntos. Ele sabe de tudo que rolou com o Otto. Às vezes fica enciumado e encrenca por nada. Mas pensa um pouco, vê que não tem nada a ver e esquece.

Contei para minha mãe sobre o Alex no dia em que me mudei para o apartamento dele. A Cris e o Otto me deram a maior força e me incentivaram muito. Eles sabiam o quanto me incomodava ter que ficar escondendo as coisas dela. O resultado já era esperado. Ela simplesmente me abraçou e me pediu que fizesse o que me deixava mais feliz. Chorei mais uma vez. Mas foi a última.

Ainda não consigo tirar tudo isso da minha cabeça, apesar de me fazer bem pensar em tudo o que passamos juntos. É confortante e me fortalece.

Hoje, concluo que o difícil não é seguir em frente. É não olhar para trás.

Eduardo Rasgah é um paulistano criado na região de Santo Amaro, 28 anos. Gosta de esportes. Chegou a praticar alguns como trekking, rafting e mergulho. Estudou inglês em Londres, onde morou em 1995. É formado em processamento de dados pelo Mackenzie e pós-graduado em marketing pela ESPM. No momento, está abrindo uma escola de inglês com dois sócios. Decidiu escrever para esta coletânea assim que leu a coluna do André Fischer, na Revista da Folha *e achou conveniente o tema; só resolveu escrever atrás de um pseudônimo pela farra e não porque quisesse se esconder. Mesmo que algumas más línguas insistam em dizer que seja autobiográfico, ele deixa aqui registrado que se trata de pura ficção.*

Meu menino lindo: cartas de amor de um frade sodomita, Lisboa (1690)
Luiz Mott[1]

"(...) mais amor tenho hoje a ti do que a um Deus que me deitou neste mundo, e mais do que a uma mãe que me criou, que vivendo eu fora dela, há seis anos, mais aceitaria estar contigo um instante, do que com ela muitos séculos."
(Frei Francisco da Ilha da Madeira)

Introdução

Cartas de amor são jóias raras nos arquivos. Documentos preciosos que revelam sentimentos íntimos do mais recôndito do coração e particularidades da vida privada, no mais das vezes ausentes mesmo nos raros diários e autobiografias de personagens de antanho.[2]

Se as antigas cartas de amor de romeus e julietas em língua portuguesa são raridades, ainda mais extraordinárias são as missivas de amor de um homem para outro homem,[3] considerando que notadamente a partir do século XIV,[4] a homossexualidade, então chamada de "abominável e nefando pecado de sodomia", passou a ser considerada crime tão grave quanto matar o Rei ou trair a pátria.[5] Frente a tal risco de vida, para escapar da prisão, das torturas e da pena de morte na fogueira, nada mais lógico que os praticantes de crime tão hediondo – o amor unissexual – evitassem deixar traços escritos que poderiam ser usados como declaração formal de culpa assumida.[6]

Em minhas prolongadas garimpagens na Torre do Tombo, o mais importante arquivo da história luso-brasileira, coletando documentos sobre a atuação do Tribunal da Santa Inquisição na repressão aos praticantes do "amor que não ousava dizer o nome", tive a felicidade de encontrar duas pérolas preciosas, dignas de ornarem a coroa de Ganimedes:[7] a primeira foi uma coleção de cinco cartas, datadas de 1664, escritas por um sacristão do Algarve para seu amante, um violeiro infiel, documento já divulgado em revista local e internacional.[8] A segunda pérola, que revelo aqui em primeira mão, ficou perdida por três séculos no pó dos arquivos: trata-se de uma coleção de seis cartas, datadas de 1690, escritas por um religioso do famoso Mosteiro dos Jerônimos, nos arredores de Lisboa.[9]

Algumas informações sobre o autor e o destinatário destas cartas e o contexto em que tais documentos foram produzidos, auxiliarão o leitor a melhor entender a importância e as implicações etno-históricas desse achado.

Essa meia dúzia de cartas só se conservou até hoje devido a um gesto de vil traição: o destinatário delas, outro monge do mesmo convento, também chamado de Real Mosteiro de Nossa Senhora de Belém,[10] sabendo que o Santo Ofício da Inquisição costumava perdoar os sodomitas que tomassem a iniciativa de se delatarem, optou pela infame decisão de entregar tais cartas aos Reverendos Inquisidores, no momento mesmo em que confessou suas culpas.[11]

Eis o fio dessa meada que envolve amor, paixão, erotismo, ciúmes, medo e traição.

Aos 13 de setembro de 1690, Frei Mathias de Mattos, religioso professo da Ordem de São Jerônimo,[12] 40 anos, sacerdote e pregador, morador no Convento de Belém, à beira da desembocadura do Tejo, pediu audiência à Mesa do Santo Ofício, desejando descarregar sua consciência. Confessou que no princípio da Quaresma daquele ano, por ocasião do Capítulo[13] realizado em seu mosteiro, travou conhecimento com um jovem corista[14] morador no mesmo convento, Frei Francisco da Ilha da Madeira. Disse que, desejando o jovem contar com seu apoio a fim de ser enviado a estudar no Colégio,[15] lhe escreveu algumas cartas "cheias de palavras amorosas", cartas que agora, ao se delatar, entregava à autoridade inquisitorial.

Disse mais: que também ele respondera algumas cartas (que a seu pedido – infelizmente para os historiadores! – foram anteriormente rasgadas pelo corista). E que algum tempo depois, o jovem começou a vir à sua cela de noite, quando ele já estava deitado, "cometendo um com o outro muitos e repetidos atos de molície consumados,[16] despidos, ora na cama, ora fora dela, na sua cela e na de Frei Francisco, e por lugares ocultos do convento, por um ano. E com esta confiança e comunicação, facilitada pelas cartas de amores, indo à cela do declarante como costumava, e achando-se na cama, se deitou despido com ele, que também estava despido, e depois de várias palavras amorosas que entre si tiveram e outros afagos, incentivos da luxúria, se pôs o dito corista em cima dele, declarante, e o penetrou, e sentindo ele que o penetrara, desviando seu corpo para que dentro não derramasse semente, como com efeito não derramou, porque o dito corista tirou de dentro depois de alguma dilação e de fazer o que pudera se fora com uma mulher. E isto porque assim, ele declarante, como o dito corista, entendiam que a fealdade e pena deste pecado só consistia em derramar dentro a dita semente e não por fora, como o dito corista fez naquela ocasião. E na mesma ocasião foi ele declarante a gente,[17] e para isto se deitou também o dito corista de bruços na cama e ele declarante se pôs em cima, metendo o seu membro viril no vaso traseiro do dito corista, o penetrou e depois de alguma fricção, o tirou de dentro (para) não derramar a dita semente, por entender que a pena deste pecado só consistia na consumação dentro do vaso traseiro, e por se livrar dela, cometeram nesta forma...".[18]

Continua Frei Mathias de Mattos sua confissão, dizendo terem repetido diversas vezes os mesmos encontros, praticando apenas molície só pela frente, como vinham fazendo até maio próximo passado, mas "como tinham grande medo, e para se livrar da tentação que podiam ter, em passar a diante neste pecado, não cometeu outro naquela forma, somente se contentavam ambos com cometerem molices, pondo-se em cima um do outro por diante".

Concluiu sua confissão-denúncia declarando ter procurado a Mesa Inquisitorial antes do corista, não com a má intenção de o prejudicar, mas para evitar a infâmia de ser acusado primeiro.

As cartas de Frei Francisco da Ilha da Madeira para Frei Mathias de Mattos falam por si mesmo: são declarações de amor, lamuriosos reclamos pela paixão mal correspondida, preocupação e medo de que este amor proibido se tornasse do conhecimento público, relatos sobre trivialidades do dia-a-dia dentro do mosteiro, além de comentários críticos sobre outros confrades. A tônica epistolar é basicamente amatória, devaneios barrocos de um homem gay[19] apaixonado por outro.

Sobre o autor dessas cartas, Frei Francisco, só sabemos que devia ser natural da Ilha da Madeira, como diz seu sobrenome religioso, que era jovem, gay, corista, que estava distante de sua mãe há seis anos e tinha um tio na igreja de São Roque, no Bairro Alto de Lisboa.

Através da análise de sua caligrafia, estilo e conteúdo epistolar, podemos concluir que o jovem corista Frei Francisco da Ilha da Madeira tinha boa escolaridade, estando certamente apto a candidatar-se ao estudantado, – embora às vezes, sobretudo devido à dificuldade da transcrição paleográfica, alguns trechos de suas cartas ofereçam difícil compreensão. As condições adversas em que estas linhas foram escritas – com pouca luz, às escondidas da vigilância dos superiores, com receio de sua divulgação – indulgenciam seus deslizes estilísticos.

Chamo a atenção do leitor para o uso que o missivista faz de ditados populares e algumas referências, inspiradas seja nas Sagradas Escrituras, seja em autores sacros, às vezes lembrando o imaginário da poética e prosa dos místicos carmelitanos São João da Cruz e Santa Teresa D'Ávila, quiçá mesmo das "cantigas de amigo".[20] O uso constante de diminutivos associados a sentimentos de ternura e paixão eram muito comuns no português barroco e ainda freqüentes no linguajar passional contemporâneo luso-brasileiro.

Quanto ao destinatário destas cartas de amor, tivemos a grata satisfação de encontrar a seguinte notícia biobibliográfica sobre Frei Mathias de Mattos na obra *Biblioteca lusitana*, de Diogo Barbosa Machado:

"Frei Mathias de Mattos era natural de Lisboa, onde foi educado virtuosamente por seus pais, Mathias de Mattos e Natália de Jesus. Sendo dos primeiros congregados do Oratório de São

Felipe de Neri, pelo apostólico espírito do Venerável Padre Bartolomeu de Quental, passou para a religião de São Jerônimo em cujo instituto professou no Real Convento de Nossa Senhora de Belém aos 25 de dezembro de 1679, onde foi Prior do Mosteiro da Pena e Visitador Geral da Congregação. Pregou com aplausos geral até que faleceu a 26 de agosto de 1716. De muitos sermões que recitou na Capela Real, e outras partes, publicou: *Sermão da pretensão das cadeiras dos filhos de Zebedeu, na terceira Quarta-feira da quaresma na Capela Real*, Lisboa, Impresso por João Galrão, 1686."[21]

Se em 1690 Frei Mathias de Mattos declarou perante a Mesa Inquisitorial ter 40 anos de idade, deve portanto ter nascido em 1650, tendo 66 anos ao falecer, em 1716. Através desta pequenina biografia patenteia-se que os repetidos atos homoeróticos desse monge jeronimita – por terem permanecido secretos, conhecidos apenas pelo Santo Ofício, não prejudicaram o desempenho de funções destacadas dentro de sua Ordem, ficando porém a dúvida se após sua confissão, em 1690, teria ou não o frade fanchono[22] abandonado definitivamente a prática homoerótica. Com base em nossa experiência nessa matéria e ponderando-se a desenvoltura libidinosa desse pregador fanchono, somos levados a desacreditar em sua regeneração: provavelmente Frei Mathias deve sim, ter mantido, a partir de sua confissão no Tribunal da Fé, muito maior discrição e segredo em seus amores clandestinos. O indiscutível, neste episódio, é que se não fossem esses registros indiscretos da Inquisição, jamais saberíamos que este distinguido eclesiástico "educado virtuosamente por seus pais", discípulo emérito da Congregação do Oratório, Visitador Geral da Ordem dos Jerônimos, manteve clandestinamente uma vida paralela e heterodoxa, em flagrante desobediência a seu voto solene de castidade e em periclitante desafio aos interditos da Santa Inquisição. Como Frei Mathias de Mattos, a documentação do Santo Ofício comprova que muitos foram os varões e varoas ilustres de Portugal, sobretudo frades e religiosos, que secretamente foram praticantes do amor que não ousava dizer o nome.

Cartas de Frei Francisco da Ilha da Madeira
a Frei Mathias de Mattos

Carta Primeira

"Meu feitiçozinho, meu cãozinho:

Esta tarde te vi passar com o irmão de Frei Bento. Bem te vi chegar para a porta da horta onde estávamos, e por uma greta te vi e teu lindo rostinho, e a tua boquinha que lhe desejei dar um beijinho de língua. E de tal sorte me vi estonteado que estive para ir após de ti pela porta a fora. De tal sorte me vi embebido, que cheguei a dar passos para o fazer, quando me lembrei que estavam ali os coristas.

Oh! que mágoa que sentiu Meu coraçãozinho! Já não posso explicar, por que causas grandes melhor se explicam (em) bem senti-las, suposto que oculto com o silêncio o que é digno de tanto aplauso.[23] Te venho a dizer que excede minha dor todos os modos de sentir: não é possível que haja mais penar! Um só bem tem tantos males, que é tornar-me de sentir outros (males). Não posso sentir outra pena, que conhecendo tu o meu amor, lhe não correspondas com suas letras,[24] para que tenha mais ocasiões de padecer. E esta pena só me fica em coração, por que pena tão grande não pode explicar alguma pena, nem pode haver papel que seja capaz de resistir incêndios e verter mares.

Que tinta pode haver que diminua minhas mágoas? Que desmaie a pena, recuse o papel, pena e a tinta. Melhor arbítrio é (a) recompensa no coração, (como tenho dito) pena tão grande, por não descobrir uma pequena queixa tão grande dor, por que então me dirás: a pena pela explicação e não pelo tormento que não seja eu digno de lograr tuas letras. Por favores tão soberanos, eu sou o primeiro que os publique, mas não faço eu deles a maior estimação. É uma falsidade que desmente tantas infâmias da alma, e adverte que nunca um amante há de viver satisfeito do que faz, se não obrigar cuidadoso o servir atento.

Ora, meus amorinhos,[25] escreve-me sempre, e se puder, todos os dias, ainda que seja uma regra,[26] por que com ela aliviarei as penas que tenho dito.

Ora, adeus, adeus, meus olhos. Dá-me minhas saudades lá a Meu coraçãozinho. Tomara que viera o dia para te ver essa boquinha e os ter teus olhinhos que são uns feitiçozinhos.

Não sei que me tem passado, porque não posso parar na cela, (ansioso) por te ver, por adorar, finalmente por te meter todo, todo, todo dentro do Meu coraçãozinho, na minha alma, nas minhas entranhas.

Ai meu menino, que há de ser de mim se me falta a tua vista! Que há de ser de mim se logro a tua vista por bocadinhos. Tomara de estar sempre, sempre (te) vendo! Mas, ai que não tenho liberdade para isso, por isso morro, por isso acabo sem tu que me acudas. Ora acode, acode cãozinho, a teu, a teu coraçãozinho, ora acode, sim, sim, sim, ai Meu coraçãozinho, dá-me os teus bracinhos por que aí quero morrer."(folha 232)

Carta Segunda

"Meu coração:

Esta tua ausência me tem dado muita pena. E se não fora as esperanças de saber onde estás, não sei se fora vivo ou morto. O mais certo é ser morto do que vivo. De ti já sei que devias levar uma vida excelente, sem te lembrar deste prisioneiro. E o certo é que agora me hás de render muitas finezas, as quais nem hei de dar crédito, pois quem se anime de estar fora de mim três ou quatro meses (e se estiveras mais se esta carta te não estorvara), será dificultoso o dar-lhe crédito às suas finezas.[27]

Ora meu menino lindo, lindo, que para mim julgo muito que lá padecerias na minha ausência. De mim, te quero contar parte de minhas penas, que foram tantas que me obrigaram a escrever a meu tio à Igreja de São Roque[28] que te buscasse e como eu não sabia onde moravas, só lhe mandei dizer que era no Bairro Alto e lhe pedi muito que se te encontrasse, que te desse minhas lembranças.

Muitas cartas fiz para te mandar, porém não me quis fiar de ninguém. Ao "Congro"[29] perguntei por muitas vezes se sabia onde moravas, e me disse que não. E como me via por tantas partes desamparado, só me faltava o pasmar.

Agora, meus olhos, que já te tenho, agora Meu coração se aliviara com tua vista. E olha, meu menino, que te falo com todas

Meu menino lindo: cartas de amor de um frade sodomita

as veras, que com esta tua ausência, acabei de conhecer o quanto estou preso. E agora, daqui por diante, não quero senão conte-lo em muitos amorinhos. E vigia que não saiba ninguém, nem dês ocasião para isso. Tu bom juízo (tens) nessa cabeça e muita velhacaria[30] nesse corpinho: não tenho o que te recomendar nesta particular.

Agora no refeitório[31] por acaso disse um rapaz da adega: é chegado o Padre Frei Fulano.[32] E não por acaso me veio alegria tão grande, que a não posso explicar, por que esta (alegria) depois que te fostes, só me assistia enquanto ouvia falar em ti, (por) que do mais, tudo em mim era como um pena contínua.

Hoje indo repicar à torre dos sinos, vi vir um frade de São Domingos ao longe e imaginei que eras tu.[33] estive à espera com muita alegria, até que tudo veio a se converter em penas e considerações: porventura estará doente ele que tarda tanto? Porventura não virá agora para casa? E outras considerações que me faziam (doer) o coração.

Oh! quantas vezes quando ia dizer as lições no coro[34] olhava para o banco e faltava-me o que desejava ver. Oh! quantas vezes olhava para o teu coro, sem ver lá o meu menino! Agora, Meu coração, minha alma, e minha vida, vejo o Meu coração aliviado, os olhos com a vista, a alma com alegria, com gostos. Agora já tem os meus braços a quem abraçar, já os olhos tem para onde olhar, agora se acha o Meu coração com alívios, porque tem com quem desabafar. Já agora tem a quem beijar.

Aceite tudo isto, Meu coração, ora aceita que me queres matar, que hoje mais que nunca te peço, aceite estes abraços, aceita que estou preparado para dar mil vidas se tantas tivera só por te fazer um gosto, e se tantas vidas dera para te fazer um gosto, o que não farás tu para me dares um alívio!

Ora, acaba já me dares os teus bracinhos, não seja tirano, não me queiras matar de todo, que bem vingado te fez. Não me esquece ainda a tirania com que (te) apartastes de mim, ainda não! Pois até te não dar dois açoites[35] na minha cela, me não hei de esquecer, o quanto eu rezarei a Deus[36] que fico esperando por resposta, ou por letras tuas."(folha 233)

Carta Terceira

"Meu coraçãozinho, minha vida, minha alma e meu tudo:

Timbre[37] é de honrados como eu, por confissão tua, predicado seu da tua amizade, ostentarem-se agradecidos e se é que não passa mais avante por esta, devo atrevidamente numerar-me bem nascido e são mestiços[38] que concorrem a me obrigar a fazer-te estas e outras muitas regras para te dar a conhecer que vivo eu obrigado às tuas memórias, que não presumi serem ludíbrios que à minha pessoa lanças, lanças acharás em mim que se não se assemelharem aos teus primores, não andem de me vencer nas leis da amizade.

Nenhuma intenção tinha de te fazer participante das minhas letras, por que facilmente se perde um escrito e justamente o crédito, e com ele e em ti é que tenho posto todo o meu cuidado. Por isso, queria ver se podia passar sem que fizesse para que em algum tempo não pusesse algum desgosto, mas fio na tua pessoa e não faças porque te não hei de meus amorinhos dar ocasiões de me ofender.

Ora sim, desde agora te dou o Meu coração, alma e vida e todas as potências da alma[39]. E olha que te não hei de ser algum tempo contrário e hás de experimentar em mim o que até agora não temos experimentado, a quem entregastes o teu coração. Manda-me dizer o que te faz este maganete[40] e grandíssimo desavergonhado: já era necessário que lhe déssemos com um pau que bem merece.

Hoje me apurou de tal sorte a paciência ao servir da mesa, que se não assentara (um frade), lhe houvera de cortar as orelhas. E já na mesa parece que não quis Frei Bernardo uma ração de carneiro, por (estar) má, e pedia outra, a qual tinha dado da cozinha, para que lha levou sem pedir-me ele que não fizera, porque ele não houvera de fazer, ou lhe não quis fazer o gosto, porque levei a ração ao clérigo, e enfadou-se muito e chegou a Ministra[41] muito enfadado, dizendo: aqui não se faz a vontade senão aos vilões ruins. Virei-me eu para ele e lhe disse diante dos cozinheiros e os mais criados que na cozinha estavam: oh! irmão, vós não podeis chamar vilão ruim a ninguém, porque vós ofendeis a vós mesmos. E voltei a levar a ração de carne ao procurador.

Não te posso encarecer o que aquele diabo e toda a mesa rosnou, e o gosto que teve de me ver dar ao vigário aquela penitência.

Enfim, Meu coração, havemos de ter paciência porque não é tempo de falarmos.

Hoje quando fui limpar o coro, cuidei que se achasse lá, para poder desabafar contigo, e justamente ver-te, porque só com isso desabafo.

Não sei o que me tem dado, porque somente ver-te as caras me causa alívio no coração. Ora, meu cãozinho, aqui me tens: mate-me! Estourarei de padecer o que adivinho hei de padecer contigo. Bem sei que emprego bem o meu amor em ti, porque conheço que por ti não hei de cobrar estes amorinhos.

Podes estar seguro, que se esse amor não acabar com a morte, além dela passará o meu, e assim estou vencido tanto de vontade quanto de amor, e podes estar seguro que nesta hora, me serve o coração por boca, porque escrevo o que me dita o coração.

Ai Jesus, valha-me Deus, não sei em que me meto! Faz-me Deus matar, e se é o teu gosto este, mata-me, aqui me tens, mate-me, meu menino. Quem fora tão de ferro que estivera derramando sobre teu coração as lágrimas que os meus olhos sobre este lançam! Mas ai que morro, não por te ver todos os instantes e morro porque então morrendo alcançarei a vida. Ora, mete-te, mete-te neste coraçãozinho, esteja metido, ora mete-te mais, mais, mais, mais por dentro, assim!

Ai Jesus, que consolo sinto agora! Saber o que dizes já, que me amas, amas muito, muito, muito, muito me amas e pagas-me na mesma moeda, porque te amo muito, muito, muito, oh! cãozinho que já me começas a matar. Eu morro, filho! Acode-me, morro de saudades tuas!

Não sabes que alegria me causou em ver-te agora no Capítulo[42] quando vinha com este magano. Amava eu estar ali toda a vida adorando-te. Mas, ai que não pode ser, que disso morro!

Tu filho, busca-me por muitas vezes em parte donde te veja, porque não sabes a glória que disso tenho. Ora, Meu coraçãozinho, dá já os teus braços, aperta, aperta mais, mais, ainda é pouco, ainda mais, ai que gosto tão grande, quem me dera agora estar mamando nos teus peitozinhos! Oh que doces peitinhos! Mete-me dentro num que é o esquerdo, onde está o Meu coração, porque quero ver o que te diz lá. Ora, meu menino, adeus!

Ai que me não atrevo a deixar-te! Agora (te) vi escarrar e me roçastes na parede: que gosto que logrei! Agora não, não te posso explicar, que delícias, que gostinhos tive agora! Ai! Já como me sabe! Ah! feitiço que me trazes morto: melhor fora nunca te conhecer, do que agora adorar-te sem te ver. Que penas tão grandes! Mas uns teus carinhos, as tuas pancadinhas, mais apagam, mais aliviam, muito, muito meus amorinhos.

Vem me dizer que teu coração é um incêndio, é um fogo muito aceso e ele me tem abrasado, e gosto muito! Adeus, adeus, porque sinto escarrar o Barbos. Agora deram a badalada, por isso não dou mais largo, mas que farei? Se acabar de escrever-te me faz acabar a vida! Eu acabo, acabo: acode-me cão, cachorrinho que me não acodes! Ora sim, acodes-me, ora acode-me, sim, sim, se não, morro, morro, eu morro! Ora vem já acudir-me, vem, ora vem, meu menino, por que morro, já estou morrendo por te ver: acabas já de vir, ora sejas muito bem vindo. Como estás? Como te vai lá com o Meu coraçãozinho? Mui bem! É muito gostosinho, é um feitiçozinho, ora estimo muito, muito, como está lá? E o meu como está? O que te diz está muito quietinho, é muito mansinho.[43] Diz-me também que tu o destes a Eugênio e que nunca... (dilacerado) e que só folgo de os ter comigo, porque faço muito caso dele, porque lhe quero muito.

O vigário me fez apagar a candeia: estou nos escuros por isto não te escrevo mais. Adeus."(folha 234)

Carta Quarta

"Meu coração:

Não sei que me deu na cabeça em meter-me contigo, pois que veio estalar o coração sem lhe poder dar remédio. O único remédio só é desabafar com a pena, e se nisso achas perigo, eu te prometo de rasgar todos (teus escritos) em acabando de os ler, para que assim te veja mais descansadinho e menos sobressaltado. Porque o meu gosto todo é dar-te todo o alívio que puder. E se te causar pena escrever-me, não o faças, deixa-me morrer. E tem por certo que (em) tuas mãos tens a minha vida. Assim, se me queres dar vida, não me faltes com as tuas letrinhas. (Se) me faltares com isso, é quereres me dar a morte.

Meu menino lindo: cartas de amor de um frade sodomita

Olha, meus olhos, que fico estalando por ti e por tuas letras. E quando não me queiras conceder nada disto, dá-me sequer os seus bracinhos, porque neles quero morrer. Que sirvam de lenha de meu amor! Para que neles se renovem meus afetos.

Ora, meus amorinhos, dá-me esses bracinhos dá-me esse coraçãozinho. E não repares em te eu não mandar nada de presente, porque já há muito que te tenho dado tudo: coração, alma, vida, para te amar. Sim, Meu coraçãozinho, sim minha alminha, sim minha vidazinha. Tudo tens lá: faze agora de mim o que quiseres. Olha que se me fizeres mal, que fazes ao teu coraçãozinho, porque em mim está, que o meu lá te assiste.[44] Manda-me dizer, que te diz lá: o teu diz-me que me quer, me quer, quer muito, muito, que morres por mim, que eu fui um tolo em o ter magoado tanto. Que o meu lá te dera muito, muito, que disso me pena.

Agora, coraçãozinho, morrer de amores e acabar a vida, já que tu és muito capaz para isso, e eu muito incapaz para ser de ti amado com todos os veros como tenho experimentado em ti. Eu sempre ingrato aos teus favores, está sempre (pronto) em corresponder com finezas as minhas ingratidões.

Bem sei eu que se tu puderas estar comigo, todo o dia, o haverias de fazer, mas tem paciência, porque eu choro lágrimas de sangue, porque isso não pode ser, que se pudera, que melhor regalo que estar nos teus bracinhos, deitado no seu colinho, dando-te dois beijinhos.

Ah! Que doce coisa seria isso, que melhor regalo, oh que doçura! Dá-me um, dá-me, dá-me meus amorinhos! Quanto não hei de chorar! Dá-me as tuas maminhas que quero mamar um pouco! Dá cá, dá cá, mais, ainda mais! Ai, como sabe! Ai, ai, ai, ai, ai, como sabe bem! Era a Deus que estivera nestes gostinhos, se me não detivera o medo.

Adeus! Adeus, mas ai que não posso despedir-me. Adeus, adeus, adeus, meus olhos, Meu coraçãozinho, meus amorinhos." (folha 235)

Carta Quinta

"Meu coraçãozinho:

Vão as tuas prendas[45] que comigo tinha, que como te via tão desconfiado de mim e justamente conheço o pouco que de mim fias, quero te ver fora desse cuidado e dar-te ocasiões de teu gosto. E por onde conheço que se fias pouco de mim, é que conhecendo tu o muito que te quero, e que tomava que não houvera instante no dia que se não gastasse senão na tua vista, e também que em todos os escritos que te escrevi foram sempre com confianças de amor.

Nunca de ti experimentei palavra de amor, senão de cortesia. Porém, de quem amo muito, não no comum, sim no particular, não se me dizes que ainda não estás satisfeito do meu amor: não sei o que faça. Bem sabes conhecer a gente com que vives, que é gente besta.

Bem sabes que todo o homem honrado não quer dar ocasiões a que se suspeite dele cousa contra o seu crédito. Bem sabes que se te quiser falar todas as vezes que quiser, o hei de fazer, porém com risco. E ainda que tenhas aqui boa opinião, não importa, que tanto dá água na pedra até que amolece. E assim tantas vezes me verão falar contigo até que venham a suspeitar mal.

Declarar-te o que te amo me não atrevo, porque são tantas as coisas que em ti acho para seres de mim bem amado, que me dificultam o dar a razão. Em ti acho seres o melhor latino que tem esta casa; acho seres um dos melhores pregadores que ela possui; creio seres homem de brios mui altos; seres amigo de seus amigos; seres homem de palavra; seres homem que se pode fiar de ti os maiores segredos, por não teres nada de traidor. Acho-o seres homem amorável. Vejo mais que por ti se não andem cobrar os nossos amorinhos. Isto é tudo o que me falta que dizer: só tu o fez! [46]

Em nenhum desta casa se olha, porque todos são uns maganos, sem palavra nem cortesia. Em mim não hás de achar, senão o ser-te verdadeiro e leal amante, pois ainda quando eu não quisesse ser pela vontade, me obriga o ter-te declarado o Meu coração, cousa que a ninguém desta fiz, nem farei. O meu natural é ser amigo dos homens como tu és, e por isso, nunca se cobrará a nossa amizade, porque eu não sei cortar pelo natural. Isto te digo com todos os cinco sentidos e com todo o coração. Faze agora o que quiseres que eu já sou teu e não meu.

O homem das chaves vindo m'a dar, lhe disse que sua Reverência fosse pedir ao Padre Roixo que concedendo-a ele, eu a aceitaria com grande vontade. Ele assim o fez e me veio dar. Se não fez gosto de que eu a tenha, dá-la-hei ao Padre Roixo. Fica-te embora, minha alma, minha vida, meus amorinhos. Tem-me na tua graça, que é o que quero. Não quero mais nada no mundo do que os teus braços."(folha 236)

Carta Sexta

"Deus me acuda! Não sei em que me tenho metido! Tu me hás de matar, e eu a ti.[47] Porem já não tem remédio: isto há de se acabar com a morte e queira Deus que não passe além dela, pois mais amor te tenho hoje a ti do que a um Deus que me deitou neste mundo, e mais do que a uma mãe que me criou, que vivendo eu fora dela, há seis anos, mais aceitaria estar contigo um instante do que com ela muitos séculos.

Bem me lembra que me pedistes te não escrevesse, mas não pode ser, porque o teu amor me faz abrasar o coração, e com esta pena quero ver se se poderão apagar tantas que me afligem de te não poder estar vendo todas as horas, todos os instantes.

Três vezes vim a este dormitório esta tarde só a ver se te podia ver: sucedeu-me o contrário, porque da primeira vez vi as barbosas [sic] do vigário; da segunda a carranca do Polaca; da terceira, o Meu coraçãozinho, os meus amorinhos, a minha vida, a minha alma, e no tempo em que já vinha enfadado de te não achar, então te vi vir subindo para o Meu coração – mas que pouco que dura um gosto! Que logo me apartei de ti, me vi ansiado por ti, estive esperando na casa dos foles[48] muito tempo, que como me destes com a mão que me viesse embora, imaginei que me mandavas ir par ao Coro para me falares, porém, entendi muito mal os teus acenos.

Esta tarde passei no claustro[49] com os outros coristas, se por uma parte com alegria, porque foi ter conosco um doido que nos fez rir muito, por outra, com muita pena, porque te não via.

Mandei pelo castelhano buscar à cela um melão, e uma melancia e algumas framboesas e pêras, de que o vilão vai comer mui bem. E ao cozinheiro mandei assar uma empada para cearmos, do que o vilão ruim não enjeitou e de quando em quando fazia: está boa, o que me fez fazer duas considerações: a primeira, de que morre por falar comigo, e pela segunda, de que se tem feito desavergonhado. Destas duas considerações não tirei a certeza, porque me parece que pela primeira morre, e pela segunda, vive.

Esta tarde bem te senti passar e é certo que quem sente não dorme, é verdade que alguma coisa dormi, porém foi depois disso muito tempo, e quase nada dormi, porque me veio o Roixo à cela dizer que agora os coristas não dormiam depois de jantar,[50] e que tudo era levar boa vida, que eu não tratava mais que de engordar, ao que lhe respondi que os bons discípulos sempre tomavam os documentos de seus mestres, que se me achava ser mau discípulo, era porque me via reger pelas suas ações, que sua reverência assistia a todas as horas no coro como eu, que sua reverência tinha as mesmas horas de sono que eu tinha, e por (isso) não foram os moços dormirem mais que os velhos, e que sua reverência dormia a sesta tendo muita [sic] mais idade do que eu, de que se espantava de me ver dormir, negou-me de que não dormia nada à sesta, ao que eu lhe respondi, que visto sua reverência não dormir depois de jantar, escoraria de passar quando fosse para as vésperas pela sua porta – não respondeu nada.

Eis aqui o que passei hoje e adeus, meus olhos, que não posso mais, porque já deram 10 horas e acabou-se-me o azeite,[51] que se não fora isso, depois das matinas[52] te escrevera mais. Adeus, adeus meu menino, adeus, ora adeus meus amorinhos, adeus minha vida, adeus minha alma, adeus, adeus, muitas saudades ao Padre Frei Mathias da Trindade,[53] que me tenha no seu coraçãozinho.

Ai que não posso me apartar, ai que será de mim, sem ti morrerei, ai, ai que morro, porque te não estou agora vendo. Acode-me minha vida, acode-me que morro, morro porque te não vejo, porque te não vejo meter nos meus bracinhos, Meu coraçãozinho, ai, ai que me esquece dizer-te: por ti hei de acabar a vida brevemente, esta noite fôra, senão tivera as esperanças de te ver nas matinas: não te quero dar este papel senão na tua mão, por isso tomo cabo na cela, porque nestas coisinhas quero ser muito acautelado e seguro, adeus, adeus, adeus."(folha 237)

À guisa de conclusão:

As cartas desse monge jeronimita para seu companheiro de claustro ressaltam alguns aspectos cruciais para a reconstituição da etno-história da homossexualidade no mundo luso-brasileiro.

Primeiro, a presença marcante do amor unissexual dentro das ordens religiosas[54]: nossas pesquisas anteriores comprovaram que 1/3 das prisões e execuções de sodomitas efetuadas pela Inquisição Portuguesa incidia sobre membros da Igreja – coristas, noviços, sacerdotes, frades, etc. É com absoluto merecimento que também no Reino de Portugal a homossexualidade era antigamente chamada de "vício dos clérigos".[55]

Um segundo remate leva-nos ao terreno do homoerotismo: tais cartas confirmam a versatilidade da performance sexual dos amantes do mesmo sexo, que, longe de macaquearem a rígida separação dos papéis libidinosos praticada pelos heterossexuais – ao contrário, demonstram tais amantes o que a antropologia chama de "reciprocidade equilibrada", isto é, a falta de rígida definição dos papéis sexuais de passivo e ativo. A variedade e intensidade dos afagos, beijos e demais carícias trocadas entre Frei Francisco e Frei Mathias corroboram que o erotismo entre dois homens era tão carinhoso, meigo, às vezes intenso e pungente, como entre amantes de sexo diferente. Como tão acertadamente ensinou um escolado mestre do erotismo, Gregório de Mattos, que viveu à mesma época em que estas cartas foram escritas: "O amor é, finalmente, um embaraço de pernas, união de barrigas, um breve tremor de artérias, uma confusão de bocas, uma batalha de veias, um rebuliço de ancas: quem diz outra coisa, é besta!"

Uma derradeira conclusão remete-nos à própria essência da homossexualidade: a forma apaixonada, carinhosa e total como esses amantes se entregaram reciprocamente comprova meridianamente o equívoco daqueles críticos que tentaram reduzir os sodomitas a meros praticantes de cópulas anais, sem outro sentimento que não fosse a exclusiva atração venérea. A paixão arrebatadora revelada nestas cartas corrobora que o amor entre dois homens soe ser tão forte e apaixonado como entre pessoas do sexo oposto – estando repleto de razão o poeta Fernando Pessoa quando escreveu: "o amor que é essencial, o sexo, um acidente; pode ser igual, pode ser diferente!"

Não foi encontrado nos arquivos da Inquisição nada mais contra Frei Francisco da Ilha da Madeira e Frei Mathias de Mattos. O casuísmo inquisitorial, criminalizando apenas a sodomia perfeita, poupou esses dois frades gays de maiores castigos. Se voltaram a se relacionar ou se tiveram outros amores homoeróticos, inexiste documentação que esclareça.

Luiz Mott, 54 anos, paulistano de nascimento, mineiro de criação, baiano por opção, cidadão de Salvador por decreto municipal. Estudou oito anos no Seminário dos Dominicanos. Licenciado e bacharel em ciências sociais pela Universidade de São Paulo, mestre em etnologia pela Sorbonne, doutor em antropologia pela Unicamp. Autor de quinze livros e mais de duzentos artigos em revistas nacionais e estrangeiras, versando sobre escravidão, Inquisição, história da homossexualidade, lesbianismo, aids, direitos humanos. Membro da Comissão nacional de aids do Ministério da saúde; Secretário de direitos humanos da Associação brasileira de gays, lésbicas e travestis; fundador do Grupo gay da Bahia. Divorciado, pai de duas filhas universitárias, vive desde 1985 com Marcelo Cerqueira, presidente do Centro Baiano Anti-Aids. Principais publicações:

O lesbianismo no Brasil. *(Editora Mercado Aberto, Porto Alegre, 1987)*

Rosa egipcíaca: uma santa africana no Brasil. *(Ed. Bertrand do Brasil, Rio de Janeiro, 1993)*

Escravidão, homossexualidade, demonologia. *(Editora Ícone, São Paulo, 1988)*

O sexo proibido: virgens, gays e escravos nas garras da Inquisição. *(Ed. Papirus, 1989)*

Homofobia: a violação dos direitos humanos dos gays, lésbicas e travestis no Brasil. *(Editora IGLHRC, São Francisco, 1997)*

Homossexuais da Bahia: Dicionário biográfico. *(Ed. GGB, Salvador, 1999)*

1. Luiz Mott é Professor Titular de antropologia na Universidade Federal da Bahia, e presidente do Grupo Gay da Bahia. <luizmott@ufba.br> Caixa Postal 2552 – Salvador, BA.
Este ensaio faz parte de uma pesquisa mais ampla sobre moralidade e sexualidade no mundo luso-brasileiro que conta com o apoio do CNPq, ao qual mais uma vez registro meu agradecimento. Sou igualmente devedor dos professores Ronaldo Vainfas e Cândido de Costa e Silva por eruditas sugestões bibliográficas. Aroldo Assunção colaborou na transcrição do original e digitação desses documentos, com quem compartilho a autoria deste artigo.
2. Eis algumas coletâneas de cartas de amor: *Passionate love letters: an anthology of desire* de Michelle Lovric; *Love letters to remember: an intimate collection of romance and passion* de Elizabeth Belew; *Famous love letters: messages of intimacy and passion* de Ronald Tamplin. Na obra *História da vida privada*, de G.Duby e Ph. Aries (SP: Companhia das Letras, 1995) consulte-se o interessante artigo de Jean Marie Goulemot, "As práticas literárias ou a publicidade do privado", vol.3, p.371-405.
3. NORTON, Rictor. *My dear boy: gay love letters through the centuries*, S.Francisco: Leyland Publ, 1998.
4. BOSWELL, J. *Christianity social tolerance and homosexuality. Gay people in western Europe from the beginning of the christian era to the fourteenth century.* Chicago: The University of Chicago Press, 1980.
5. AGUIAR, A.A. *Evolução da pederastia e do lesbismo na Europa.* Separata do Arquivo da Universidade de Lisboa, vol.XI, 1926
6. MOTT, Luiz. "Justitita et misericordia: A Inquisição portuguesa e a repressão ao nefando pecado de sodomia", in NOVINSKY A. et al. (orgs.) *Inquisição: ensaios sobre mentalidade, heresias e arte.* São Paulo: Edusp/Expressão e Cultura, 1992, p. 703-738
7. Na mitologia grega, Ganimedes era um belo jovem da Frígia que atraiu a atenção de Zeus, o qual travestindo-se em portentosa águia, arrebatou o efebo levando-o para o Olimpo para ser seu companheiro de cama. Desde o século XVI, especialmente na França, "ganimedes" passou a significar "homossexual passivo". Cf. SASLOW, J.M. *Ganymede in Renaissance: homosexuality in art and society.* New Haven: Yale Univesrity Press, 1986.
8. MOTT, Luiz. "Love's labors lost: five letters from a seventeenth-century portuguese sodomite" in GERARD K. & HERKMA G. (Eds.) *The porsuit of sodomy.* New York: The Haworth Press, 1988, p.91-101; "Cinco cartas de amor de um sodomita português do século XVII", *Resgate: Revista Interdisciplinar de Cultura do Centro de Memória da Unicamp*, n.1, 1990, p.91-99; "Heart trouser fly", in NORTON, Rictor. op. cit.p.68-70.
9. Os originais destas cartas encontram-se no Arquivo Nacional da Torre do Tombo, Inquisição de Lisboa, Caderno do Nefando n.14, fol. 228-237, 13-9-1690.
10. O Mosteiro dos Jerônimos, iniciado em 1501, é habitualmente apontado como a "jóia" do estilo manuelino. Esse estilo exclusivamente português integra elemen-

tos arquitetônicos do gótico final e do renascimento, associando-lhe uma simbologia régia, cristológica e naturalista, que o torna único e o fez merecedor do título de patrimônio da humanidade. Para ocupar o Mosteiro, D. Manuel escolheu os monges da Ordem de São Jerônimo, que teriam como funções, entre outras, rezar diária e perpetuamente pela alma dos reis e prestar assistência espiritual aos mareantes e navegadores que da praia do Restelo partiam para o ultramar. Durante quatro séculos, essa comunidade religiosa habitou nesses espaços, sendo dissolvida em 1833. O edifício exibe uma extensa fachada de mais de trezentos metros, sendo construído em calcário de lioz que se tirava muito próximo do local de implantação. Desde sempre intimamente ligado à casa Real Portuguesa, o Mosteiro dos Jerônimos, pela força da Ordem e de suas ligações com a Espanha, pela produção intelectual dos seus monges, pelo fato de estar inevitavelmente ligado à epopéia dos Descobrimentos e, inclusive, pela sua localização geográfica, à entrada do porto de Lisboa, é desde cedo considerado como um dos principais símbolos arquitetônicos da nação portuguesa. Sobre esse monastério, consulte-se: ALVES, José Felicidades. *O Mosteiro dos Jerônimos*. Lisboa: Livros Horizonte, 1° volume: *Descrição e evocação* (1989); 2° volume: *Das origens à atualidade* (1991); 3° volume: *Para um inventário do recheio do Mosteiro de Santa Maria de Belém* (1993); BETTENCOURT, Frei Antônio. *Compêndio histórico-crítico da origem e continuação do Instituto Bethlemitico Jeronimiano*. Arquivo Nacional da Torre do Tombo, Manuscritos da Livraria, n.1979; JESUS, Frei Diogo. *De Monasterii S.Hieroymi pro Regno Portugalliae*. Arquivo Nacional da Torre do Tombo, Manuscritos da Livraria, n.2560; SANTOS, Cândido. *Os Jerônimos em Portugal: das origens aos fins do século XVII*. Porto: Instituto Nacional de Investigação Científica, 1980; VARHAGEN, F. A. *Notícia histórica e descritiva do Mosteiro de Belém*. Lisboa: Tipografia da Sociedade Protetora dos Conhecimentos Úteis, 1842; SANTOS, Cândido Dias. *Os monges de São Jerônimo em Portugal na época do Renascimento*. Lisboa: Instituto de Cultura e Língua Portuguesa, Ministério da Educação, Bertrand, 1984.

11. *Regimento do Santo Ofício da Inquisição dos Reinos de Portugal*. Lisboa: Oficina de Manoel da Silva, 1640.

12. A Ordem de São Jerônimo foi instituída em Portugal por iniciativa de monges da Espanha. Diz a tradição que foram "sete servos de Deus, Terceiros Franciscanos, discípulos de Tomás de Sena, religioso solitário da Terceira Ordem Seráfica, que enviados à Espanha, fundaram a Ordem de São Jerônimo. Fernando, que era o principal, no ano de 1370, estendeu seu instituto por muitos mosteiros. Professam a Regra de Santo Agostinho. Trazem túnica branca, escapulário e manto preto. No Mosteiro Escurial têm sepultura os Reis de Espanha. Frei Vasco Português no século XIV foi quem introduziu esta Ordem em Portugal. Era um dos sete fundadores de sua Ordem em Espanha, com a qual esteve inicialmente unida a Congregação em Portugal. Chamavam-se Eremitas e depois se fizeram declarar monges e tomaram cogula preta. Contam nove Mosteiros, com seu Geral, que usa hábitos prelatícios, e todos os Priores ou Abades fazem pontifical." Cf. *Breve Notícia das Ordens Religiosas, junta dos melhores autores e das letras apostólicas, por D. Joaquim de Azevedo, Cônego Regular, Abade Reservatário de Sedavim, Arcipreste, Comissário do Santo*

Ofício e Fidalgo Capelão da Casa Real. Lisboa: Oficina de Simão Thadeo Ferreira, 1740, p.169-170; CASTRO, Frei Manuel Bautista. *Crônica do Máximo Doutor e Príncipe dos Patriarcas São Jerônimo no Reino de Portugal* (Século XVIII). Arquivo Nacional da Torre do Tombo, Caderno n.729; AlMEIDA, Fortunato *História da Igreja em Portugal.* Coimbra: Imprensa Acadêmica, 1912, "A Ordem de São Jerônimo", p. 421 e ss.

13. "Capítulo: Assembléia geral periódica de religiosos, sob a presidência do superior hierárquico local ou regional, para tratar de assuntos internos da comunidade."

14. "Corista: o religioso que se prepara para ser clérigo e desempenha a função de recitar em coro o ofício divino."

15. Desde o século XVI funcionava em Coimbra o famoso Colégio de São Jerônimo, para onde eram selecionados e enviados os coristas e professos que deviam seguir carreira eclesiástica.

16. "Molície", do latim *mollitie,* desde o século XIII referia-se a práticas sexuais solitárias ou recíprocas, sem chegar contudo à penetração. Na maioria das vezes "molície" eqüivale à masturbação individual ou *ad invicem,* quando dois homens se masturbam reciprocamente até chegar ao orgasmo. Cf. FLANDRIN, J. *Le sexe et l'Occident.* Paris: Seuil, 1981, p. 340

17. Na linguagem inquisitorial da época, "agente" e "paciente" eqüivalem hoje ao "ativo" e "passivo", respectivamente, o que penetra e o que é penetrado.

18. De acordo com o casuísmo inquisitorial, registrado nos Regimentos do Santo Ofício, só era considerado crime do conhecimento da Inquisição a *sodomia perfeita,* isto é a penetração com ejaculação dentro do ânus. Para evitar a consumação do crime, os sodomitas inventaram o que hoje, em tempos de aids, os gays chamam de *safer sex,* isto é, práticas sexuais mais seguras – que embora pecaminosas, não eram consideradas criminosas pelo Santo Ofício. Entre tais práticas homoeróticas são citadas na documentação inquisitorial a *punheta* (masturbação), *coxeta* (fricção peniana inter-femural), *sodomia per os* (felação), *connatus* ou *sodomia imperfeita* (penetração sem ejaculação) e *molicie ad invicem,* também referida como "*fazer as sacanas*"(masturbação recíproca). Observe-se, em sua confissão, o quanto Frei Mathias de Mattos insiste em descrever seus atos homoeróticos como simples molície, sem ter chegado jamais a consumar a sodomia perfeita. Cf. MOTT, Luiz. Pagode português: a subcultura gay em Portugal nos tempos inquisitoriais, *Ciência e Cultura,* (SBPC), fevereiro 1988, 40. (2), p.120-139.

19. O termo *gay* provém do catalão-provençal, sendo usado desde o século XIII como sinônimo de "rapaz alegre", fortemente associado à prática do homoerotismo, daí ser oportuno seu uso para descrever a "subcultura gay" desde a Idade Média até a atualidade, como magistralmente faz BOSWELL, J., *op.cit.,* 1980, p.43; e MOTT, L. *op.cit.* 1989, p. 120-139.

A presença da homossexualidade no Mosteiro dos Jerônimos está amplamente documentada na Inquisição de Lisboa – especialmente na década que antecede à redação dessas cartas. Só em 1682, Manoel da Costa, 21 anos, "que serviu de sacristão no Mosteiro de Belém", manteve repetidas relações homoeróticas com Frei Agostinho de Monte Sion, Frei Pedro Encarnação, Frei Francisco de São Jerônimo, Frei

Gaspar dos Reis, Frei Vicente de Alamares, Frei Tomás de Barros, Frei Antônio de Belém, Frei Antônio de Campos, Frei Constantino e Frei Manoel Magalhães, também praticando fanchonices um outro sacristão e o boticário do convento. (Cf. ANTT, Inquisição Lisboa, Processo nº 6118). O Procurador desse Mosteiro, o citado Frei Agostinho de Monte Sion, em 1681 declarou, perante a Mesa Inquisitorial, as circunstâncias e os nomes de 62 rapazes, entre 14 e 25 anos, com os quais manteve, individualmente, de uma a 50 cópulas sodomíticas. (Cf. ANTT, Inquisição de Lisboa, Caderno do Nefando n.13, fl.62.)

20. LÚLIO, Raimundo. *Livro do amigo e do amado.* São Paulo: Loyola, 1989.

21. MACHADO, Diogo Barbosa. *Biblioteca Lusitana* (1747), Lisboa: s/e, 1933.

22. "Fanchono" e "fanchonice"eram termos utilizados popularmente em Portugal e Brasil, desde o século XVI, para identificar o homossexual que restringia seu homoerotismo à molície, reservando o termo "somítigo" ou "sodomita" ao praticante da sodomia perfeita.

23. Esta declaração de Frei Francisco, "oculto com o silêncio o que é digno de tanto aplauso", corrige o equívoco de Michel Foucault (*A vontade de saber*. RJ: Graal, 1980, p.43) e outros teóricos "construcionistas", que transferem apenas para os meados do século XIX o surgimento da identidade homossexual. Já no século XVII encontramos em alguns processos dos sodomitas portugueses um discurso laudatório do amor homoerótico, muito embora tímido e secreto, haja vista o perigo sempre presente da fogueira inquisitorial. Cf. MOTT, Luiz. "Pagode português", *op.cit.* 1989.

24. "Letras": usado no texto como sinônimo de cartas, missivas. O autor faz trocadilho com a palavra "pena", primeiro usada no sentido de dor, aflição, depois como pena (de pato) usada para escrever à tinta.

25. "Amorinhos" eqüivale ao contemporâneo "amorzinhos". Segundo o Dicionário Morais, "meus amorinhos" era expressão amorosa ainda corrente no século XVIII.

26. "Regra: cada uma das linhas de um papel pautado."

27. Frei Mathias de Mattos, na qualidade de Visitador da Ordem dos Jerônimos, devia ser obrigado a constantes viagens pelos diferentes mosteiros da congregação, daí, após o Capítulo realizado no Mosteiro de Belém, na quaresma de 1690 – ocasião em que conheceu Frei Francisco – ter-se ausentado da casa-mãe por três ou quatro meses, consoante informação do missivista.

28. São Roque, nos limites do Bairro Alto, era a principal igreja dos Jesuítas de Lisboa. Não há como saber se este "tio" do frade corista era religioso ou um leigo que trabalhava na dita igreja.

29. "Congro: Peixe teleósteo, ápode, da família dos congrídeos, comum no Mediterrâneo e Atlântico, que alimenta-se de outros peixes." Certamente era como apelidavam a um outro frade, talvez cujas feições lembrassem ao dito peixe.

30. "Velhacaria: ação desonesta, lasciva; sensualidade."

31. O Refeitório do Mosteiro dos Jerônimos foi construído entre 1517 e 1518 pelo mestre Leonardo Vaz e seus oficiais. De abóbada polinervada e abatida, exemplifica o gosto mais comum da época manuelina, com grossos cordões de pedra. Na parede oposta às janelas, existia um pequeno púlpito de madeira destinado à leitura da Sagrada Escritura e das Vidas dos Santos, durante as refeições. No topo norte há

Meu menino lindo: cartas de amor de um frade sodomita

pintura de Avelar Rebelo (1640-45), representando S. Jerônimo, cardeal, num ga-binete de trabalho, e no topo sul, pintura mural com cena da Adoração dos Pasto-res. Cf. PERES, Damião, CERDEIRA, Eleutério. *História de Portugal*. Barcelos: Portucalense Editora, 1937.

32. "Fulano" refere-se ao próprio destinatário destas cartas, Frei Mathias de Mattos. A omissão do nome de seu amante tanto nesta passagem como no cabeçário das car-tas, assim como de seu próprio nome assinando as mesmas, explica-se pela cautela em manter anônimas e sigilosas tão comprometedoras epístolas.

33. Os hábitos dos irmãos leigos da Ordem de São Domingos e de São Jerônimo eram praticamente iguais: túnica branca e escapulário, capa e capuz pretos.

34. O coro destinava-se às atividades fundamentais dos monges da Ordem de São Jerônimo – orações, cânticos e ofícios religiosos. Devido à imposição da regra de Santo Agostinho, os monges deviam permanecer neste local sete horas diárias. O ca-deiral tem o desenho de Diogo de Torralva e foi executado por Diogo de Sarça em 1548-1550. O varandim atual sofreu uma derrocada com o terremoto de 1755, tendo sido reconstruído em 1883. Cf. PERES, Damião, CERDEIRA, Eleutério. *História de Portugal*. Barcelos: Portucalense Editora, 1937.

35. A expressão "dar dois açoites" tanto pode ser entendida no sentido literal – sig-nificando que de fato, os dois monges eram adeptos de práticas hoje chamadas de *sadomasoquismo*, usando talvez as próprias *disciplinas* (pequeno chicote utilizado como instrumento de penitência na autoflagelação) para excitarem-se mutuamente – ou então "dois açoites" seria um eufemismo para descrever duas cópulas. Hoje em dia, na Bahia, "dar o chicote" é sinônimo de cópula anal passiva. Na terceira carta Frei Francisco refere-se novamente a "pancadinhas" que Frei Mathias lhe dava, cujo efeito era "apagar e aliviar" sua paixão. "Pancada de amor não dói"... diz o ditado popular.

36. O fato de Frei Francisco "rezar a Deus" implorando para que seu amado lhe es-crevesse sugere que o corista vivia em paz com sua consciência, sem considerar que seu amor-proibido fosse moralmente condenável caso contrário, não envolveria Deus no que as pessoas consideravam "velhacarias".

37. "Timbre: insígnia apensa exteriormente ao escudo para designar a nobreza do proprietário; figurativamente, pode significar: honra, capricho, orgulho."

38. Ao referir-se pejorativamente aos "mestiços", o missivista reflete o preconceito racial institucionalizado na sociedade luso-brasileira da época, que conferia apenas aos cristãos-velhos (brancos puros de antigas cepas lusitanas) a condição plena da cidadania, relegando as demais raças e suas misturas à condição infecta de "sangue impuro".

39. "Potências da alma são: o entendimento, a vontade e a memória". In *Dicioná-rio Morais*.

40. "Maganete: diminutivo de magano: homem vil, lascivo, impudico, esperto, ma-licioso, folgazão, de baixa extração. "Não há como identificar quem era este" maga-nete" desafeto desses amantes.

41. Faz parte da tradição oral da subcultura gay luso-brasileira, documentada quan-do menos desde o século XVII, a utilização jocosa do feminino para referir-se a ou-

tros homossexuais: "a Ministra" obviamente refere-se ao "Ministro", posto ser rigorosamente vedada a entrada de mulheres no interior dos mosteiros masculinos. Cf. MOTT, Luiz. *Pagode Português, op.cit.*

42. A Sala do Capítulo tem esta denominação por servir às reuniões periódicas dos monges, que tinham o seu início com a leitura de um capítulo da Regra. Nessas reuniões, discutiam-se a eleição dos priores, a recepção dos noviços e procedia-se à confissão pública das faltas. Originalmente pensada para este efeito, a atual sala nunca foi utilizada para esse fim pois só foi abobadada no séc. XIX. Apenas a porta ficou concluída nos anos de 1517-1518, tendo sido executada por Rodrigo de Pontezilha. Na sua decoração ressalta duas imagens de vulto que representam S. Bernardo e S. Jerônimo. Cf. PERES, Damião, CERDEIRA, Eleutério. *História de Portugal.* Barcelos: Portucalense Editora, 1937.

43. "Mansozinho" no original.

44. Ao longo dessas seis cartas, Frei Francisco da Ilha da Madeira utiliza 44 vezes os termos *coração* e *coraçãozinho*. É-lhe igualmente muito cara a imagem do coração como sede e nicho do amor, de sua paixão e ternura. Várias de suas imagens são idênticas às utilizadas pela principal visionária do Coração de Jesus, Santa Margarida Maria Alacoque – falecida em 1690, no mesmo ano em que essas cartas foram escritas, notadamente a metáfora da troca dos corações entre as pessoas amadas e o coração abrasado em chamas pela paixão de quem se ama. Note-se que é somente a partir do século XVII que tem início o culto cordícola, posto que até a Idade Média o considerava-se fígado, e não o coração, a sede das paixões. Cf. MARGHERITA, S.; ALACOQUE, M. *Autobiografia.* Roma: Apostolato della Preghiera, 1983

45. "Prendas: donativo de alguma coisa em sinal e penhor de amor." In *Dicionário Morais.* Talvez Frei Francisco se referisse às cartas e a alguns presentes que Frei Mathias lhe havia dado, e que a contragosto agora devolvia.

46. É justa a apreciação que Frei Francisco faz das qualidades intelectuais de seu amado Frei Mathias, particularmente quanto a ser excelente pregador, cargo que ocupou por anos seguidos na Capela Real. Quanto a seus valores éticos, desgraçadamente, o jovem corista se enganara redondamente, pois ao ter suas cartas entregues à Inquisição (gesto desnecessário, bastando que o acusante tão somente tivesse delatado seu romance e declarado que havia destruído as cartas recebidas), Frei Mathias agiu exatamente ao contrário do que queria crer seu amante: não foi "homem de palavra", mas sim "traidor".

47. Provavelmente Frei Francisco expressa aqui o medo de vir a ser condenado à morte na fogueira caso o Tribunal do Santo Ofício viesse a prendê-lo e seu amante pelo crime de sodomia. Na década de 1690 foram presos e processados pela Inquisição 15 sodomitas.

48. "Casa dos foles": onde se concentravam as máquinas de produzir ar para os tubos do órgão do coro.

49. Destinado essencialmente ao isolamento da comunidade monástica, o claustro era um local aprazível e sereno que permitia a oração, a meditação e o recreio dos monges da Ordem de S. Jerônimo. Projetado por Diogo de Boitaca, que iniciou os trabalhos no começo do século XVI, foi continuado por João de Castilho a partir

de 1517 e concluído por Diogo de Torralva entre 1540 e 1541. Pelo seu valor e simbologia, o claustro do Mosteiro dos Jerônimos representa um dos momentos mais significativos do estilo manuelino. De duplo piso abobadado e planta quadrangular, apresenta na sua decoração a originalidade desse estilo ao conjugar símbolos religiosos (elementos da Paixão de Cristo, entre outros), régios (cruz da Ordem Militar de Cristo, esfera armilar, escudo régio) e elementos naturalistas, como cordas e motivos vegetais que coabitam com um imaginário, ainda medieval, de animais fantásticos. Cf. ALVES, José Felicidades. *Op. cit.*

50. O jantar, na tradição luso-brasileira, era "a segunda das três comidas regulares do dia, entre o almoço e a ceia, ou antes da merenda." In *Dicionário Morais*.

51. As lamparinas eram, nessa época, mantidas com azeite, notadamente de oliva.

52. Matinas: a primeira das horas canônicas, rezada ou cantada no coro por toda a comunidade, de madrugada.

53. É a única vez que Frei Mathias de Mattos é tratado com o epíteto de "Trindade".

54. A presença da homossexualidade no Mosteiro dos Jerônimos está amplamente registrada na documentação da Inquisição de Lisboa – especialmente na década que antecede à redação dessas cartas. Consta nos Arquivos do Santo Ofício que só em 1682 Manoel da Costa, 21 anos, "que serviu de sacristão no Mosteiro de Belém", manteve repetidas relações homoeróticas com dez religiosos, a saber: Frei Agostinho de Monte Sion, Frei Pedro Encarnação, Frei Francisco de São Jerônimo, Frei Gaspar dos Reis, Frei Vicente de Alamares, Frei Tomás de Barros, Frei Antônio de Belém, Frei Antônio de Campos, Frei Constantino e Frei Manoel Magalhães, também praticando fanchonices um outro sacristão e o boticário do mesmo convento. (Cf. ANTT, Inquisição Lisboa, Processo nº 6118). O Procurador desse Mosteiro, o citado Frei Agostinho de Monte Sion, em 1681 declarou perante a Mesa Inquisitorial as circunstâncias e os nomes de 62 rapazes, com idades entre 14 e 25 anos, com os quais manteve, individualmente, de uma a 50 cópulas sodomíticas. (Cf. ANTT, Inquisição de Lisboa, Caderno do Nefando n.13, fl.62). Apesar de tanta lubricidade, não foram os Jerônimos mas sim os Franciscanos os campeões da sodomia tanto em Portugal quanto no Brasil. Cf. MOTT, L. "Pagode português", *op. cit.*

55. São Pedro Damiani. *Book of Gomorrah. An eleventh-century treatise against clerical homosexual practices.* Waterloo: Wilfrid Laurier University Press, 1982; Frei Manuel do Monte Olivetti. *Practica regular y modo de proceder en las visitactiones de los religiosos franciscanos.* Lisboa: Oficina L. Crasbeech, Lisboa, 1735.

Recuerdos inolvidables de Canoa Quebrada

Geraldo Markan

Conheci Beto no forró de Chico. Os olhos, sombra violeta no rosto claro.

Ele, clareira luminosa em meio ao cobre e outros pigmentos em que Canoa floresce a mistura de esperma português, índio, afro, cigano e holandês. Beto não atinge nem a tonalidade ouro, requinte mínimo da pele de alguns nativos. É marfim mesmo, não posso fugir ao lugar comum. Mas Beto não é comum, confirmam as aletas do nariz e os vincos que contestam sua boca adolescente. Sinto o paradoxo: meigo gavião.

– 'Cê é daqui?

– Sou. E o senhor?

– Você.

– Você é de onde?

– Fortaleza.

– Pensei que era de São Paulo.

– 'Cê toma cerveja ou cana?

– Tanto faz. O que o senhor – você – está bebendo?

– Cerveja e pinga. Não gosto de cachaça, mas essa é do Cumbe. Dá pena botar limão ou mel. Mesmo de jandaíra ou caju. Mas como é, cerveja ou cana?

– O que vier eu traço.

– Chico, uma cerveja e mais um copo!

– É pra já. Aqui você manda.

Recuerdos inolvidables de canoa quebrada

É bom sentir a proximidade de Chico. Massa. Presença de macho que dá segurança: pai, amigo, irmão. Mas deixa pra lá esse papo psicoterapês. Psicanalista resolveu porra nenhuma em minha vida? O que importa é Beto. Aqui e agora.

— Com espuma ou sem? Beto, quando dá pra escolher, vale a pena transar o que se curte mais.

— Sem espuma.

— Prefiro com. Sem parece mijo.

Beto quase esvazia o copo.

— Deixe eu beber um gole do seu... do seu mijo – digo sorrindo.

— Se é de gosto...

— 'Tá ótimo. Porque é seu. E além do mais, quem bebe sobejo fica sabendo os segredos do outro.

— Tenho segredos não.

Beto bebe um gole do seu copo:

— Agora eu sei o seu também.

— Você já sabia. A gente pode sair juntos depois do forró?

— Até agora.

Bebemos mais. Helena me puxa pra dançar. Saia transparente, presa muito abaixo do umbigo. Um pano fino mal cobre os seios, num improviso. Faixa de conchas, sua coroa. Tudo branco, destacando a nudez morena, ávida de saborear as mulheres do mundo e os homens de Canoa. Um vaqueiro da Beirada se aproxima, espadaúdo, hoje mais príncipe ainda pelo brilho no olhar: a possibilidade de "possuir" novamente Helena. Ela me beija na boca e cola-se a ele.

Na saída do forró Beto pára pra mijar num beco escuro. Me afasto e foco a lanterna no jato:

— Cor de ouro. Mais bonito que cerveja...

Beto exibe o pau com discrição, esperando que eu me aproxime. Resisto, querendo muito mais que uma aventura:

— Vamos ver o mar.

Passamos a última fileira de casas. O platô de areia cintila à luz das estrelas. O mar, um brilho menor.

Toco o rosto de Beto. Desço as mãos pelo seu flanco. Nos aproximamos devagar, até um abraço. No beijo, mete a língua em minha boca. Provoco variações a que Beto, ágil, responde num jogo. Diálogo táctil. Rimos de nossas invenções. Arranhar seus dentes com meus dentes, titilar a língua, sentir a intimidade das gengivas é um brinquedo bom. Deitados na areia, Beto faz sexo com a espontaneidade com que beija. A mesma rapidez nas respostas à provocação dos lábios, da ponta dos dedos, de todo meu corpo instigando-o a correr comigo, parelha.

Curto Beto como ele é. Pássaro solto, cavalo selvagem que, graças a Deus, vem comer em minhas mãos. E eu me perco em seu hálito, em sua boca úmida, e peço com os lábios, com a língua, com os dentes, sua saliva. Que degusto, licor. Minha cabeça, feita por filmes de Garbos e Pasolinis, me faz desejar um laço mais forte. Quando pressinto o potro sacudindo a brida, saio pela tangente. Incremento. Lambo Beto dos pés à cabeça. Invento. Sugo seus artelhos. Mordisco sua cabeça, da nuca à testa, como se fosse a polpa da macaúba.

Beto mantém o preconceito de não dar nem chupar. Vibra, bandolim de cordas tensas, quando o toco com a ponta da língua. Ouço um tilintar de sininhos de ouro? Capricho para mantê-lo pela rédea do prazer. Beto responde não transando mulher nem outro homem. Nem mesmo namorada. Passeia, curte o pôr-do-sol nas dunas, bebe na Tenda do Cumbe. Vai à praia, ao forró. Comigo. Camaradas. Embalo Beto na rede. Ele tira o calção ou a cueca, aos poucos. Enlaça as pernas no meu pescoço. Eu, Pedro Álvares Cabral deslumbrado, beijo com amor sua pétala de rosa. Ou no chão, ele apoiado só nos ombros, a cabeça levantada pra melhor curtir o visual, ergue a bunda equilibrando as pernas no ar. E puxa as nádegas com as mãos para minha língua entrar mais. Só a língua.

– Quer ir a Fortaleza?

– Vamos.

Não se liga muito em nada. Fortaleza é passear de carro numa longa orla marítima. Parar num bar qualquer.

– Quer ficar comigo? Você estuda, não precisa trabalhar. Te dou uma força.

– Deixe pra lá. Um dia pode até ser. Agora vamos voltar pra Canoa.

– Só posso ficar lá mais uma semana. As férias estão acabando.

– A gente se cruza de novo.

Em Canoa:

Recuerdos inolvidables de canoa quebrada

– Vou jantar com a velha. Depois passo no forró.

– Antes uma birita no bar do Toinho, falou?

– É isso aí, cara.

Chega com um amigo que eu não conheço.

– Valtim. Tava viajando com um carinha gamado nele. Onde tu foi, Valtim?

– Recife.

Valtim é simpático. Esguio, moreno escuro, feições afiladas. Os olhos, dois faróis de luz negra. Um presente de faraós. Imagino Valtim sendo levado a César enrolado num tapete, Cleópatra macho.

Valtim e Beto inseparáveis. Acabo transando com Beto, ele de lado papeando ou curtindo um fumo.

A gente sempre juntos. Na praia, na Tenda, no forró. A não ser quando um gaúcho ou uma suíça pega Valtim – quem quer que aumente seu cartaz ou solte uma grana.

– Quer transar com ele, macho?

Claro que Valtim me atrai. Muito. Mas tô fissurado no Beto. Muito a fim dele mesmo. Agüento as pontas:

– E você quer que eu transe?

– Numa boa.

– Então vamos os três, tá?

– Barra limpa.

Mesmo injuriado por Beto não ter ciúme, curtimos uma incrível. Inventamos posições, toques. Improvisamos com sabedoria e eficácia. Trio perfeito: flauta, fagote e oboé. Só não uma coisa. Valtim tem os mesmos preconceitos de Beto. Duas: entre eles, nenhuma carícia.

– Beto, vou embora amanhã. Não quer mesmo vir comigo?

– Não, cara. Um dia pode ser.

– Então a gente não se vê mais?

– É só pintar por aqui.

– Vou sentir falta. Não vou negar. Te curto paca.

– Leve o Valtim.

Quem não tem cão, caça com gato. E Valtim é um maracajá. Caído do céu. A falta de Beto vai ser uma barra.

– E ele topa?

– Topa. Combine com ele.

Valtim topa. Eu sei que por uns dias, um mês talvez, depois ele se manda. Por uma camisa bonita, um passeio de moto, uns olhos azuis. De homem ou de mulher. Eu tenho mais é que curtir Valtim enquanto dá pé. Enquanto reaprendo a respirar sem a presença de Beto. Enquanto diminui a saudade de segurar seu rosto e mergulhar em seus olhos, neblina violeta em que navego, minha boca ancorada em seus lábios. Faço das tripas coração – e vale o jogo de palavras porque "tripa" é gíria antiga de Canoa. É cacete, pau. Pênis.

Na hora de vir embora, Valtim é uma força. Sem ele como eu ia me segurar? Acabava insistindo, chateando, falando coisas de novela. Beto desce trazendo minha sacola. Abro o carro, guardado embaixo dos cajueiros. Espero ainda um trunfo para ter Beto por mais tempo. Tempo? Eu quero a vida toda, a eternidade com Beto. Só Beto. Só meu. Não dá, paciência, o jeito é me mandar numa boa. Tento calar a agulha que dentro de mim tece a eterna frase de um tango inútil.

– Pois tchau. Te conhecer foi um troço legal pra caralho.

Beto tira o colar de vértebras de cação e bota no meu pescoço:

– Pra você se lembrar de mim um dia.

Eu posso responder? Valtim entra no carro. Ligo a chave. Beto se aproxima, fecha a porta de leve. Bem perto do meu rosto diz olhando para Valtim:

– Bonito ele, não é? Parece um peixe.

Geraldo Markan nasceu no Ceará (Fortaleza) em 1929. Formou-se em direito no Rio de Janeiro. Mestre em antropologia pela MSU, EUA. Trabalhou na SUDENE, Recife e foi professor de antropologia na Universidade Federal do Ceará. Publicou dois livros de contos e dois de teatro em Fortaleza.

Satoshi, Satoshi
Henrique Maximiliano

*"Nada convida tanto a aproximar-se
de uma criatura como aquilo
que dela nos separa"*
Marcel Proust

O leitor saberá do que estou falando. É experiente, e por certo tanto já viveu esperas frustradas quanto noites em que nada mais se espera, de horas avançadas em que estamos, às vezes por exaustão, de todo desligados. E é quase como lema que tenho sempre o dizer de certa crônica pouco célebre de Clarice, a Lispector, em passagem que ouso tentar lembrar como "quando não estamos desligados a campainha não soa, o telefone não toca, e mesmo quando tocar será tarde, os fios terão sido cortados pelo deserto da espera". Talvez isso nem tanto importe nem seja verdade para toda esta história, mas tão só para o seu início, começo dessa e de tantas histórias, e talvez depois tudo se inverta, quando bem se sabe pelo que se espera. Portanto, deixo claro, o antípoda do deserto da espera não diz respeito a meu querido Satoshi, nem a todo o meu amor, mas ao modo como o conheci.

E foi bem assim, não havia esperas nem desertos, numa noite, eu nem sabia, toda feita como a deflagração de coisas boas, que eu conheci Satoshi. Olhares cruzados, de início por um instante apenas, logo contínuos e cortantes à espera de um ônibus que não viria jamais, e tanto melhor assim, pois ganhou-se o que se não esperava: ganhei eu Satoshi e ele a mim, prontos, estão aí – qualquer deus diria assim, faria isso, sim – entregues um ao outro, não muito, pouco era preciso era preciso – que estivéssemos um à vista do outro, e isso foi um tudo a se pedir da vida, para que juntos e sós fizéssemos todo o resto, a nossa parte, de duas vidas quase uma, e daí então, felizes juntos, enfim, felizes.

Aconteceu em Salvador, após noitada boa pelos bares do Pelourinho, uma noite em que tudo valera toda a pena, ainda que na volta, inexplicável, não houvesse, não havia ônibus nenhum, só havia Satoshi, só, comigo mais meu amigo naquele ponto, quando não resisti à ternura daqueles belos olhos puxados e fui lá, falei com ele, "vamos, aqui não passa mais ônibus, não, tomemos um táxi, juntos, até a Barra. Seu hotel fica na Barra, você não disse? Pois vamos até lá, algum bar ou quiosque na praia, fiquemos juntos os três um pouco, conversemos, bebamos cervejas, digamos adeuses enfim, desejemonos depois em casa, cada qual só, em sua cama, desejarei eu a ti e tu a mim, talvez, perguntando 'até quando, até quando?'"

Fiquei feliz, pois Satoshi foi todo sorrisos e receptividade. Era querido, era bonito. Era de Tóquio, falava bem o português, falava cantando, em deliciosa musicalidade nipônica cheia de "aas" e "ôôôs" que espocavam quando ele falava, e também enquanto nós, interlocutores, falávamos, dando a impressão de que ele gostava do que ouvia, de que se impressionava com o que ouvia, querendo dizer "ah, importante, muito interessante", o que lhe era cultural, e ele o fazia com atenção e gentileza, e era atenção pura, o Satoshi.

Num quiosque da Barra, não, não era longe do Farol, Satoshi nos contou de sua paixão pelo Brasil, pela música brasileira, bossa nova, Tom Jobim, João Gilberto, as letras de Vinícius, que ele conhecia tão bem, e também com elas aprendera o português, falou de *Corcovado, Dindi, Samba de uma nota só, Desafinado, Chega de saudade*. E também Gil e Caetano, Edu Lobo, Carlos Lyra e havia outros, eu nem lembro, e tudo de nossa música ele achava em Tóquio, sabia muito o Satoshi, sabia de nós, e eu fiquei um pouco envergonhado, eu que sabia um pouco só.

E falava Satoshi de um Brasil que ele conhecia e aprendera a amar em oito viagens, eu me encantava, eu me permitia, pensava em sua fala, e ávido sentia seu corpo, perna sua a encostar na minha, ali, debaixo da mesa, ele deixava um pouco e eu me pungia muito, o corpo inteiro, pensando nele, estando com ele, que falava e gesticulava engraçado, com as mãozinhas pequenas que eu tanto queria tocar.

E falando das coisas que nesta vida não fiz, eu subiria com ele até seu quarto de hotel e o amaria toda a noite, e por todo o dia seguinte, quando chegasse a hora de ele partir, no dia seguinte já, para o Japão, e eu ficaria triste, mas feliz, pois o bom e o ruim às vezes chegam juntos, e eu ficaria juntamente alegre e triste, mais alegre do que triste. E com ele eu faria com o corpo e com a vida, como se fosse a coisa última de uma vida, e do último dos dias, e ardorosamente o penetraria ou deixaria que ele o fizesse, o que tanto faria para quem tanto o queria, e com minha boca eu percorreria o seu corpo inteiro como querendo dizer que "somos dois a querer tanto ser um só, um só eu e um só corpo", e pensaria "sim, só pode ser assim: amar-nos carnalmente por querer ser um só, vencendo a unidade minha e tua, tão solitárias".

Mas Satoshi queria que meu desejo, talvez também o dele, crescesse prolongando-se num sempre indefinido e distante, até quando ele fosse para longe e lá ficasse por um tempo comprido, deixando-me aqui sem saber como seria afinal seu corpo, inteiro, e como seria nosso amor e nosso sexo, como se haveria de transpor, eu e ele e eu com ele, nossos eus sós e prisioneiros. Quero dizer que Satoshi não me convidou para prolongarmos a noite. Reservas à parte, havia toda uma cultura a que se aferrar, e ele foi tímido, ou cauteloso, talvez como forma de prolongar, a seu modo recatado – que me era, confesso, incompreensível – aquela união incipiente, e para que fosse mais completa e por etapas, espírito e então corpo, separados, ele deve ter achado assim, aliás como depois me disse, e eu acabei gostando, acabei achando bom.

Um encontro na praia, depois, na manhã seguinte, uma conversa longa, antes da despedida, e eu pude ver Satoshi mais um pouco e quase inteiro, saindo, era bonito, da água, nadou, as pernas bem torneadas e de pelagem lisa, a musculatura quadrada da peitaria e os braços bem feitos de nadador. Mais uma vez gostei, eu que ia sempre gostando mais um pouco dele, de tudo. E de novo a fala mansa, a musicalidade dos "ôôôs" e "aas", as paradas súbitas, estanques, as palavras portuguesas poucas que ele não conhecia, e eu ensinava gostando, os assuntos de que falávamos e outros apenas pensados, que eu não podia mencionar, embora tanto o quisesse, o mar em que ele entrava e saía sorrindo todo, tanta coisa num tempo cruel, que era tão curto.

Despedimo-nos, enfim, junto de seu hotel, na Barra, e ele me deu um abraço forte, e valera por tudo aquele abraço – aquele momento, como não ser curto sendo assim tão bom, pensei, como não suscitar a espera, e como posso não esperar dolorosamente que ele volte? As coisas que me disse eram esperanças boas que se fincavam lá no mar distante, num tempo distante, e eram como flechas lançadas dali – para onde? para quando? – que me fariam desejar e esperar, e eu sabia que o esperaria por meses, talvez anos, ele que disse, "um dia consigo transferência na empresa e venho morar aqui no Brasil, eu sonho, eu sonho". "Eu também sonho", pensei, "o teu sonho é o meu sonho, querido, Satoshi, pois venha morar em São Paulo, e eu te aguardarei ainda que os dias me passem feito longos anos inteiros. E quando puder eu olharei para o mar, que tal como a saudade quase não terá fim, mas estará aqui como lá, em algo de seu sal chegará perto de ti; e olharei ao longe dizendo e clamando "Satoshi, meu amor, Satoshi".

O que o mundo extenso afasta o homem procura reunir, deixar próximo quem quer tanto ficar junto, e nisso é menos cruel que o mundo, menor dos males, das convenções e obrigações que ele próprio criou. Corpos separados, espíritos a entrelaçarem-se de algum modo, a distância, pensamentos que convergem e vontades a tomar o mesmo sentido – por serem opostas: eu queria Satoshi, e ele a mim; vontades, não as mesmas, antípodas de si próprias ao tempo mesmo em que são uma só, bem próprias de quem de súbito se descobre só em corpo de homem e diz "é solitário, é tão solitário". Se é o homem que junta o que distava por natureza ou o que ele próprio soube separar, foi via internet que eu e Satoshi prolongamos e alimentamos nossa afeição e nosso desejo. Virtualmente cultivamos nosso amor, e ele cresceu robusto, não por causa da via virtual, mas porque era amor mesmo. E a cada dia mais e mais vinham certezas, e eu ia sabendo sempre que podia esperá-lo, saudoso porém feliz em sua fala e em pensar e ser pensado a distância, numa sempre confirmação que eu não procurava, eu encontrava, antes, na desmesurada simpatia, depois na gradativa perda da timidez e do recato, passando por manifestações de afeto sempre mais ousadas e calorosas, concluindo certo dia "vivo aqui, tão longe, para ti" e, cheio de coragem, "é como se eu te amasse", ao que eu disse "venha, eu, que pareço viver para pensar em ti, estou pronto, sempre e cada vez mais sou teu, Satoshi, Satoshi".

E um dia ele veio mesmo, ainda não para ficar, mas a negócios, São Paulo, e eu pude recebê-lo em minha casa. E deu-se a realização daquela espera que sempre fora sem desertos, da campainha a soar, por fim, e dos fios que não foram cortados, que tanto mais se fizeram vigorosos na distância atroz. Do virtual a fazer-se real, da potência que se faz ato e da espera que se fez instante eterno. Amamos em carnes e pura presença, em corpo e espírito, pela primeira vez. E amorosamente fizemos sexo sem mais metáforas, sem as palavras postas a animar o caminho da espera, sem imaginar mais nada, eu que não o imaginava, eu o tinha. E ao leitor, se disserem que de muito imaginada a realidade se esmaece e perde ao final para todo o imaginado, não acredite, ó leitor, eu lhe peço e recomendo que não creia. Meu relato e minha vivência dizem felizmente o contrário, que a realidade pode superar, e o fará, o mais decantado sonho. Após tantos intercursos virtuais, em que sobre as Américas e sobre o Pacífico eu deliciosamente o beijava, passava a língua por entre as pernas que meus olhos viram uma só vez, ou então ansioso buscava-lhe o pênis por entre eriçados pêlos pubianos, e o acariciava em toda a extensão com lábios inebriados. Ah, quanto e como eu imaginara Satoshi, eu mesmo, aquele instante! E é por isso que ao leitor recomendo conservar sempre a esperança, pois que até minha natureza pessimista aprendeu a tê-la, que esteja desligado e distraído, mas incondicionalmente creia e se deixe sonhar, pois com Satoshi o que descobri é como ter a certeza de que todo o sofrimento há de ser recompensado, é como incondicionalmente crer que há vida após morte, que Deus existe e que Ele é bom, o que pude viver, e ainda o vivo, é como redescobrir ser o homem o centro do universo e ter certeza de que fazer o bem é bom, mesmo que os maus possam sempre ser perdoados. Acredite, leitor, a vida há de ser intrinsecamente feliz, pois pelo que vivi e fiz valer o real pode ser melhor do que um sonho curto e bom, e creia que a realidade vem antes do sonho, e que sonhamos o que ela de certa forma nos permite e nos dá a sonhar, e isso descobri ao mergulhar inteiro em meu querido, eterno, Satoshi, agora também em corpo, não só em alma, ao conhecer de fato o corpo daquele que eu tanto amara como alma, pois era a sua alma que vencia a distância toda e vinha a mim, e é só a alma que se ama ao não se ter o corpo. Amei Satoshi pela primeira vez por inteiro, e ele a mim, entrelaçamo-nos enfim alma e corpo como que para sempre, e em alma o será para sempre, o que foi e será melhor do que o sonho, pois no sonho desperto, como no onírico, mais se tem longe quanto mais se deseja o que mais se deseja. E eu enfim possuía Satoshi; agora, também fisicamente, estava eu onde mais queria, eu que me punha inteiro dentro dele, e como eu, e comigo, deliciava-se o meu querido, apertando-me sempre mais em tantos sentidos, e eu pensava e dizia, esquecido de mim, "Satoshi, meu amor, Satoshi".

O meu querido Satoshi ficou comigo um pouco, aqui no Brasil, enquanto pôde. Foi-se ainda uma vez, passaram-se meses, ele conseguiu a transferência na empresa, e então voltou para mim, para sempre. E hoje, aqui, sua existência me envolve feito um polvo, e me aperta inteiro num abraço gostoso, físico, real, que parece não acabar nunca. O seu estar comigo é presença pura, é total desconhecimento da saudade. E como que nos pertencemos, atravancamo-nos querendo, e damo-nos tão bem quanto a mão direita a trabalhar com a esquerda, entendemo-nos tanto quanto uma perna esquerda que precisa da outra para seguir o seu caminho, e só saberia fazê-lo assim. Hoje vivemos juntos em São Paulo, e Satoshi sempre me aperta forte o coração quando a todo o tempo o sinto e penso nele, quando não está ou quando, quase sempre, está comigo, quando em alta madrugada acordo sem razão e me vejo enroscado com ele inteiro, beijo-o enquanto dorme e ele quase nem acorda – mexe-se um pouco, abraça-me um pouco mais – e nas vezes em que nele adormeço feliz, ou quando me cura de toda a espera, chega em casa e eu estou lá, e se achega feito parte de mim, enquanto trabalho, encontra-me escrevendo, pensando nele e na hora mágica de todos os dias, em que chegará e me abraçará por trás, sentará em meu colo e, recostado em meu peito, engalfinhado em meu pescoço, dar-me-á um longo e caloroso beijo, ouvindo na orelha pequena o nome, que lhe sopro sem fim, de minha forte alegria: Satoshi, meu amor, Satoshi.

Henrique Maximiliano é natural de Brusque, Santa Catarina, onde nasceu em janeiro de 68. Em São Paulo desde os 17 anos, julga ter protagonizado aí uma trajetória um tanto acidentada. Tendo estudado música na década de oitenta, e filosofia na de noventa, hoje atua como tradutor e comete investidas mais ou menos esparsas no campo da literatura, para as quais crê decisivas as duas experiências anteriores: a música proporcionando-lhe um texto cadenciado, onipresente em suas incursões literárias, e a filosofia, outra onipresença, figurando-se como tentativa de interpretação da natureza da realidade e da existência a partir de experiências que antes de serem homoeróticas são humanas — como o amor, a paixão e o sexo.

Sem pressa, sem culpa, sem limites
Lucas Traut

I

Acordou com sua irmã quase gritando: Alex, Alex, acorda, você passou no vestibular!

Sentiu um misto de alegria e de tristeza quando soube que tinha entrado em Botucatu. Queria São Paulo. Ou Rio. Ou outra cidade grande. Botucatu, pensou. Perder os amigos, a namorada, as noites de São Paulo. Ele, que era tão popular nos barzinhos da Henrique Schaumann e da Vila Madalena, nas boates dos Jardins, no Parque do Ibirapuera, ele que comia gostoso a namorada. Mas não disse nada para ninguém. Teria que fingir para os pais, para os amigos do colégio, para os parentes, para a namorada. Fingiu alegria, escondeu a tristeza, como já fazia com relação a algumas tantas coisas. Ninguém iria entender a tristeza; afinal, todos consideravam uma grande vitória ele ter entrado na faculdade. Iniciou sozinho uma cruzada para manter sua vida do mesmo jeito. Tentou por todos os meios, esperou outras listas, quem sabe alguém desiste, pensou, prestou outros exames, escolas particulares, pensou até em não se matricular e tentar de novo no ano seguinte, lutou mesmo para não ir, para poder ficar na metrópole. Mas não conseguiu.

No dia da matrícula, a expectativa confirmada: praça com a igreja matriz, botequinhos, casinhas, ruazinhas, tudo limpinho, arrumadinho: um tédio, pensou. A faculdade, prédio antigo, rodeado por grades altas e portões de ferro, terreno arborizado: um horror, pensou. Guichê da secretaria, atendente velha, olhando por cima dos aros de tartaruga daqueles oculozinhos que pendem do nariz, cabelo de um tom azulado, penteado alto, mantido com muito laquê: tô ferrado, pensou. E a fila em frente ao guichê, tudo moleque, olhos fundos e espinhas na cara de tanta punheta, as meninas todas com cara de cu-de-ferro, cabelos escorridos, óculos fundo-de-garrafa, pele toda esburacada: gente feia e chata, pensou. Veteranos rodeando em torno da fila, esperando para cortar meu cabelo liso, tratado com muito xampu da Natura, pintar esta carinha que mamãe beijou. Não, não vai dar certo, pensou.

Tratou de procurar outra saída: não precisava fazer faculdade, podia tentar vender carros na boca, podia trabalhar de guia turístico em alguma agência de São Paulo. Podia viajar, trabalhar de garçom em São Francisco ou Miami, podia montar um conjunto e sair cantando *Satisfaction* numa boate de coroa ou então *A viola e o violeiro* em algum barzinho da vida, pensou. Mas não deu.

Os veteranos cortaram seu cabelo liso, tratado com xampu da Natura, e pintaram a carinha que mamãe beijou. Assim que os veteranos pentelhos descuidaram, ele se mandou, pegou o ônibus e voltou para capital. Deitou a cabeça no encosto da poltrona, concentrou o pensamento na bunda e nos peitos da namorada, e adormeceu sonhando com uma trepada burocrática.

II

Levantou-se da cama com um salto, estava atrasado! Percebeu quando olhou o relógio: mais de oito horas: atrasado para o primeiro dia de aula! Pé-no-saco, ele pensou. Foi se vestindo conforme saía do quarto, apanhando as roupas que tinha deixado jogadas pelo chão na noite de ontem. Nesse momento é que foi notar que a casa que a tia Laura tinha arranjado para ele morar era bem espaçosa, tinha dois bons quartos e dois banheiros muito grandes e arejados. Era uma dessas casas antigas do interior, tudo muito espaçoso: sala, corredor, cozinha, portas altíssimas com janelinhas em cima, janelas estreitas e altas com portas de vidro bisotado e venezianas em madeira, grossos batentes denunciando paredes muito largas de tijolo inteiro, jardim grande, meio descuidado, algumas roseiras e um jasmineiro na entrada, grades sobre os muros e portãozinho de barras de ferro mal pintado. Toda a casa só para ele. Nada mal, pensou, talvez pudesse dar uma melhorada no jardim, pintar as paredes, ficaria bonito um verde ou um azul clarinho e poderia fazer contraste com as portas, as janelas, o portão e as grades em branco. Hoje é que ele estava vendo. Ontem chegara à noite, no último momento para as aulas: queria adiar ao máximo sua partida de São Paulo. Não deu nem para dar uma arrumada nas suas coisas ainda. Também não queria, não estava nada interessado. É verdade, pensou, nada de melhorar coisa alguma por aqui.

Foi entrando na faculdade, grande bosta, tudo antigo cheirando a mofo, saguão de entrada com um lustre de vidro – ou seria de cristal? – pendendo do teto muito alto, escadaria de mármore com corrimãos de metal dourado brilhante, longos corredores. A sala de aula era toda de madeira em forma de anfiteatro, nunca tinha visto. Bando de cdfs procurando lugar e sentando, querendo sentar na frente, achando que era o início de uma nova vida, cadernos novos, canetas descartáveis, roupinha de tergal ou outro tecido sintético, esperança estampada nas caras compridas, ainda disformes da adolescência não terminada.

Dá licença, o cara em pé a seu lado disse, querendo passar mais para o centro da fila em que ele tinha sentado, nem na frente nem no fundo, meio à esquerda de quem olha para o pequeno palco na frente da sala. Era um bom lugar, pensou, bem onde ele achava que não seria notado. Não, não queria ser notado. Dali poderia observar quase toda a sala e a porta de entrada. Engraçado, ele pensou, porque sempre procurava um lugar assim, nunca de costas para a porta?

Ele deixou o cara passar, mas não esperava que ele fosse sentar-se justo na carteira a seu lado, com tanto lugar ainda vazio na sala. O zum-zum de gente falando baixo começou a incomodá-lo, até que o cara, pé-no-saco, puxou conversa, perguntando de onde ele era. Sem olhá-lo, respondeu São Paulo, fechou a cara e a boca, afastou seu corpo o máximo possível e pensou: vou mudar de lugar! Fingiu estar escrevendo alguma coisa em seu caderno novo com sua caneta descartável, fingiu concentrar-se em algo inexistente, olhos fixos no caderno. Acho que esse chato desiste agora, pensou. De que bairro, perguntou o cara. Vila Mariana, respondeu, seco, sem tirar os olhos do caderno. Mesmo sem olhá-lo podia ver que o cara mexia insistentemente no cabelo, curtíssimo por causa do trote, e aquilo começou a incomodá-lo ainda mais. Ah, conheço, disse, sou de Florianópolis mas conheço bem São Paulo. E continuou falando, que já tinha estado na Vila Mariana, que um tio dele morava lá, que sempre que podia ia visitá-lo, que... Ele já estava ficando cheio desse cara que vinha com esse papo furado, monólogo irritante de quem não podia ficar só nem por um instante. Que saco, pensou. Virou-se para o cara e ia dizer cala-a-boca pô, se manca meu, quero ficar sozinho e quieto aqui no meu canto, mas calou-se ao sentir a força do olhar daquele cara direto nos seus olhos. Eu sou Marcelo, e você? o cara perguntou, olhando-o de uma maneira tão penetrante que ele parou, vidrado. Não pôde falar, reagir, pensar, não pôde se esconder, não pôde.

Alex, respondeu gaguejando. Parecia um coió, pensou, desses que a sala estava cheia. Um aperto de mão, rápido-mas-nem-tanto, um esboço de sorriso quase não mostrando os dentes. Sentiu um estremecimento, uma loucura, uma necessidade de me aproximar daquele cara: pôxa, como ele disse que é seu nome? Ah, Marcelo, é isso! De onde mesmo ele disse que era? Puta marcação, pensou.

Só se levantou da carteira para o intervalo. Nas duas aulas iniciais, embora fingindo prestar atenção aos professores, não viu nem ouviu nem sentiu nada, exceto seus próprios pensamentos. O que estava acontecendo, se perguntava, que não conseguia se concentrar em outra coisa a não ser no olhar daquele cara, na sua boca dizendo Marcelo, e você?, no esboço de sorriso, nos dentes muito brancos e bem arrumadinhos que pôde ver naquele meio-sorriso, no toque da mão dele tão quadrada, a sua mão, tão longa, envolvida naquele aperto rápido-mas-nem-tanto. O que estava acontecendo?

Tentou espantar a necessidade de se aproximar do cara. Buscou refugiar-se no seu próprio mundo, internar-se no aconchego das coisas conhecidas, controláveis, esquivar-se dessas sensações, para ele completamente inesperadas. Pensou: vou mudar de carteira, sentar-me bem longe dele, mais para trás talvez, que assim poderia vê-lo e não ser visto... Êpa, não, não quero ficar vendo ele, quero apagar, tirar essa coisa da cabeça! Vou dizer a ele que tenho uma coisa para fazer, qualquer coisa que eu invente agora para me distanciar dele no intervalo. Quando voltar à sala, procuro outro lugar para sentar. Mas não disse.

Vamos até a cantina, o cara disse com um tapinha nas suas costas. E ele, sentindo-se um babaquara, não conseguiu dizer: não, eu tenho uma coisa para fazer, não vai dar... Disse: tá bem, vamos. Fraco, bocó, ele pensou. Pediram um misto quente e uma coca, comeram e beberam e conversaram. Bem, conversou o Marcelo, que ele só concordava e dizia: puxa, que legal, é mesmo, também acho e outras concordâncias. Aliás, já estava esgotando seu repertório de concordâncias quando notou que o intervalo já havia terminado há mais de meia hora e ele nem tinha percebido o tempo passar, só ouvindo, ouvindo e olhando, olhando aquele cara tão descomplicado, tão seguro de si, tão tranqüilo, tão...

Só se deu conta da bobagem que fizera quando já tinha perguntado: você tem lugar para ficar? Quer ficar na minha casa até arrumar um lugar para você? Pô, como fui dizer aquilo, pensou. Não tinha nada que convidar o cara para dividir aquela casona que a tia Laura tinha conseguido, que ele ainda nem conhecia direito, nem tinha curtido! Que merda. Não, não queria ninguém morando lá com ele, ainda mais um cara como esse, que o dominara tão facilmente logo nos primeiros minutos. Não, não era essa a dele, acostumado a ser o mais popular, o mais disputado pelas garotas e garotos, o queridinho da sua turma de São Paulo, o mais paquerado nas boates e nos barzinhos. Agora, no interior é que não ia ser diferente. Morar com um cara que quase o anulara em segundos. Não, não queria.

Tentou imaginar uma saída para a situação, tinha que resolver isso agora, antes que fosse muito tarde. Pensou: digo que não vai dar, que eu esqueci que a minha tia talvez venha morar comigo, ou digo que a minha namorada deve vir todo fim de semana e que ficaria chato se ele morasse lá, ou digo que meu pai disse para eu morar sozinho, que não me envolvesse com desconhecidos, principalmente para morar, ou digo... Mas não deu.

Atravessaram o portão de entrada com o Marcelo falando:

Sem pressa, sem culpa, sem limites ▪▪▪▪▬▬▬▬▬

como é bonita a casa, precisa de alguns reparos, mas nós podemos ajeitá-la nós mesmos, nos fins de semana, fora dos horários da escola, vamos nos divertir fazendo esses arranjos.

Nós? Pronto, já se incluiu na casa definitivamente!

Já o viu decidindo tudo, desde as cores das paredes, portas, janelas, portão e grades, que plantas deveriam ser cultivadas no jardim, até quem seria convidado para a festa que ele, com certeza, ia pretender dar quando o meu aniversário chegasse, pensou. Achava que o Marcelo já planejava, ali naquele momento, até o tipo de música que deveria tocar nessa festa. Que bosta eu fui fazer, ele pensou.

Entraram na sala, o Marcelo já à frente, e na passagem em direção ao quarto ele foi abrindo a cortina da sala, observando a mesa de centro, o sofá e as duas poltroninhas da sala, as esculturas em pedra que ficavam sobre um aparador bem próximo ao corredor, junto com um vaso de flores artificiais e dois castiçais de ferro, cada um com um toquinho de vela meio queimada, dizendo que tv não fazia questão, mas um som seria bom, que ele traria o dele de Floripa.

No seu quarto, a cama de solteiro bem grande. Igual àquelas de viúvo, não é?, Alex, disse. Abriu a cortina e deixou o sol do fim da tarde de verão se infiltrar e refletir nas tábuas largas do piso antigo, conservado com muita cera e enceradeira, ofuscando a visão dos dois, criando uma atmosfera de filme americano, tudo dourado com limites pouco precisos, despertando a alma dele, meio amortecida pelo dia cheio. Um dourado tão forte, refletido nas partículas que planavam no ar, que mal dava para ver a mesa e a cadeira, o criado-mudo, o crucifixo na parede sobre a cama, o colchão despido. O que deu para ver foi o contorno dourado do Marcelo, em pé, reluzindo o dourado da tarde, seu rosto de traços suaves e marcantes, a saliva brilhando em seus lábios enquanto ele falava não-sei-o-quê, os pêlos do seu braço, do seu rosto, a vida lá fora refletida nos seus olhos, pensou Alex, sentindo, não sabia se uma espécie de tontura, vertigem ou enjôo.

Procurou seu quarto como um abrigo para fugir daquelas sensações. Percebeu que o Marcelo o seguia e, mesmo que precisasse ficar sozinho, mesmo que quisesse um pouco de paz sem ninguém por perto, não conseguiu se articular para dizer isso a ele. Sentia-se perturbado com sua presença.

Jogou-se em sua cama de casal, lençóis desarrumados da noite anterior, malas por desfazer, pensamentos confusos, cabeça por cuidar. E adormeceu. Observado pelo Marcelo, ele sabia.

III

Acordou de madrugada, com sua roupa amassada, olhou em volta, meio perdido por um instante, e lembrou-se: Botucatu, faculdade, casona, Marcelo.

Será verdade? Levantou-se no escuro e caminhou até o outro quarto. Será possível? Abriu de leve a porta e espiou, forçando os olhos, tentando enxergar sem acender a luz. Lá estava o colchão despido, ninguém. Ligou a luz para se certificar: nada remexido, ninguém! Teria sido alucinação? Muitas mudanças na minha vida, confusão de pensamentos, imaginação, talvez sonhos ele pensou.

Voltou para o seu quarto pensando: que loucura!

Tirou a roupa, ia tomar um banho para espantar essa sensação de irrealidade tão real. Entrou no chuveiro, procurou reconstituir o que havia acontecido antes de cair na cama: o primeiro dia na faculdade, a conversa com o Marcelo, a visão daquele cara sob o sol da tarde, vibrações totalmente estranhas para ele. O que estava acontecendo?

Saiu do banho com a toalha felpuda, novinha, que sua mãe comprara para ele, enrolada na cintura, com aqueles pensamentos estranhos se remexendo dentro de sua cabeça. Queria tomar uma cerveja, mas sabia que não tinha na casa. Água mesmo serve, pensou.

Abriu a porta do banheiro e, um susto: deu de cara com o Marcelo, vestido com uma camiseta branca, um short xadrez, meias brancas sem sapatos, braço esquerdo para cima, quase inteiramente apoiado no batente, perna direita cruzada sobre a esquerda estendida, cabeça inclinada, próxima do ombro, a outra mão um pouco abaixo da cintura, meio sorriso mostrando parte dos dentes alvos, ali, na sua frente, colado a ele, ocupando quase toda a abertura da porta, impedindo sua saída, com um jeito de quem está no controle, seguro, dominando a situação.

E aí cara, desmaiou mesmo, hein?, o Marcelo disse, olhando

fixamente, primeiro dentro dos olhos do Alex, depois percorrendo todo o seu corpo meio descoberto, ali na sua frente. Parecia que saciava sua curiosidade pelo corpo dele sem o menor constrangimento, invadindo sua intimidade física e moral, ultrapassando o limite do permitido, tão seguro de si, destruindo uma barreira longamente construída por seus pais, sua família, seus amigos, sua formação católica. Quem era esse cara que ousava desafiar todas as suas certezas em tão pouco tempo? E afinal, como era frágil essa estrutura!

Enquanto você dormia eu saí e fui buscar umas cervejas, não sei se você gosta, mas pensei que seria legal, para nos refrescarmos e comemorar o primeiro dia de aula, disse, abrindo espaço para ele passar, depois de ter examinado o quanto quisera todos os detalhes visíveis de seu corpo. Estranho é que o Alex não conseguia esboçar a menor reação a essa invasão que o Marcelo promovia em seu corpo e em sua vida, não relutava enquanto sentia aquele garoto destroçar certezas de toda sua vida, e chegava a se sentir atraído pela condição em que esse cara o colocara, pela situação que não estava compreendendo. Estranho é que ele permitia.

É uma boa, disse o Alex, saindo do banheiro um pouco embaraçado porque sentia que o Marcelo continuava a segui-lo com o olhar, olhos colados nas tábuas do soalho, procurando no corredor a porta de seu quarto. Entrou, meio apressado, sentou-se na cama, queria vestir uma roupa, qualquer roupa, começou a revirar a mala ainda por desfazer, apalpando camisetas e bermudas e meias e calças e camisas e mais meias. Pô, nenhuma cueca, nenhum short, pensou, enquanto ouvia o Marcelo indo até a cozinha, abrindo a porta da geladeira, dizendo tá bem gelada, e voltando, passos só audíveis porque o piso rangia em alguns lugares do corredor e da sala. Quando o Marcelo entrou com as latinhas na mão, sorriso aberto no rosto, o Alex estava com um par de meias na mão esquerda e uma camiseta estampada na direita, a toalha felpuda enrolada na cintura. O máximo que pôde fazer foi largar aquela roupa no chão e sorrir meio de lado.

IV

Tá muito quente, não acha Alex?, o Marcelo foi dizendo e sentando na cama ao lado dele, estendendo a mão e oferecendo uma cerveja para ele. Aí, tirou a camiseta que vestia e a jogou no chão. Cruzou as pernas sobre a cama, tirou as meias e se ajeitou, ficando mais ou menos como naquela posição da ioga. Agora só vestia o short.

Ele tentava não olhar para o Marcelo, mas o Marcelo olhava bem para ele, podia sentir.

Disseram que aqui é quente o ano inteiro, Alex respondeu, se sentindo meio tolo, como se o que quisesse dizer não fosse o que estava dizendo.

Tomaram os primeiros goles, e ele sentiu o líquido dourado, muito frio, descendo pela garganta, abrindo espaço pelo esôfago até atingir o estômago, esfriando-o por partes até preenchê-lo totalmente com uma sensação gelada, confortável.

Virou-se para o Marcelo, querendo iniciar uma conversa que ele pudesse dirigir e sentiu seu rosto arder com o olhar dele. Desviou o olhar, confuso. Sentia a energia vinda daqueles olhos e que o atingia nas partes mais escondidas de sua alma. Sabia que aquele cara o estava fazendo expor segredos seus, que nem ele próprio conhecia. Sentiu-se desestruturado, incapaz de resistir, não sabia bem por quê.

Não queria olhar para o Marcelo, mas não podia mais evitar. Aos poucos, enfrentando a insegurança que sentia, a ardência do rosto, uma vergonha não sabia de quê, foi arriscando espiar, meio furtivo a princípio, vacilante, para aquele cara ali a seu lado. E a cada lance, a cada gole de cerveja, a cada palavra que diziam, ia percebendo gestos e atitudes que o deixavam cada vez menos embaraçado consigo mesmo, ia notando alguma coisa que achou que fosse cumplicidade por parte do Marcelo. E foi ficando cada vez mais fácil. Algumas latinhas tomadas, já era difícil tirar os olhos dele.

Muita cerveja depois, não estava acostumado a beber tanto, olhar pregado no Marcelo, meio descarado agora, olhando tudo porque queria e era bom de olhar: os limites do cabelo muito curto, as sobrancelhas cheias, mas não encontradas sobre o nariz, emoldurando os olhos vivos mas tranqüilos, o nariz reto com as narinas a denunciar o compasso da respiração, a boca, ah, a boca, tão forte e suave, ora entreaberta, lábios levemente umedecidos, ora sorrindo largo, os dentes muito brancos aparecendo, brilhando.

Naquele rosto ele via paz, naquele momento ele sentia que

Marcelo compreendia essa coisa que acontecia entre eles. Uma coisa que era um pouco essa sua vontade de ficar olhando sem parar para ele.

Desceu os olhos pelo peito dele, acompanhando a forma e a cor dos mamilos emoldurados pelos músculos jovens e firmes, o movimento harmônico de respirar, o abdome, meio dobrado, porque ele se recostara na guarda da cama e apoiara seu peso num dos cotovelos dobrado sobre o travesseiro, uns poucos pêlos lisos próximos da cintura, as dobras das coxas, mostrando um caminho até então proibido para ele, aquele short xadrez, um pouco justo, que, na posição em que ele estava, com as coxas bem abertas, demarcava o contorno do seu pau e ainda deixava uma brecha por onde ele via o vão das coxas, com pêlos, ali mais espessos e crespos, que se continuavam pelas coxas, diminuíam nos joelhos e iam terminar nas pernas, próximo dos tornozelos. Já não sofria com a dúvida, já não tinha lugar para dúvidas em sua cabeça. Olhava e continuava a olhar porque queria e era bom de olhar.

Fiquei te espiando enquanto você dormia, o Marcelo disse, quando percebeu que o Alex já havia revistado todo seu corpo com o olhar.

E, abrindo uma outra lata, tomou um longo gole da cerveja. Apagou seu sorriso do rosto encarou o Alex, fixo, intenso. Esperou que Alex sentisse a força daquele momento, esperou que ele também o olhasse com a mesma intensidade e seriedade. Alex sentiu seu coração batendo, batendo, sentiu um vazio no estômago, sentiu aquela espécie de vertigem tomando conta dele de novo enquanto ia virando o corpo, colocando as pernas sobre a cama, imitando a posição do Marcelo, até ficarem frente a frente. Olhou fundo nos olhos do Marcelo, que deslizou sua mão pelo lençol até tocar no joelho dele, subindo por sua coxa para encontrar a toalha felpuda. Com a ponta dos dedos, desfez o enrolado da toalha na cintura dele e a abriu lentamente, deixando à mostra todo o corpo dele. A respiração do Alex foi se tornando mais profunda, o coração batendo mais intenso, acompanhando as batidas do coração do Marcelo, a respiração dos dois quase no mesmo ritmo, inspiração-pausa-expiração. Sentiu-se frágil, exposto, ali, na frente daquele cara tão seguro, tão firme, tão... Ah, a sensação de tontura, vertigem, agora ainda mais intensa. Não queria mais relutar: curvou-se para frente, braços estendidos para alcançar o elástico do short xadrez do Marcelo, passou os dedos por dentro, forçou a abertura e o puxou para baixo, enquanto o Marcelo estendia as pernas para que ele pudesse tirar o short e jogá-lo no chão. Agora estavam completamente nus. Seguravam os olhos bem dentro dos olhos do outro, sem sorrir nem piscar. Ele viu que o Marcelo estava com o pau tão duro quanto o dele. Eles não escondiam, não era feio. Instintivamente Alex pegou no seu próprio pau. Marcelo segurou no braço dele e começou a mexer devagar, para cima e para baixo. Com a outra mão segurou no seu próprio pau, mexendo também, lenta e compassadamente. Ele sentiu um leve estremecimento no Marcelo. Ele mesmo também estremeceu. A espécie de tontura, vertigem ou enjôo foi tomando conta dele conforme o ritmo dos movimentos foi aumentando. Olhavam-se, olhos nos olhos, cúmplices.

Alex, estranhamente calmo, segurou a mão quadrada do Marcelo. Deslizou sua mão longa, quase sem tocar, pela coxa do Marcelo até a virilha, roçou seus dedos nos pêlos crespos que encontrou ali, e segurou, suave, carinhoso, o pau dele. Duro, quente, úmido de suor. A mão do Marcelo também agarrou o pau do Alex, olhos bem dentro dos olhos, sem sorrir nem piscar. Agora podiam sentir claramente o corpo do outro pulsando. Agora podiam perceber as sensações um do outro a marcar o ritmo exato de cada movimento que faziam com as mãos. Foram se sentindo, meio embriagados pelo ritmo dos movimentos, que ia aumentando quanto mais se excitavam. Seus corpos se aproximaram mais e mais, ajoelharam-se na cama erguendo a bacia, encostando os tórax, misturando os suores, sentindo as vibrações de seus corpos se confundindo. Esfregaram-se, procuraram maior contato através da pele, a respiração mais e mais profunda e rápida, as bocas semi-abertas, quase encostadas, molhando com saliva os lábios do outro. Suas mãos largaram os paus para se abraçarem. Agarraram-se: as mãos de um nas costas nuas e fortes do outro. Aproximaram seus corpos para encostar coxas nas coxas, para encostar seus paus duros, quentes e úmidos, e esfregaram-se, esfregaram-se, molhados de suor, inebriados, ofegantes. Encontraram, com seus paus, os vãos proibidos das coxas do outro. Sentiam o pulsar das cabeças túrgidas entre suas coxas, sentiam o outro mexendo, para frente e para trás, roçando, cada vez mais entrelaçados, cada vez mais carinhosos, cada vez mais intensos. Afundaram suas bocas um no outro, suas línguas se lambendo, seus corpos procurando se enroscar mais e mais. Sentiam algo como uma emoção incontrolável no seu interior crescendo, se avolumando, quase extravasando. Corações batendo, os corpos se misturando, as bocas unidas, os peitos colados, o suor, os paus se entrelaçando e roçando nas coxas do outro, aquela sensação crescendo, crescendo, expandindo seus corpos por dentro, até que, como numa explosão fantástica, jorrou do corpo deles o líquido quente e denso, molhando tudo em volta, lambuzando suas coxas, como uma onda gigantesca batendo violenta nas pedras de uma praia qualquer.

Ficaram assim, abraçados, suados, lambuzados, boca na boca, ele não sabia quanto tempo durou, sentindo-se suaves, leves. Sentiu o coração do Marcelo bater, bater, quando afastou sua boca da dele e deitou a cabeça no seu ombro. Sentiu os músculos do Marcelo relaxarem. Os dele também. Amoldaram seus corpos sem se largarem, sentindo nas mãos o suor das costas do outro, a respiração tornando-se mais profunda e longa, compassada, inspiração-pausa-expiração, olhos fechando, pernas amolecendo. Ele sentiu a língua do Marcelo passar em seu pescoço. Deixaram os corpos cair no lençol molhado com seus líquidos. E assim adormeceram.

V

Ele acordou com um galo cantando, ainda escuro.

Galo? Ah, Botucatu, faculdade, casona, Marcelo, sexo, lembrou-se.

Estava sozinho. O quarto pareceu-lhe enorme. Levantou-se da cama, pisou nas roupas largadas no chão. Olhou em volta: mala revirada, lençol manchado cheirando a sexo, um emplastrado grudado nos pêlos do vão das coxas, puta bagunça no quarto, pensou, puta bagunça na minha vida.

Botou um short, agora conseguiu encontrar um, calçou um tênis sem meia, pôs uma camiseta qualquer e saiu do quarto sem arrumá-lo. Impossível arrumar o quarto sem arrumar a vida. Quase correu até a cozinha, sem fazer qualquer barulho. Não, não queria acordar o Marcelo, que devia estar dormindo no outro quarto. Na verdade, não queria nem saber se estava ou não. Só não queria encontrar ninguém naquele momento.

Saiu pela porta da cozinha que dava para o quintal dos fundos, com um copo de água na mão. Procurou um barracão, que ele sabia que tinha lá no fundo da casa, sua tia Laura lhe havia dito. Queria se esconder, queria pensar no que havia acontecido. Não que ele não soubesse o que tinha acontecido, sabia muito bem, mas queria entender como, por quê.

Encontrou o barracão: cadeado fechado na porta. Voltou rápido até a casa, entrou pela cozinha, apanhou as chaves, cuidado para não fazer barulho, e voltou para abrir o cadeado. Entrou, fechou a porta, abriu uma janela de madeira e jogou-se no chão, olhos voltados para as telhas sem forro do galpão.

Tentou lembrar-se da namorada, bater uma punheta pensando nela, talvez. Mas não conseguia lembrar-se mais dela, nem da sua bunda, nem de seus peitos. Nem que fosse só para uma punheta maquinal, que espantasse aquela imagem de si mesmo que estava em sua cabeça. Porra, faz só um dia que estou aqui, mas parece tanto tempo, parece que tanta coisa aconteceu, tão distante ficou essa relação, pensou. Tentou pensar nos amigos, nas festas, nas boates, nos barzinhos, mas não conseguia se lembrar de verdade. Parecia que tudo aquilo era parte de um passado muito remoto. Que a sua história não passava de um monte de mentiras, inventadas também por ele mesmo, para manter as coisas de um modo aceitável para ele, mas principalmente para os outros. Mentiras que eram recontadas, recontadas, infinitamente, até que ele, e todos, acreditassem como verdade. O que ele queria mesmo era descobrir que só o dia anterior fora uma mentira. E que, de resto, nada havia mudado.

Mudado? Não, não queria aceitar que alguma coisa tivesse mudado.

Não, não podia ser. Talvez tudo tenha acontecido por causa da cerveja, muita, ele não estava acostumado a beber tanto. Ou podia ter sido por causa da mudança de São Paulo, por ter se sentido sozinho pela primeira vez em sua vida, sem os amigos, por ter que enfrentar a faculdade sem o calor do ninho, sem os pais, ou por ter encontrado aquele filho da puta do Marcelo, aquele veado, louco para transar com o primeiro garoto que encontrasse, pensou.

Ouviu o galo cantar outra vez. Cacete, cala o bico, pensou, não vá acordar o Marcelo, não vá acordar a cidade, não vá acordar o mundo, saco!

Não, não queria que ninguém acordasse naquele dia. Não queria encarar ninguém! Estava se sentindo perdido, ali, deitado no chão de um galpão da casona que a tia Laura tinha conseguido naquela cidade do interior. E o puto do galo cantava e cantava, querendo acordar todo mundo e expô-lo a todos naquele dia.

Os vãos das telhas começaram a deixar passar os primeiros brilhos do dia. Não, não amanheça, eu não estou pronto ainda! Ainda não sei como te encarar! Ainda estou sentindo as vibrações da madrugada, ainda estou sentindo os braços se entrelaçando, os corpos se enovelando, as línguas se enroscando, os suores se misturando. Não, não amanheça ainda! Ainda não sei como me encarar!

Confuso, lembrou-se da sua infância e adolescência naquela casa da Lapa, rua sem saída, sobradinho pequeno de dois quartos, sala, cozinha e banheiro, quintalzinho mínimo, cachorro, vizinhos, mercearia, padaria, oficina de funilaria, escola.

Lembrou-se das brincadeiras com os meninos e as meninas na rua, lembrou-se de duas, não, de três professoras do primário, da brincadeira de índio com seu amiguinho mais próximo, o Mauro, de umas sacanagens com ele, um mostrando o pinto para o outro, depois roçando, depois um encoxando o outro.

Lembrou-se da piscina do Parque Municipal, quando ficava olhando os shorts dos mais velhos, tentando adivinhar o tamanho do pau de cada um, principalmente o do Godoy, lembrava até do nome dele, um cara grandão na sua visão de garoto quase púbere: pernas e braços fortes, torneados, lisinhos, tórax bronzeado, bem definido, lisinho, nenhum pêlo, maiô preto, justinho, marcando muito o contorno do pinto e do saco, lá, do outro lado, na beira da piscina enorme, intransponível. Ele também, enorme, inatingível. Lembrava-se claramente. Lembrou que um dia até sonhou com ele.

Lembrou-se do terreno baldio que tinha na rua paralela à da sua casa, da caverna que um dia o Beto e ele encontraram. Naquela época parecia uma caverna muito grande, enorme mesmo. Lembrou-se que ficaram explorando essa caverna vários dias, não contaram para ninguém e tomaram posse dela como se fosse só deles. Depois passaram a visitá-la às escondidas, só os dois, inventando joguinhos e brincadeiras que só eles conheciam, um ganhando a confiança do outro. Quando se sentiram seguros quanto aos segredos entre eles, começaram a explorar o corpo um do outro, passaram a se tocar, a se acariciar, a se beijar secretamente, até que, depois de muito se esfregarem, aprenderam a gozar um com o outro. Não, não eram mais tão crianças: treze, catorze anos, talvez, mas com certeza já tinham entrado na puberdade. Não, não sabiam bem do que se tratava, não tinham responsabilidade sobre seus atos. Mas já sabiam o que era ter prazer com sexo. E, excitados, sempre inventavam desculpas para voltar à caverna.

Lembrou-se de que, já um pouco maior, muitas vezes preferiu viajar só com os amigos, largando a namorada, porque sempre rolava dormir na mesma cama ou no mesmo sleeping-bag de outro garoto da turma, sempre acontecia tomar banho junto, sempre acontecia algum contato físico. E que, só de imaginar o que podia rolar na viagem, ele já ficava excitado. E logo tratava de arranjar alguma desculpa para não levar a namorada.

Lembrou-se de quantas vezes foi a shows de bandas de rock, e agora percebia que era só para ficar vendo os roqueiros, sempre com calças muito justas que delineavam suas bundas, coxas e seus paus, peitos descobertos, mexendo o corpo de tal maneira que ele ficava com tesão só de ver.

Lembrou-se de como se excitava ao ver alguns artistas nos filmes que ele pegava na locadora para assistir em casa, sozinho, sem ninguém para reprimir. Lembrou-se de que se fixava nos homens nas cenas de sexo, que não descolava os olhos dos corpos deles. E que voltava e voltava a fita para não perder ou para rever os detalhes. Agora percebia porque sonhava tantas vezes com aqueles corpos e acordava excitado, com o pau duro espremido entre sua barriga e o colchão. E, rápido, firmava o pensamento na namorada para poder inocentar-se daquele tesão.

Lembrou-se de como justificava, para si mesmo, cada uma dessas atitudes, de como tinha sempre uma explicação que para ele bastava, lembrou-se de como negava o que agora sabia.

Lembrou-se, lembrou-se. Lembrou-se disso e daquilo.

Pensou, pensou. Pensou nisso e naquilo.

Levantou-se, abriu a porta do galpão, encontrou o dia claro, ouviu o galo cantar mais uma vez. Já não importava que ele acordasse todo o mundo. Caminhou até a porta da cozinha, entrou, seguiu até o quarto do Marcelo, abriu a porta e o encontrou acordado, ainda nu, deitado na cama, meio encostado na cabeceira, olhando para ele, sorrindo manso.

Olhou para ele, pensou que nada mais seria o mesmo em sua vida daquele momento em diante, pensou em tudo o que teria que mudar, pensou nas pessoas, pensou nas dificuldades que teria que enfrentar.

E sorriu tranqüilo. Sem pressa, sem culpa, sem limites.

Lucas Traut nasceu e foi criado em São Paulo, tendo vivido sua infância e adolescência no bairro de Pinheiros.
Médico especializado em ortopedia, atua nessa especialidade em Santo André, onde reside atualmentte.

O vento, a chuva
Vivi Martins

Espero, sorrindo,
que você tropece em mim,
que seus olhos encontrem os meus...
Sei quando você vai se sujar com o guardanapo. Vi quando esbarrou na mesa, quase derrubou a cadeira, atrapalhou-se com o cardápio. Adivinho a cara de espanto da nova garçonete quando receber seu pedido nada convencional e antecipo o sorriso no olhar com o qual a brindará logo em seguida. Seu divertimento em observar as pessoas tão compenetradas, debruçadas em seus pratos, como se eles fossem fugir a qualquer momento... Uma grande travessa repleta de legumes coloridos vai sumindo de sua frente, aos poucos, enquanto todos os relógios do mundo continuam marcando as horas e os minutos, pessoas chegam e se vão, o Sol continua se pondo, mais pessoas chegam e se vão, a chuva começa a cair e eu continuo lhe observando, enfeitiçada.

Nesse meio de tarde quente, que a chuva agora abranda, um par de olhos atentos observa a moça sentada a duas mesas de distância. Não é uma mulher espetacular. Seria até comum, não fosse o brilho de sua face magra e angulosa, com mais espinhas que seriam de se aceitar em uma pessoa de vinte e poucos anos. Pelo menos é o que se supõe que ela tenha, assim como se imagina o que carrega nessa pasta grande que a acompanha todos os dias: desenhos. Desenhos lindos, sonhos materializados... Nesses intervalos do trabalho, em que pessoas procuram se distrair dos seus problemas diários, a imaginação solta cria, sem pudor, uma vida interessante e repleta de emoções para a mulher pacata que almoça sempre no mesmo horário e no mesmo lugar. Não é a primeira vez que é vista, que é percebida inteiramente, como se houvesse apenas duas pessoas neste restaurante, ponto de encontro de bancários que não têm hora para almoçar. E em plena avenida Paulista, coração financeiro de São Paulo, o mundo pára, por um instante: uma nova história começa a se desenrolar, neste momento.

Não que a mais velha não tenha histórias para contar. Artesã de sua própria vida, ela vai tecendo seus pontos, com paciência e determinação. Várias vezes se interessou por pessoas desconhecidas e foi atrás de seus sonhos. Experiências, já teve várias e sabe que todas valeram a pena. Todos os sonhos devem ser seguidos, sabe ela, e vai ouvindo os seus instintos, caminhando pela vida e recolhendo seus tesouros, que carrega dentro do coração como jóias que não ostenta. Se alguém olhasse com mais atenção no fundo dos seus olhos, conseguiria ver o brilho incomum que ela oculta e que, de repente, pode se manifestar: ela sorri com o olhar. Não é uma tecelã presa em uma torre. Antes, sai à vida e busca, tirando de seus próprios recursos, a matéria-prima de que necessita. Mas não é uma aventureira: apenas se alimenta da vida e do que ela pode lhe proporcionar. Cada pessoa é única e as experiências que ela carrega também são únicas. Seus cabelos estão embranquecendo e não têm mais a ligeireza de movimentos que possuía antes, mas de suas mãos fluem carícias que saem do fundo do seu coração, e de sua boca palavras suaves caminham pelo ar e encontram ouvidos nem sempre acostumados à atenção e ao carinho. Sabe extrair de cada corpo que toca o máximo do prazer, não porque tenha passado por várias camas, mas porque ama, real e verdadeiramente, cada pessoa que encontra em seu caminho e que permita ser amada por ela. E, como tudo é finito até que se prove o contrário, ela continua buscando o que sabe que existe: o amor verdadeiro, que não morre porque existem diferenças, mas que se fortalece com elas.

Um leve aceno é notado e imitado logo em seguida. Resta saber qual conta chegará primeiro, e o que acontecerá logo em seguida. A chuva que cai não é barreira para nenhuma das duas, que querem seguir o seu caminho. Uma, porque tem pressa em sentir os pingos d'água em seu cabelo e em seu rosto, para se aliviar de um dia tenso, e a outra, porque quer seguir o rastro de luz que se fez em seu coração. Não há lógica aparente em seus movimentos e isso as faz mais puras. Apenas o sentimento as guia e elas voltam a ser crianças, por um momento. A calçada as aguarda e a mesma chuva que a lava, recolhendo o pó e os papéis e pontas de cigarro jogados por pessoas descuidadas, as envolverá, quando saírem da proteção do toldo e as limpará, também, mas por dentro, de um modo sutil e absoluto. Sem hesitação, abraçada à sua pasta como se quisesse protegê-la ou ser protegida por ela, a mais nova sai na frente, com um sorriso. A outra, aflita, aguarda que a garçonete medieval lhe traga a conta. Não há tempo mais longo do que o da espera e os minutos são séculos quando nos separam do nosso objetivo. Com um suspiro, ela vai até o balcão e paga rapidamente. Quando consegue sair à rua, olha em volta e não vê a moça. As pessoas que passam, apressadas, não percebem a sua decepção: ninguém a olha. Poderia chorar, se quisesse, mas não quer. Sabe que a verá amanhã, como todos os dias, mas hoje pressentia ser um dia especial. Não sabia ao certo o que aconteceria, mas seu coração batera diferente quando a vira sentada naquela mesa. Balançando a cabeça, com um meio sorriso nos lábios, deseja a si mesma mais sorte da próxima vez. Procura uma vez mais, esticando seu olhar para longe. Não era possível que a outra se afastasse assim, tão rápido. Pensa novamente no tempo, e novamente sorri. Tudo é tão relativo! Olha o relógio, preocupada, pois precisa voltar ao escritório.

Em meus velhos dias,
Um ar novo, o vento:
Movimento.

Sei que seus pés estavam prontos a cair na estrada, mal suportando a vontade de curtir a chuva que cai, aos cântaros, lá fora. Mal esperando para se encharcarem nas poças d'água acertadas propositadamente (o prazer de sentir, o prazer de ouvir o barulho das solas forçando a entrada nas paredes horizontais, espelhos de imagens distorcidas – prédios, postes, fios, nuvens, céu cinzento – destruídos por... quem mais, senão você mesma?). Com certeza não haveria nenhuma sombrinha na mochila displicentemente atirada na cadeira, nem nada de valor que pudesse deixá-la preocupada ou presa às vicissitudes da vida moderna, como dinheiro em abundância ou cartão de crédito. O que de mais valor você carrega ninguém poderia roubar...

Uma boa chuva, essa, que encharca meus sapatos mas também me limpa por dentro. Sinto a água que escorre como uma bênção, e quando levanto o rosto para recolher as gotas que caem em meus lábios a água se transmuta em bálsamo que alivia as dores que ninguém vê. Não saberia dizer ao certo para onde essa calçada me leva, tão compenetrada estou em saborear este momento. Algumas coisas pendentes ainda martelam meu cérebro, mas as escondo lá no fundo, pois sei que nada é tão urgente quanto eu mesma estar bem. O universo é grande demais para que eu me aborreça com pequenas coisas. Almoçar sempre no mesmo lugar tem lá as suas vantagens, mas hoje a garçonete nova me irritou um pouco, quando não entendeu o meu pedido tão simples. A gente acaba encontrando sempre as mesmas pessoas nesses lugares, e são todas mais ou menos iguais. Poderiam todos ser colocados na mesma forma. Homens engravatados, mulheres de terninhos, não importa o calor infernal que faz nesta cidade em janeiro. Gosto desse lugar exatamente para ficar olhando as pessoas e por destoar delas me sinto completamente à vontade. Não sei se estou viajando, mas achei que uma mulher estava olhando para mim. Pelo menos duas vezes nossos olhares se encontraram e ela desviou o seu, logo em seguida. É engraçada essa situação. Pensei que nunca passaria por isso, novamente. Não estou muito interessada em outro relacionamento, depois do fracasso desse último. Tão recente a separação que ainda acordo, às vezes, com a sensação da outra ao meu lado. Sua presença ainda é muito forte, dentro do meu coração, e as coisas que fazíamos juntas ainda me fazem sonhar. Mas esta é interessante, com seus cabelos grisalhos e seu jeito quieto. Notei que ela come lentamente, ao contrário dos outros, que devoram sua comida, como lobos famintos. Pela roupa que usa, deve trabalhar aqui por perto, em algum escritório ou coisa assim. Já a vi algumas vezes e ela se senta exatamente da mesma maneira que todos os outros. Mas alguma coisa é diferente nela, não sei porque. Bom, tenho que passar na copiadora antes que estes desenhos se molhem e eu tenha que refazê-los. Meu dinheiro está curto e não seria nada bom perder tempo com eles, pois tenho outra encomenda, graças a Deus. Trabalhar por conta é bom, mas a gente precisa ter muita disciplina. Em vez de ficar aqui sonhando com a mulher maravilha do restaurante, eu devia mesmo é ir direto para a copiadora. E nesta chuva, no meio dessa multidão apressada que se move não tem jeito mesmo de eu encontrá-la novamente. Talvez parada em alguma dessas banquinhas de camelô, sorrio eu, sabendo que, pelo jeito dela, seria mais fácil encontrá-la em uma das lojas da Oscar Freire. Não estamos tão longe uma da outra, ironizo. Algumas ruas nos separam mas as diferenças são tantas que parece que estamos em dois países diferentes. Basta atravessar uma esquina e o abismo se evidencia. Mas seria bom encontrar essa mulher e convidá-la para um café e talvez um bom papo. Sentaríamos em uma das mesas aqui mesmo onde estou e trocaríamos idéias e experiências, timidamente, a princípio, como todos os princípios, e com mais segurança depois, quando começássemos a nos conhecer, a descobrir a linguagem uma da outra. Entraríamos em sintonia, e não precisaríamos de palavras para nos expressarmos. A idéia do café é boa e resolvo tomá-lo, sozinha mesmo. Não importa. Uma vez alguém me disse que bastava uma pessoa para termos duas, e neste momento eu compreendo o significado dessa frase.

Um som etéreo

que encanta.

Magia.

Sei o que mais lhe agradaria: a música que sai das caixas acústicas da loja de discos na frente da qual estou passando agora. Ela lhe contagiaria e seus passos se tornariam cadenciados como essas batidas/marcação tempo/compasso. Seu corpo reagiria e seu coração passaria a bater de um modo diferente. Pulsaria diferente, também, ao olhar as estranhas formações de nuvens no céu, nas frestas que podem ser observadas por entre os prédios imensos dessa avenida. Seus olhos se deleitariam com o espetáculo da natureza que homem nenhum poderá copiar, por mais que tente. Você pararia e fingiria procurar alguma coisa dentro da mochila, enquanto escutaria um pouco mais da música, prolongando a sensação de êxtase por mais, mais tempo. Por todo o tempo que pudesse...

Um vento forte, com sua inconseqüência tão adolescente, levanta saias, desmancha penteados, desfaz a pose das pessoas. Neste momento, seres humanos sentem a força indomável da natureza e se rendem a ela. Esse vento, que sopra ao contrário da mulher que caminha apressadamente, não hesitaria, certamente, em carregar a pergunta que ela deseja fazer e que martela sua mente, enquanto

O vento, a chuva

continua a andar e procurar em todas as direções o que nem sabe mas anseia. Uma esperança contida e alimentada cuidadosamente esquenta o seu coração quando avista uma moça que caminha à sua frente, lentamente, sem guarda-chuva. Mas não é ela, constata um pouco depois, quando se aproxima. Não seria tão fácil, suspira. Encontrar uma pessoa que não se conhece em meio a pingos d'água, guarda-chuvas, camelôs, pessoas que passam correndo... Faltam os cachorros, mas esta avenida é nociva a eles. Apenas aos domingos, quando os donos resolvem passear com eles solidamente presos a coleiras, é que é possível vê-los, abanando as caudas de contentamento por estarem livres de suas prisões. Quase livres, é verdade, seu movimento limitado pelo tamanho das correntes que lhes prendem. E o quanto somos livres dentro do nosso espaço é o quanto podemos sonhar e construir nossas realidades dentro da fantasia que nos permitimos, quando não nos apegamos demais à materialidade da vida. A mulher mais velha procura, com os olhos, enquanto se encaminha para cumprir o seu papel no escritório. Duas partes carrega dentro de si, que se completam uma à outra, dando forma e conteúdo ao que ela apresenta ao mundo e que acompanha o cartão de visitas que ela oferece às pessoas que vem a conhecer. Poucas notam mais do que o pequeno papel que, em letras delicadas, declina o seu nome. Poucas procuram saber como ela verdadeiramente é. Mas para quem ousa, ela revela uma grata surpresa. Possui milhões de modos de surpreender uma pessoa e a fazer sorrir, mesmo nos piores momentos, mesmo nos dias mais negros, como um dia chuvoso e abafado como hoje. Não seria mal se ela finalmente encontrasse alguém que a fizesse sorrir também e que a ajudasse a vislumbrar a delicadeza de uma troca efetiva, quando duas pessoas se amam e se respeitam, de igual para igual. Enquanto caminha e procura pela moça, espichando seu olhar para dentro das lojas e dos cafés, ela sabe que é apenas mais uma personagem entre milhões.

Semente
Irrompendo em
Vida.

Sei que você adoraria ser tocada como nunca ninguém lhe tocou: no fundo de sua alma, a música lhe arrebatando e levando para lugares com os quais nunca sonhou. Mais que os pingos dessa chuva e o vento que sopra, a emoção lhe transportaria e lhe traria a vida verdadeira, não a vida representada ou sonhada que você se acostumou a ter. Se você ousasse, se quisesse... Se erguesse seus olhos e enxergasse além do seu horizonte. Se agarrasse com toda força a mão do destino...

Estaríamos ambas órfãs da vida, não fosse o acaso que fez com que nos encontrássemos em plena rua. Eu, entrando na copiadora, molhada até os ossos, com a minha pasta encharcada e ela, também molhada pela chuva e tremendo de frio. Paramos na frente uma da outra, nesse momento, e foi como se o mundo também parasse, se congelasse e só passasse a existir seus olhos, seus lindos negros olhos que me fitavam aflitos. Também tive medo, nesse momento, mas sorri e ela me sorriu de volta, timidamente. Subitamente, tive a certeza de que ela me esperara este tempo todo e me procurara por entre essa multidão que, como por milagre, desapareceu da nossa frente. Não trocamos uma palavra. Não foi preciso. E hoje, aconchegada em seus braços, ouvindo o murmúrio de sua voz dentro dos meus ouvidos, que percorre toda a extensão da minha espinha e se aquieta dentro do meu coração, percebo que eu também a esperei por todo esse tempo, e me preparei para recebê-la. Não somos mais velhas uma que a outra: temos a mesma idade. A idade da vida, a idade do amadurecimento de quem não se poupou por não ser covarde e não se furtou à vida. O vento e a chuva somos nós, em última instância.

Vivi Martins é estudante de filosofia, 42 anos, paulista. Publicou o livro Diálogos plausíveis mas improváveis *(Ateniense, 1994) e participou de várias antologias de poesias e contos pela Scortecci Editora.*
Extremamente ligada à vida, faz dos pequenos detalhes motes para o desenrolar de seus contos e deles extrai, com delicadeza, os fios com os quais tece as suas tramas. Atualmente passa por uma fase de transformação de seus valores, o que a torna mais sensível ao novo e redireciona seus caminhos pelo mundo.

AUTORES CONVIDADOS

Boa vista
Fátima Mesquita

Os bancários estão nervosos andando de um lado para o outro da rua Boa Vista na hora do almoço. Em frente a uma agência, o sindicato colocou enormes caixas de som e mesmo do alto dos prédios é possível ouvir trechos de discurso entrecortados por versos de música. Ouço Caetano, Marisa Monte, Raul Seixas, um pouco de tudo. Depois, a voz estridente de uma mulher lança no ar caótico do centro velho de São Paulo um comando: "Companheiros, vamos sair em passeata em nome do amor! Vamos sair cantando... Os banqueiros são contra o amor, contra o emprego, contra a paz. Nossa campanha salarial..."

Da minha sala, penso em como o dia se tornara diferente, em como a rotina fora maculada por aquilo tudo. Os offices-boys estão dependurados nas janelas e riem e apontam e suam nervosos. Ninguém trabalha direito. É impossível falar ao telefone com tamanha barulheira lá embaixo. Além do mais, de um jeito ou de outro, todos nós tememos, porque, aqui e ali, surgem grupos de policiais rabugentos que trazem cães e cara feia. O cheiro da adrenalina se esparrama pela calçada, invade os bueiros, o soalho das lojas e dali se espalha pela calçada, evapora, vindo dar cada um no alto do edifício. Aquele vai-e-vem me comove. E eu só penso mesmo em descer e me misturar aos sons cívicos que toda manifestação pública tem. Não é questão de concordar ou não com a pauta de reivindicações ou com os meios de exigi-la. É apenas um certo tesão que sempre me dá quando vejo a bandeira do Brasil, quando ouço o hino, gente se mexendo com esse ardor de conquista...

Olho o relógio grande que tenho bem em frente, na parede enormemente branca que me faz companhia há cerca de dezessete anos. Quinze para uma. Dezessete anos. O relógio é novo. Digital. Foi trocado há alguns meses. A parede é que é antiga em meus sentimentos de prisioneira do tempo, prisioneira deste banco, desta vida que eu já não distingo se é minha ou se é dele, do banco. Guardo meus papéis na gaveta. Pego minha bolsa.

– Lourdes, vou comer. E depois passo na loteria pra arriscar na mega sena...

Lourdes chegou dia desses. É estagiária nova. Silenciosa e ágil. Quase uma serpente. E como resposta me oferece um sorriso de cobra pequena que me enrosca a alma, quase me sufoca... Será que vou me apaixonar por essa Lourdes?! O elevador chega. O Robson, office-boy do terceiro andar, está rindo histericamente – parece bêbado. A ascensorista desaprova, franzindo a testa como se ela fosse um enorme tapete amarrotado. Eu só penso em Lourdes. Na pele jovem dela esbarrando no meu cansaço. São dezessete anos no mesmo emprego, no mesmo endereço... De vez em quando, trocam os móveis, pintam de novo as paredes, enquanto eu permaneço...

A confusão do hall de entrada do prédio é enorme. Só o quadriculado de mármore das paredes imponentes do edifício parece viver em sossego. Eu caminho adiante, desvencilhando-me da pequena multidão que se aglomera na calçada ali defronte. Tenho fome, tenho pressa. Estou cansada da solidão, da minha casa gelada e calada. Estou cansada da minha sala, da minha mesa, do meu patrão. Sexta-feira, uma da tarde, dia 18 de outubro de 1999. Meu nome é Aparecida Michellini da Costa. Tenho 37 anos. Um só emprego na carteira. Tenho muitos planos. Um só desejo na vida: ação!

O barulho na Boa Vista é enorme. Mesmo quem não está envolvido com a história da passeata se aflige e fala e ri mais alto, enquanto dá passos mais largos e gesticula de modo mais farto. Eu grudo minha bolsa contra o corpo e avanço. Na esquina, dobro o calçadão da rua 3 de Dezembro e entro no segundo restaurante à esquerda. Subo as escadas, dou num salão. Entro na fila do bufê. Peso meu prato. 450 gramas. Ajeito-me numa cadeira, numa mesa de canto. Sento. Olho o prato. Brócolis, vagem, alface, arroz branco. Um bife à parmegiana. O molho. Uma gelatina de morango. O copo de água com gás. O barulho, a comida, o cheiro de fritura, a agonia, os que vou sufocar. Acho que vou desmaiar. Aperto as pálpebras contra o globo. Respiro fundo. Um, dois, três, qua...

– Com licença. Posso sentar?

Abro os olhos. A visão ainda não é plena. O foco custa a se ajustar. Faço que sim com um aceno da cabeça. A moça pousa em seu lugar. Os sons somem. Finda a confusão em minha cabeça...

Ela é linda! Tem ruguinhas espalhadas pelas têmporas, os lábios extra-finos, os olhos negros e pequenos. O cabelo parece uma nuvem de caramelo... Ela enche o garfo de tomate e agrião, levanta os olhos, sorri para mim. E eu quase esqueço o meu nome, o número do meu cpf, o que vim fazer aqui.

Meto meus olhos no prato, parto o bife três mil vezes, afogo-me no copo de água... Mas nada basta, nada me afasta do rosto dela. Alguém, lá longe, deixa cair um prato. Ela se vira para ver e quando volta o rosto para mim, eu estou em chamas. Ela repara e me diz:

– Menina, que dia agitado!

E dispara a falar, faz perguntas, ri. Eu relaxo um bocado. Respondo. Pergunto. A passeata parte, segue cada vez mais longe, o salão se esvazia. Vazio também estão os dois pratos... O nome dela é Adriana. Ela também é bancária. Tem 29 anos. Mora na Móoca. É formada em administração de empresas. Mora sozinha, num apartamento herdado da avó. A família é sua vizinha. Gosta de jogar buraco, fuma de vez em quando, não gosta de bichos, não gosta dos Beatles, não gosta de praia.

Eu tomo coragem e metralho:

– Você tem namorado?

Ela ri. Lança no ar borboletas de todas as cores, com aquele riso que é lindo, leve, uma graça! E me dá como resposta uma mordida no canto dos lábios. Mira o relógio um instante.

– Menina!! Já é tarde!!

De repente, aquilo me assusta: são quinze para as três!

O Arnaldo vai pensar que entrei na onda da passeata... Que nada! Ele me conhece, sabe como sou covarde, parada... A Adriana está se levantando, agitada. Eu me estico e, num salto, tomo dela o papelzinho, avanço sobre o caixa e pago. Ela nada diz. Está só me enredando com seu charme, com os dois mil sorrisos que esculpe em sua face por segundo. A gente desce junto as escadas. Lá embaixo, a confusão diminuiu, mas restam os camelôs de sempre: cartão telefônico, ferramenta, ursinhos de pelúcia, cds falsificados. Na esquina, um carrinho faz coquinho na hora incendiando o ar com aquele açucarado sem fim. Na outra ponta, um senhor de idade vende enormes pedaços de abacaxi e melancia. Dois mendigos dormem debaixo de uma placa "Aluga-se", enquanto uma criança encosta-se num poste para fazer xixi. O céu está cinza e surge entre os prédios sem gosto, sem nada.

Eu gosto de andar no centro, mas às vezes, muitas vezes, esse exercício de pobreza, de tristeza, de desamparo, me cansa de um modo absoluto. Eu preferia ver por ali o caos forte da passeata. O jeito triste do brasileiro comum me irrita, me frustra. Olho para os lados: Adriana aqui e, ali, uma família inteira – pai, mãe, duas crianças – toca violão, pandeiro, triângulo... O pai, baixo e gordo, bem moreno, tem um butijão de gás na cabeça!!! Eu puxo Adriana pelo braço, para que ela veja a cena. Ela se vira, se confunde, esbarra. No meio do turbilhão do dia, no meio da confusão da Boa Vista, ela quase me abraça. E aquele quase, nesta hora exata, me basta. Porque eu sinto essa tristeza aguda, dos anos gastos no banco, do cheiro da minha gente, do que já me encheu os olhos de aguras, depois de tantos anos trabalhando no centro: sempre a mesma pobreza, cada vez mais pobre, cada vez mais dura.

Já a Adriana tem outra textura. Mesmo sem conversarmos sobre isso, dou conta de sentir nela, na pele dela, no rosto, em tudo, que ela não sofre o mesmo, que flutua, passeia longe disso, não se dá conta de que a vida é absurda, insossa, feita de febris espinhos. Ela gosta do Supertramp, gosta de cozinhar e de ir para o mato ouvir cachoeira. Gosta de transar com vela acesa, gosta de lua cheia, gosta de ler Paulo Coelho. Ela...

Ela chegou na porta do prédio dela. Ela diz que quer tomar uma cerveja no final do dia. Eu digo que sim, que tudo bem. E ela evapora, instantânea. Eu recuo uns centímetros. A garoa começa. Eu atravesso a rua. Ando uns metros. Estou de novo no hall, no elevador, na sala, na mesa. A minha cadeira me reconhece. O Arnaldo passa e brinca:

— Achei que você já estivesse em greve...

Boa vista

E eu tranco o rosto para deixar claro que não achei graça alguma na brincadeira. Abro a gaveta. A papelada sobre a mesa. O que sinto agora? Nada e tudo. Um muro. Uma festa.

Agora posso sair. O Arnaldo já se foi. A Lourdes acabou de se despedir de mim. A sala está vazia. Sexta-feira é sempre assim: todo mundo corre para ir para algum lugar, para ir embora, temendo a segunda-feira desde já, temendo sempre ter que voltar... a Janete e a Gabriela passam na minha porta e gritam:

– Vamos butecar!!! Simbora, baby! Junta as tralhas que agora é hora de azarar!

Lá embaixo, o calçadão da rua 3 de Dezembro esquina com Boa Vista está irreconhecível, todo tomado de mesas e cadeiras, com garçons de três ou quatro bares circulando por entre o povo. A música toca alto: Daniela Mercury no último volume. Chope para lá e para cá. Porções de lingüiça, de torresmo, batata frita. Os rapazes da bolsa de valores são os mais agitados. Toda sexta-feira eles vêm ver as bancárias... A Lucinha casou-se aqui, com o Luís Alfredo. Tem a Míriam e o Paulão. O Bigode e a Luciene. Agora, a Gabriela está de olho no David Eiras, enquanto a Janete anda frustrada porque perdeu a parada para Nilza no caso do Mário Henrique. E eu estou lá, bem no meio dessa gente. Sinto-me um peixe no meio de um ninho. Sem rumo. Perdida... na minha cabeça, só um pensamento trafega, em clima de redemoinho, tragando-me para dentro: porque não combinei direito o meu encontro com a Adriana?!

De repente, um carro-forte aponta na esquina, vem avançando, mansinho, como se fosse um mastodonte se divertindo com a presa. Eu vi e não acreditei. A raiva vinha junto, subindo. Por que cargas d'água o carro forte não podia fazer outro caminho? É esse Brasil pequenino! A gente trabalha a semana inteira para beber esse chope maldito na sexta-feira, no meio desse lodo do centro, no meio dos meninos que vendem amendoim torradinho, vendem rosas murchas e ursinhos feios. E na hora H vem um carro forte, símbolo do dinheiro, dos bancos, desse poder sufocante, e arruína o que parecia ser, para mim, ao menos, uma insurreição: mesas no lugar dos carros, certa nobreza e alegria no lugar da cordata amargura que a gente exerce todo dia nos escritórios. Eu fico puta! E enquanto os garçons se ajeitam, correm puxando as cadeiras, enquanto as pessoas se levantam e sorriem e brincam com a situação de um modo quase ridículo, eu me desespero, me ergo, aguardo o momento exato que o vidrinho minúsculo do motorista daquele monstro se encosta quase em meu rosto. E nesse momento, cuspo e grito em alto e bom som, desenhando com vigor cada sílaba, cada letra:

– Grande filha da puta!!

E não me sento. Prossigo. Em chamas. Tanta coisa na goela, tanta coisa no pâncreas... Viro a esquina, ainda indignada com tudo: com o que fiz da vida, com o que a vida fez. Tropeço num monte de lixo. Quase caio. Mas alguém lança seu braço em meu braço, me ampara. Gasto uns segundos para recuperar o equilíbrio, em todos os sentidos. Viro para ver a quem pertence aquela âncora... delícia: Adriana!

– Pensei que nunca mais ia te ver, menina! A gente combinou o chope, mas não trocou telefone nem nada... Que bom que te encontrei assim...

E eu me agarrei a ela, no escuro da noite, muito suja e muito feia. E me perdi num abraço longo, longo e longo. E chorei um pouquinho e demorei naquilo até que ela me disse bem baixinho em meu ouvido:

– Escuta, menina! Vamos para minha casa?

E eu encostei meus lábios em seu ouvido, no meio do deserto da poeira escura da Boa Vista, centro de São Paulo, coração financeiro deste país varonil. E soprei bem leve o amargo da minha boca para ter forças para dizer a ela que essa noite eu a acompanharia aonde quer que ela fosse...

– Adriana, minha amiga: eu tenho um pomar em minha alma – mexerica, romã, caqui. Tenho frutas em toda a parte, além de hortelã para os lábios e rosa coral para ornar sua cama. Eu vou com você, minha cara. Vamos voando em minhas asas, que enquanto beijo você mil anjos hão de tocar harpa. Um som bem diferente desse rugido do centro... Quero construir em sua casa uma ilha mágica. Lá não há banco, não há nada. Não há ordem, nem progresso. Não há tristeza, nem pobreza. Nessa ilha nossa.

E ela me fez um carinho no cabelo, na cabeça, enquanto eu chorava mansinho. E depois esticou o seu dedo contra a garoa e fez parar um táxi. E nós entramos dentro do carro e a Boa Vista ficou distante. Segunda-feira ia chegar um dia, mas, enquanto eu pudesse, queria me enganar com aquilo: que a miséria do centro financeiro da maior cidade da América Latina não existia.

Fátima Mesquita nasceu em 1965 em Belo Horizonte e de lá para cá fez de tudo um pouco: morou no interior de Minas e depois em São Paulo e em São José; começou – e não terminou – quatro cursos universitários; trabalhou em livraria, em lavanderia, em loja de roupas; corrigiu redação; escreveu e produziu para rádios, tvs e produtoras de vídeo; fez campanhas políticas e trabalhou na criação de eventos para grandes empresas. Lançou Julieta e Julieta *(Edições GLS, 1998).*

A morte em vida de
Eustáquio Maria Boechat
Alexandre Ribondi

Na manhã seguinte à noite em que visitara, pela última vez, a pensão de Lucinha Mendes e sentira-se indiferente a Eleonor deitada como inútil adorno na cama forrada pelo edredon velho e gasto, Eustáquio Boechat, que ainda não havia reduzido o nome para apenas Boê ou Boet, coisa que viria com o tempo, observou a poetisa cachoeirense que se retirava da Biblioteca do Fórum, com dois livros irreconhecíveis debaixo do braço, e acreditou que era possível que ela se lembrasse. Ou não, porque desde a morte por assassinato do filho e o suicídio misterioso do marido (o motivo, aparentemente, nem ela mesma sabia), a memória de Ângela Selva estava fraca e os seus olhos indagavam mais do que afirmavam. No entanto, Eustáquio abordou-a porque tinha certeza de que não era apenas contador, era também poeta, e a poesia era a sua essência, assim como Ângela Selva, que era poeta e, além disso, viúva.

Seu próprio pensamento deu-lhe coragem e manteve o olhar firme sobre a mulher que descia as escadas com os dedos ligeiramente pousados sobre o corrimão, decidiu ser agora ou nunca, seria ela a primeira a dizer que ele era poeta, quando a chamou ela virou-se já indagando com os olhos e o seu broche colocado sobre o lado esquerdo do peito brilhara contra a luz das duas horas da tarde que passava pela janela da escadaria e Boechat estendeu-lhe a mão e disse "boa-tarde, me desculpe", "eu conheço você, não conheço?", "sim", "não consigo me lembrar de onde". Havia qualquer coisa no rapaz que lhe trazia boas recordações, pensou Ângela Selva, "ele é educado", comentou consigo mesma quando Boechat abriu-lhe a porta do andar térreo.

"Li o último livro de poemas da senhora", "gostou?", ele respondeu que sim e aproveitou o momento para falar de um outro livro que ela havia publicado, treze anos antes, *Os labirintos da vida*, e do exemplar dado a um garoto. Ela o olhou para se lembrar,"acho que foi o meu primeiro livro", disse e parou em frente ao Grupo Escolar Jerônimo Monteiro. "É claro que a senhora não se lembra, mas fui até a sua casa, eu e minha mãe, o *Correio do Sul* tinha publicado um poema meu e a senhora mandou me procurar, queria o pequeno poeta", Ângela Selva fechou os olhos e reviveu o momento em que saída de casa com o peignoir azul para ver o filho morto sob a marquise do Depósito de Cidra Pedrancini, violado e morto, abusaram do corpo do seu filho até a morte e o esfaquearam como se o sangue pudesse aumentar o prazer, quis cobrir-lhe o corpo com o peignoir para que o marido não visse cena tão chocante e cometesse suicídio meses depois, mas foi impedida por um desconhecido que a aconselhou a esperar pela polícia.

"Lembro sim", disse sem surpresa. Eustáquio Boechat relaxou o sorriso e esperou que ela continuasse a frase, que dissesse que ele ficara no balanço do terraço enquanto ela e sua mãe tomavam café e falavam da vida, que havia dedicado um exemplar ao pequeno grande poeta e que, ou que, mas não se lembrava do poema que ele havia escrito, ou então que seguissem a conversa na cada dela e que sim, ficaria contente em conhecer seus poemas mais recentes, seu amadurecimento espiritual, mas principalmente não, Ângela Selva não pensou absolutamente no novo poeta que estava na sua frente, seu filho havia escrito um conto de que ela própria não gostara e que havia sido perdido entre as folhas do ensaio que preparava sobre o poeta Newton Braga para a posse na Academia Cachoeirense de Letras.

Em casa, Eustáquio Boechat pensou: ela não gostou de me rever; ela não tem nenhum interesse em ajudar novos poetas (isto acontece, freqüentemente), ou está abalado com as mortes do filho e do marido (o que terrível e triste, perder o filho e o marido em tão curto espaço de tempo e, principalmente, com mortes tão dramáticas) e, sem escolher qual dos três pensamentos aproximava-se mais da verdade, entrou no quarto e retirou do armário os poemas que levaria para apresentar-lhe quando fosse à sua casa, dentro de uma semana, para falarem do assunto. Tomou banho, momento que aproveitou para contar os azulejos da parede esquerda do banheiro (um dos seu hábitos) e saía de casa em direção à Faculdade de Letras e Ciências Sociais Madre Maria Goretti, quando Geraldo Moura, motorista de táxi, assoviou-lhe e piscou-lhe um dos seus olhos desconcertantemente verdes. Eustáquio fingiu que não havia ouvido o assovio nem percebido o piscar de olhos e seguiu caminho. A certa altura, parou em frente a um portão de madeira, gritou pelo nome de Vera, uma voz respondeu-lhe que esperasse que ela já ia, e apoiou-se no muro. Antes que Vera saísse de casa, equilibrando-se sobre uma perna menor do que a outra, Eustáquio viu novamente Geraldo Moura que passava, em alta velocidade, com um passageiro no carro.

Eustáquio Maria Boechat era, portanto, poeta, contador e professor de língua e literatura inglesas na mesma faculdade onde Vera Xavier era aluna de pedagogia. Sua rotina diária era dividida em: das oito às doze horas e das quatorze às dezesseis horas, trabalhava como contador no escritório dos Armazéns Aquidabã (no horário de almoço, ia para casa, onde morava com a mãe, Dalva Boechat, professora primária aposentada e revendedora de produtos da Avon, com sérios problemas de rins) e, das vinte às vinte e três horas e quinze minutos, era professor na faculdade, o que lhe dava pouco tempo para ocupar-se da sua terceira função, a mais verdadeira, a mais intensamente vocacional. Lia e escrevia no horário da janta ou nas noites de terça-feira, quando não lecionava. Era uma rotina inútil e cansativa, seu sono prolongava-se constantemente até às dez horas no escritório e, por várias vezes, pensou em abandonar esse serviço, ficando apenas na faculdade, se não fosse o irmão mais novo cujos estudos sustentava no internato de Mimoso do Sul. Para ele, seria ideal que: o irmão já não dependesse do seu dinheiro, o salário da sua mãe fosse suficiente e a casa fosse própria, o que diminuiria os seus gastos mensais a ponto de poder viver com o ordenado da faculdade e dedicar-se mais exaustivamente à criação literária e conhecer com mais intimidade poetas e escritores como Virginia Woolf, Machado de Assis, Érico Veríssimo, Paulo Mendes Campos, Vargas Llosa, Pablo Neruda e James Baldwin, entre outros, dos quais era admirador. Em face a tantos contratempos e obrigações, resumia-se a deliciar-se com as formas seguras e a inspiração objetiva dos autores citados.

Se assim fosse, Eustáquio acreditava ter, pelo menos, material suficiente para a publicação de um livro de poemas. Preocupava-se em escrever sobre o que lhe era verdadeiro e honesto, sem, no entanto, reduzir-se à atmosfera de Cachoeiro de Itapemirim. Gostava de intercalar poemas que se referiam abertamente à cidade e à sua vida nela com poemas abstratos, em que o sonho era a presença marcante, e chegava até mesmo a considerar a função da literatura e sua necessidade na formação do caráter e da personalidade da língua. Somente dois ou três dos seus poemas falava da visita feita a San Francisco, Estados Unidos, de onde, finalmente, não trouxera muitas lembranças.

Mas recordava-se bem de quando, aos onze anos de idade, sua mãe anunciara-lhe que iriam, os dois, à residência de Ângela Selva, para uma visita de cortesia, a convite da poetisa que queria conhecer o autor do poema sobre a vida em família publicado no *Correio do Sul*. Nessa época, Ângela Selva também colaborava com o jornal, em uma coluna semanal, e sua mãe ainda era professora primária na Escola Singular Pedro Palácios, o que, talvez por similitude de profissões, aproximou mãe e poetisa. Ambas passaram longas horas envolvidas na conversa no terraço aberto sobre o rio Itapemirim, em volta da mesa posta para o café da tarde, enquanto Eustáquio Boechat brincava no balanço. No livro *Labirintos da vida*, Ângela Selva colocou "Ao pequeno grande poeta Eustáquio Boechat, na ocasião do nosso primeiro encontro, Ângela Selva, Cachoeiro, 13 de maio de 1961"e pediu-lhe que aquele pequeno livro, mais sonho do que realização literária, lhe servisse na escolha da profissão. Em um período menor do que um ano, Eustáquio perdeu este livro e não voltou a se lembrar da sua autora, a não ser uma única vez, quando reconheceu o seu filho, na matinê do cine Broadway. Este mesmo filho de Ângela Selva seria violentado e morto já adulto, o que causaria, por conseguinte, o suicídio do pai e o abalo físico e mental da mãe.

Com as costas apoiadas no espaldar da cadeira, Ângela Selva olhou para Eustáquio e perguntou-lhe "então, gostou do café?", Eustáquio respondeu "gostei, sim, senhora", ao que ela fez o convite "quer mais um pouco?", com um bravo sorriso de cumplicidade materna. Dalva Boechat, com o braço no encosto da cadeira e a cabeça virada para trás, observava o filho no balançou, que respondeu "não, senhora".

Tais recordações seriam do inteiro agrado de Eustáquio quando retornou à casa da poetisa para apresentar-lhe os seus poemas mais recentes, se hão houvesse ocorrido fato curioso. No portão da sua casa, Eustáquio esperava o ônibus, que o levaria até o bairro do Amarelo, quando o motorista de táxi Geraldo Moura parou seu carro e, com a cabeça para fora da janela, perguntou-lhe aonde ia. Depois de ouvir a resposta, Geraldo ofereceu-se para levá-lo e Eustáquio, considerando o atraso em que estava, preparou-se para abrir a porta traseira do carro mas Geraldo adiantou-se, abriu a porta dianteira, apanhou a flanela amarela jogada sobre o assento e disse "vamos, senta aí". Durante o caminho, Geraldo comentou sobre o calor, Eustáquio perguntou-lhe qual era o seu horário de serviço, olharam-se ambos de soslaio e Eustáquio pensou se devia ou não pagar a corrida. Somente quando estacionaram, Geraldo perguntou: "Vai na casa da poeta?", "vou", "você é amigo da família?", "não, só conheço dona Ângela mesmo, "não sobra mais ninguém, também", Eustáquio olhou-o por um minuto e Geraldo repetiu com a voz marcada pelo riso "é, morreu todo mundo", "você conhece eles? "e Geraldo respondeu que tinha conhecido o morto, o filho assassinado e em seguida respondeu "sei lá" ao comentário de Eustáquio de que havia sido uma morte terrível, Eustáquio observou-o enquanto o motorista olhava fixamente para o volante do carro e viu que Geraldo estava excitado, o que mal podia esconder à altura da coxa. Pensou rapidamente na morte do filho de Ângela Selva, nos olhos verdes de Geraldo Moura e saiu do carro sem decidir se devia pagar ou não a viagem.

Ângela Selva viu quando ele saiu do carro e pensou, enquanto abotoava o último botão da blusa: "O que posso propor a um jovem poeta?". Ao ouvir o somo da campainha, indagou-se: "Leio os poemas e faço um comentário, peço para ficar com eles algum tempo ou digo que me agradaram muito?" Ao abrir a porta, decidiu-se: "Convido-o para um café e conversaremos sobre várias coisas". Ao subir a escada que ia da porta da rua à sala, Eustáquio não sabia se entrava diretamente no assunto ou se esperava que o encontro os encaminhasse naturalmente à poesia. Serviu-se, então, do café, procurou, com os olhos, o balanço e viu que no teto, onde antes estavam penduradas as cordas, havia dois buracos paralelos recentemente acimentados e que, no mesmo local onde havia brincado anos antes havia um arranjos de flores e folhas em vaso de cerâmica e uma espreguiçadeira de lona. Conversaram um pouco em voz baixa, Eustáquio leu a pequena pesquisa sobre Newton Braga, na qual encontrou aspectos interessantes (mas não os comentou), pediu para levá-lo para casa, ao que ela respondeu "esta cópia dou para você", Eustáquio sentiu vontade de falar sobre o poeta de Cachoeiro de Itapemirim mas manteve o silêncio que Ângela Selva guardava.

Se a empregada da casa entrasse naquele momento observaria que o rosto de Ângela Selva estava acentuadamente pálido, que seus olhos passavam sobre o balão do terraço e passeavam pelo rio Itapemirim, e que Eustáquio tomava café de cabeça baixa. Teria também todo o cuidado para não quebrar o silêncio do ambiente.

Ângela Selva teve vontade de pedir ao jovem poeta que fosse embora, que voltasse outro dia, que não tinha em absoluto nada contra a sua pessoa, que se sentia orgulhosa de poder ajudá-lo, se que é que realmente podia, mas que estava cansada, que sentia-se mal e que a memória do seu filho estava mais forte do que nunca, agora que olhava para o poeta do outro lado da mesa posta para o café da tarde como há muitos meses já não se fazia em sua casa, que não suportaria mais e que, se continuasse, choraria de desespero, mesmo sem lê-lo você é um grande poeta, eu sei, leio isso nos seus olhos, mas agora vá embora, vá, e mordeu levemente a borda da xícara quando preparou-se para pedir que lhe passasse as poesias. Eustáquio estendeu-lhe a pasta e disse que talvez fosse melhor se retirar. "Não, não, fique aqui. Acho que esta tarde não agüentaria a solidão", passou as folhas de papel grampeadas que estavam em seu colo e pediu-lhe que lesse para ela. Durante a leitura, na voz lenta e grave de Eustáquio Boechat, que coçava a barba rala a cada erro que cometia, Ângela Selva derramou apenas lágrimas de saudade do filho morto, o que encantou Eustáquio pela sensibilidade da poetisa.

Ou no Bar e Snooker Pelicano ou na Churrascaria Oásis, Eustáquio Boechat, que aproveitava a noite livre de terça-feira (naquela mesma tarde, havia faltado ao serviço nos Armazéns Aquidabã para visitar Ângela Selva), encontrou-se com seu velho amigo de escola Luciano Borges Sobrinho. Se o encontro dera-se no Bar e Snooker Pelicano, os dois se abraçaram com alegria, Eustáquio lhe perguntara o que fazia ali e como ia a vida no Rio de Janeiro, tomaram café em pé no balcão e passaram em seguida ao salão de sinuca propriamente dito. Se, no entanto, haviam se encontrado na Churrascaria Oásis, Eustáquio subira a escada lateral, procurara uma mesa vaga e encontrara, sozinho, numa mesa de canto, de onde se via a Estação Ferroviária com as luzes já apagadas, o seu amigo Luciano Borges Sobrinho, e o diálogo inicial fora o mesmo. Pediram um galeto ao primo canto, beberam chope enquanto não eram servidos, e Eustáquio não chegara a falar dos encontros que mantinha com a poetisa. Tinha seus motivos: gostaria que o fato de ter publicados seus poemas fosse uma surpresa para todas as pessoas que pudessem se interessar por eles e também tinha uma certa dificuldade em comentar sobre esta sua terceira vocação.

De qualquer maneira, tanto do Bar e Snooker Pelicano como da Churrascaria Oásis, saíram às onze e trinta e tomaram o caminho da Pensão de Lucinha Mendes, onde, mais uma vez, Eustáquio comprovou sua incapacidade de satisfazer-se com prostitutas. Na última vez que estivera na Pensão não suportara nem mesmo ver Eleonor tirar a roupa e jogá-la, peça por peça, sobre a cadeira, e retirara-se para casa. Mas, naquele dia, chegaram a se sentar no salão, pediram cerveja e observaram alguns casais que dançavam. Nesse espaço de tempo, Eustáquio mostrou, a Luciano, Eleonor, que foi ao quarto duas vezes consecutivas com dois clientes diferentes, e comentou que ela parecia ser a preferida da noite. Luciano respondeu que as zonas cada vez mais perdiam o interesse e que, pelo menos no Rio de Janeiro, as opções eram mais variadas. Eustáquio não entendeu o comentário do amigo e convidou-o a se retirarem, isto a uma hora da manhã da quarta-feira. Sentaram-se ainda na praça da rodoviária e Luciano, em meio a detalhadas descrições de sua nova vida, pôs-lhe a mão sobre a perna e, com os olhos fechados, apoiou-se no banco. Eustáquio também fechou os olhos, apertou a mão do amigo e sentiu o cheiro da impotência diante de Eleonor. Tentaram descer uma pequena rampa que levava para debaixo da ponte mas alguns passantes fizeram com que desistissem da idéia. Luciano convidou, então, Eustáquio a irem, os dois, para a casa do tio, onde estava hospedado. Os seus passos ecoavam na rua deserta e, metros antes da casa do tio, esconderam-se atrás de um muro quando seu Mofino, tio de Luciano, passou também de volta para casa, vindo da reunião maçônica, e virou-se quando imaginou ter visto um vulto que se escondia atrás do muro do quintal do vizinho, Eustáquio e Luciano não perceberam que seu Mofino havia parado e olhado para trás, mas mantiveram silêncio, Luciano pôs o dedo indicador sobre os lábios para pedir que Eustáquio não dissesse palavra, seu Mofino julgou ter sido um engano ou um animal, abriu o portão e tornou a trancá-lo para entrar definitivamente na sala. Minutos depois, Luciano prendeu o riso e chamou Eustáquio, pularam o muro dos fundos que dava para uma horta e onde havia uma pequena casa de entulhos. Luciano forçou a porta e abriu-a, tropeçou em um saco de cimentou e abraçou Eustáquio pela cintura, movimento inesperado que aproveitou para beijar a barba rala do amigo. Aos tatos, encontraram uma mesa onde Eustáquio deitou Luciano e o fez fazer, com as pernas erguidas, um ângulo quase reto em relação ao tronco, assim como se olharam no escuro com os olhos quase em linha reta, assim como Eustáquio entrou quase sem machucá-lo e trocaram algumas palavras rápidas de carinho assim como nada é perfeito. Sob a mesa, uma cobra observava o movimento das pernas de Eustáquio e somente na manhã seguinte provocaria agitação e alvoroço na casa, quando dona Leda, ao entrar na casa de entulhos para deixar uma galinha que seria morta para o almoço, viu a cobra preparada para o bote. Seu Mofino correu em sua ajuda, decepou, com um machado, a cabeça da cobra, e afirmou para a tranqüilidade da esposa que o mal havia sido cortado pela raiz.

Enquanto Ângela Selva apresentava Eustáquio Boechat aos demais participantes do Clube do Livro, com sede na rua Sete de Setembro sem número, o jovem poeta não conseguiu olhar diretamente nos olhos nenhum dos participantes da reunião semanal. Tinha as mãos apertadas sobre o colo e suas pernas tremiam ligeiramente. Seu pensamento também não conseguiu acompanhar as palavras de

Ângela Selva: pensou no filho da poetisa nu nos braços de assassinos que riam do seu medo e do seu corpo ferido. Com os olhos semicerrados, viu o filho de Ângela Selva penetrado e ferido várias vezes, viu o seu corpo úmido com o esperma de muitos homens, enquanto a roda aumentava com mais corpos masculinos nus. Sentiu vontade de estar no lugar do filho de Ângela Selva, assim como a própria Ângela Selva desejou que fosse o seu filho que estivesse ali. Sem morte, desejaram ambos.

A morte por assassinato do filho de Ângela Selva, no entanto, não foi assim. E Eustáquio nunca saberia sua verdadeira versão se não houvesse se encontrado com Vera Xavier na noite de sábado, para irem ao cinema, e, na volta, não a tivesse encostado no portão da sua casa. Vera participou dos primeiros abraços e beijos com igual ardor, passou-lhe a mão pela braguilha estufada e permitiu que ele lhe acariciasse os seios inchados. Mas reprimiu-lhe a mão que subia pelas coxas sob o vestido e fazia-lhe cócegas na perna atrofiada. Insistiu que o ali não era o lugar para tal tipo de coisa. Ela acreditava que, mesmo sendo Eustáquio o seu professor, gostaria de estar em uma cama limpa na sua própria casa e não no portão da casa dos pais.

Quando Vera retirou-se mancando para dentro de casa, o calor que escalava o corpo de Eustáquio Boechat deu-lhe coragem para mais uma vez procurar a pensão de Lucinha Mendes e trancar-se no quarto com Eleonor. Na cabeceira da ponte, viu Geraldo Moura que dormia em seu carro de praça, entrou e sentou-se sem olhar para os lados, Geraldo acordou assustado e Eustáquio disse, ainda sem olhá-lo no rosto, que fossem para o Trevo da saída cidade. O silêncio absoluto da viagem só foi quebrado quando chegaram, Eustáquio pôde então perguntar "quanto é?" e Geraldo Moura pode, por sua vez, responder "depende".

"Estava se sentindo sozinho?", perguntou Geraldo. "Estava", "conheço estas coisas", "que coisas?", "estas solidões que vocês sentem", "não estava me sentindo sozinho", explicou Eustáquio com a vermelhidão da vergonha exibida no rosto. "Frescura", respondeu Geraldo que saiu do carro, acendeu um cigarro, pôs as mãos nos bolsos do casaco de couro que usava para trabalhar à noite, passou os olhos pela estrada abandonada, desceu o barranco que levava ao pasto e chamou Eustáquio que o olhava, com curiosidade, ainda

A morte em vida de Eustáquio Maria Boechat

dentro do carro. Em pé, frente a frente, Geraldo perguntou-lhe como iam as coisas. Eustáquio respondeu que iam.

Foi ao lado de Geraldo Moura, com quem tornou a encontrar-se repetidas vezes, que Eustáquio Boechat pôde colocar a limpo vários pontos inquietantes: não era, por exemplo, somente por necessidade poética, como acreditava até então, que os corpos masculinos pareciam-lhe mais belos e mais harmoniosos (as nádegas e as virilhas de Geraldo Moura encantavam-no quando comparadas às suas). Quanto a Vera Xavier, não tinha, por sua aluna manca e mais velha do que ele, nenhum tipo de sentimento (enquanto uma série de sentimentos confusos ligava-o a Geraldo Moura).

No primeiro encontro que tiveram no Trevo, ao lado do carro de Geraldo Moura estacionado com o triângulo armado para que parecesse pane de motor, Eustáquio não se sentiu à vontade com o coração acelerado e a respiração de Geraldo em seu rosto ao lhe pedir que tocasse o seu corpo, com a explicação de que a sua esposa, principalmente durante a gravidez, não permitia que fossem juntos para a cama. Eustáquio não pensou, no momento, se a explicação era verdadeira ou não. Mas, para ele, tudo não passava de uma grande mentira: o carro em falsa pane, o sorriso malicioso de Geraldo Moura, e Vera Xavier, que de suas próprias mentiras era a maior. Olhavam-se como dois homens que tiram a roupa um do outro sem se envolverem na alegria da nudez. Decidiam os gestos em voz baixa e, sem se olharem, Geraldo Moura jogou suas calças sobre as de Eustáquio Boechat e, por causa do vento frio da madrugada, manteve o casaco mas pediu a Eustáquio que lhe aquecesse as coxas. Quando Eustáquio encostou-se, com força, nas nádegas de Geraldo Moura, com um impulso de baixo para cima, o motorista de táxi apertou os dentes, gemeu com voz fraca e exalou um longo, prolongado suspiro. Ajeitou seu corpo contra o de Eustáquio e pediu que mantivesse o ritmo.

Às cinco e trinta da manhã de 23 de agosto de 1975, o vigia do Depósito de Cidra Pedrancini (que dormira toda a noite no interior do prédio) tocou a campainha da residência da poetisa Ângela Selva, onde, ao lado da porta, um tabuleta anunciava "Marcelino F. Guedes, Dentista-Prático". A poetisa abriu a porta vestida de peignoir azul-claro e o vigia explicou, com dissimulações do próprio pavor, que seu filho parecia estar mal de saúde e que havia sido encontrado desmaiado na calçado perto dali. Sem acordar o marido, Ângela Selva desceu a escada, esqueceu-se de fechar a porta e, dois quarteirões mais adiante, encontrou o filho morto, sem camisa e com a braguilha das calças aberta. Além disto, mostrava sinais evidentes de violência. Em seu corpo, além de cinco facadas (três nas costas e duas no peito), o médico-legista encontrou esperma. Para Ângela Selva, seu filho havia sido violentado e assassinado e assim ficou conhecida a história em toda a cidade. Seu pai, que não dizia palavra dentro de casa, abafado pela poesia da esposa, foi encontrado morto no seu quarto, três meses depois, ao lado do revólver que guardava na gaveta da mesinha de cabeceira e que foi usado para o suicídio. Em fevereiro de 1977, Eustáquio Maria Boechat decidiu deixar a cidade, em vista dos últimos acontecimentos que o envolviam, direta ou indiretamente, com essas duas mortes. Após ter se dirigido à diretoria da Faculdade de Letras e Ciências Sociais Madre Maria Goretti, com o pedido de desligamento imediato do corpo docente, e de ter pedido demissão dos Armazéns Aquidabã, explicou à mãe que pretendia mudar-se para o Rio de Janeiro, sem, no entanto, dar os motivos verdadeiros da súbita decisão. A princípio, Dalva Boechat tentou mudar-lhe a vontade, e falou da solidão sem o filho, lembrou-lhe a viuvez, o irmão estudante em Mimoso do Sul e sua própria dependência econômica. Para todas essas alegações maternas, Eustáquio Boechat teve uma resposta, que se resumia principalmente no fato de que a maior parte do dinheiro que receberia dos dois empregos seria deixada com a mãe e que somente uma pequena parcela seria levada para as despesas dos primeiros meses no Rio de Janeiro. Dalva Boechat tentou ainda chorar e abraçar-se ao filho e disse-lhe que sabia que essa hora chegaria um dia porque o destino de toda mãe é a solidão diante dos filhos adultos que fazem a própria vida e que tudo que lhe restava era desejar que ele não sofresse mais do que o necessário. À medida que a partida de Eustáquio tomava forma e que os livros e pastas saíam das estantes para dentro das malas, Dalva Boechat passou a ter o hábito de derramar lágrimas durante as ocupações diárias em casa e, por várias semanas, não visitou nenhuma das suas freguesas de produtos Avon. À sua pergunta ao filho sobre a certeza do que fazia, Eustáquio respondeu "claro que sim", resposta que deu com a memória debruçada sobre os três últimos versos do poema que havia escrito a propósito de Geraldo Moura: "Corpo sobre corpo/E entre os corpos/Nada".

Durante cinco meses, Eustáquio Maria Boechat acostumou-se aos gestos brutos e ao hálito quente de Geraldo Moura. E, nesse mesmo período, teve mais sonhos do que encontros verdadeiros e a solidão tornou-se uma masturbação babosa que o impedia, até mesmo, de continuar o trabalho literário. Seus novos poemas tentavam percorrer e perceber corpo e alma de Geraldo Moura, mas sentiu que conseguia, principalmente, pensar em si próprio em relação à vida vivida até então, aos olhos da cidade de Cachoeiro de Itapemirim, e a Vera Xavier, com quem passara a encontrar-se raramente. Quando, numa noite de domingo, perguntou a Geraldo Moura, com palavras gaguejadas e com um sorriso que fingia ser apenas um hipótese afastada da realidade, o que aconteceria se um dos dois se apaixonasse pelo outro, sentiu a linha fina, agudíssima, do pavor esticar-se até o limite com a resposta de que o mataria como havia matado o filho de Ângela Selva. "Está brincando", disse Eustáquio, que viu que, naquele momento, na estrada, um carro fazia o retorno e voltava à cidade. "Não estou, não", Geraldo Moura respondeu, ao lhe passar o braço em volta do pescoço e puxá-lo contra o seu próprio peito. Eustáquio afastou-se e pensou com o pensamento embaçado: ele está mentindo, ele é louco, ele é um assassino de sangue frio, ele vai me matar também. Abriu a porta do carro e tentou imaginar o que fazer para sair dali imediatamente. A voz de Geraldo Moura chegou-lhe de trás, por cima dos ombros: "Você não está inventando de estar apaixonado por mim, está?", Eustáquio teria dito que sim, mas surgiu-lhe um não na voz, provocado pelos olhos verdes e pelas mãos assassinas de Geraldo. Insistiu que ele dissesse que era mentira, não teve coragem de fazer ameaças e pediu detalhes da morte, se o filho de Ângela Selva encontrava-se com ele constantemente (sim), se tinha sido curra (não), se então estavam sozinhos (sim), se tinha sido realmente ele quem dera as cinco facadas (sim), se não sentia remorsos ou sentimento de culpa (não houve resposta), se tinha cometido o crime porque o filho de Ângela Selva havia dito que estava apaixonado (sim), se isto era motivo para matar uma pessoa (sim) e por quê. Ele disse que poderia contar para todo mundo que me amava (e contou?), não, mas ameaçou contar para a minha mulher (por quê?), não sei, ele estava louco, vivia repetindo que me amava, que não podia viver sem mim (e você?), eu, nada. A gente se encontrava de vez em quando (aqui?), às vezes, mas ele já estava querendo que a gente fosse pra um hotel e eu dizia que não (vocês foram alguma vez para algum hotel?), nunca. Nesse dia, ele insistiu que não podia ficar se encontrando comigo dentro do carro, que não era nenhuma mulher do Trevo e saiu dizendo que ia direto dali para a minha casa (não era só por dizer?), não. Eu o alcancei já na ponte (que ponte?), na ponte da Ilha da Luz. A gente estava na Ilha da Luz (mas o corpo dele foi achado na rua perto de casa), fui eu que deixei ele lá (por que?), para deixar ele mais perto de casa, para fazer um serviço limpo, tinha muito sangue na Ilha da Luz (e quando você o encontrou na ponte, o que fez?), falei para ele não fazer aquilo, ele repetiu que ia lá em casa, eu falei para ele entrar no carro, ele não quis, correu, eu corri atrás dele e puxei o cara para dentro do carro, bati nele, ele chorava e voltamos (para o mesmo lugar?), é. E lá, quando parei o carro, ele correu de novo, só que para dentro do mato e disse que eu o alcançasse. Eu já estava irritado com as idiotices dele e apanhei meu canivete só para me prevenir, para espantar o cara e sabe o que ele fez? (o quê?), pulou em cima de mim e me agarrou, ria o tempo todo e aí eu comi ele. Quase no final, ele começou a falar "vou contar para a sua mulher, vou espalhar para todo mundo" e foi aí que dei a primeira facada, sem pensar no que estava fazendo (sem pensar?), sem pensar, a gente não pensa na hora, só pensa um pouco quando vê o sangue (e ele?), ele gritou e esfaqueei outra vez, mas aí senti que ia gozar, segurei ele com força para que ele não caísse mas ele não caiu e saiu correndo. Eu corri também e dei mais uma facada nas costas dele, ele caiu ainda vivo, tremendo todo, e eu enfiei o canivete mais duas vezes (foi você quem o vestiu?), foi, mas fiquei nervoso e joguei a camisa dele dentro do meu carro, saí de lá sem saber o que fazer e então pensei que o melhor era deixar o corpo perto da casa da mãe dele (e depois, você não teve medo?), tive. Fiquei com medo, tanto que até procurei o pai dele, contei tudo, e sabe o que o velho fez? Se suicidou.

Tanto Eustáquio Boechat quanto Marcelino Guedes quiseram não acreditar quando Geraldo Moura contou e recontou a his-

A morte em vida de Eustáquio Maria Boechat

tória. Tiveram também a mesma impressão de se tratar de um louco, mas viram que suas mãos repetiam inconscientemente os golpes e que seus olhos retomavam, com lucidez, o brilho diante do sangue derramado. Quando Geraldo Moura conversou com Marcelino Guedes, pensou que já podia se considerar preso e que de pouco adiantava ter assassinado o filho do dentista porque, finalmente, tudo estava revelado, mas não se sentiu em perigo quando repetiu a verdade a Eustáquio Boechat porque, mesmo não estando disposto a cometer outro assassinato, sabia que da boca do professor não sairia nunca nada e, de qualquer maneira, precisava contar tudo a alguém. No dia do suicídio de Marcelino Guedes, Geraldo Moura sentiu medo e tédio por ter de volta o segredo. Quanto a Marcelino Guedes, preferiu enterrar o segredo para sempre e suicidou-se três meses depois, levando, no seu corpo defunto, a verdade de que seu filho havia sido morto pelo amante homem. Eustáquio Boechat pensou, antes de tudo, que Geraldo Moura era o assassino do filho da mulher que o ajudava em sua vida literária e que ele o protegia. Mesmo assim, em nenhum momento, pensou objetivamente em relatar o acontecido a Ângela Selva e nunca abandonaria o motorista de táxi se o próprio Geraldo Moura não o tivesse querido.

O motivo da separação (que, a princípio, Eustáquio considerou absurda) não teve ligação direta (se não fossem, assassinato e separação, ambos pelo mesmo motivo) com o crime do filho da poetisa. No primeiro encontro que tiveram após Eustáquio ter se tornado cúmplice de Geraldo Moura (o que valorizava Eustáquio Boechat, mesmo que, às vezes, desejasse nunca ter sabido de nada), saíram juntos do Cine Broadway (mas se Eustáquio Boechat nunca tivesse sabido a verdade, chegaria fatalmente o dia de declarar-se apaixonado e correria o risco de ser assassinado), Geraldo Moura pegou-o pelo braço e desceram rapidamente a rampa da Ponte de Ferro que leva à beira do rio Itapemirim. Geraldo Moura encostou-o contra uma das pilastra do cinema que desciam até o rio e machucou-o quando retirou-se de dentro do corpo de Eustáquio Boechat ao ouvir passos. Correu sem ser reconhecido pelos pescadores que encontraram Eustáquio Maria no momento em que tentava se vestir, gritaram que haviam encontrado uma boneca jogada dentro d'água, empurram-no e perguntaram-lhe se ele não sabia que aquilo não era papel de homem. Um dos pescadores chutou-lhe as costas, o que fez com ele caísse sobre uma das pedras do rio e arranhasse o braço. Ao ver que ele estava impossibilitado de correr com as calças nos tornozelos, um dos pescadores aproveitou-se da situação para esmurrar-lhe a boca e sangrar-lhe o lábio superior, e ambos saíram apressados do local quando viram Eustáquio Boechat pular na água e soltar o corpo correnteza abaixo com medo, ele também, de ter o mesmo destino que o filho de Ângela Selva.

Durante alguns metros, o corpo de Eustáquio Boechat boiou sobre as águas sujas do rio Itapemirim, onde também navegavam troncos de árvore, um cachorro morto (em que ele tentou se apoiar, para afastar-se logo em seguida, enojado), algumas dúzias de bagaços de laranja e um colchão. Quando finalmente sentiu que o seu corpo batia contra uma pedra próxima à margem, viu que estava livre de qualquer perigo imediato. Saiu da água, acabou de vestir as calças, percorreu duas ruas da cidade antes de chegar em casa com a cabeça baixa e os passos apressados e, ao entrar na sala, Dalva Boechat revirou-se na cama e perguntou, de maneira automática, se era ele mesmo que estava chegando, trancou-se no banheiro onde tomou banho, passou um pequeno pedaço de algodão embebido em mercúrio-cromo sobre o lábio ferido, tentou dormir sem saber como poderia acordar e, quando acordou, não sabia como levantar-se.

Seu corpo doía e preferiu não abrir os olhos. Sua mãe chegou a comentar sobre a aparência do filho e Eustáquio Boechat prometeu se tratar. Na noite do terceiro dia, e depois de ter percorrido vários quilômetros dentro do próprio quarto, a portas fechadas, saiu para procurar Geraldo Moura, que não foi encontrado, e somente no dia seguinte viu que o motorista de táxi estava de pé diante do balcão de um bar, na rua Moreira, onde também entrou, e, sem olhar para os lados, pediu um copo d'água para, só então, virar o rosto e exibir o lábio ferido. Quis falar, mas Geraldo Moura pediu, sem pronunciar palavra, que o esperasse do lado de fora. Quando se encontraram frente a frente, Eustáquio foi empurrado para trás do bar, onde Geraldo Moura ameaçou acabar de estragar a sua boca se ele o procurasse pelas ruas da cidade e matá-lo (o que não era verdade) se o encontrasse novamente. Quando ficou sozinho, Eustáquio pensou que seria melhor caminhar até recuperar a paz de espírito, mas preferiu voltar para casa, onde se lembrou das faíscas de raiva no olhar de Geraldo Moura ao mandar que ele sumisse das suas vistas e masturbou-se em meio a sonhos eróticos onde era violentado por vários homens, todos com o mesmo rosto e os mesmos olhos verdes. Ao ejacular, mordeu o braço várias vezes, e acreditou que as marcas que ficaram eram a boca de Geraldo Moura para sempre marcada em sua pele. Acordou com dor de cabeça, os olhos inchados, e pensou seriamente em procurar um médico. Da janela da sua casa, viu passar o táxi de Geraldo Moura, que não olhou para os lados, e decidiu, nesse mesmo dia, deixar Cachoeiro de Itapemirim, por temer, entre outras coisas, as conseqüências de ter sido encontrado debaixo do Cine Broadway e de, talvez, ter sido reconhecido como professor de Língua e Literatura Inglesas da Faculdade de Letras e Ciências Sociais Madre Maria Goretti, o que poderia ter repercussões desagradáveis. Além disso, não poderia se encontrar com Ângela Selva sem ver-se a si próprio como cúmplice do crime. Pouco tempo depois, escreveu duas cartas com o pedido de desligamento imediato dos seus empregos, comunicou sua decisão a Dalva Boechat, e partiu, sem despedidas, para a cidade do Rio de Janeiro, onde, principalmente com a ajuda de Luciano Gomes Sobrinho, que possuía um pequeno apartamento no Leme e que o ajudou a conseguir o posto de tradutor em uma firma estrangeira (com vencimento maior do que os dois salários de Cachoeiro de Itapemirim), passou a ser conhecido, entre novos amigos, pela forma reduzida de Boê ou Boet.

Alexandre Ribondi nasceu em Mimoso do Sul, em 1952 e desde 1968 mora em Brasília. É jornalista, ator, diretor e autor de textos teatrais. Este conto teve publicação norte-americana pela Gay Sunshine Press e foi filmado pela cineasta Zuleica Porto com o título O crime azul. *Lançou pelas Edições GLS o livro* Na companhia dos homens *e foi editor do jornal* Lampião, *de orientação homossexual. Ribondi, quando crescer, quer escrever tão bem quanto Machado de Assis, Miguel Torga ou Graciliano Ramos, mas confessa que tem se desesperado com as dificuldades encontradas na empreitada.*

Impressão e Acabamento
Com fotolitos fornecidos pelo Editor

EDITORA e GRÁFICA
VIDA & CONSCIÊNCIA

R. Santo Irineu, 170 • São Paulo • SP
✆ (11) 549-8344 • FAX (11) 571-9870
e-mail: gasparetto@snet.com.br
site: www.gasparetto.com.br